KB263754

# 기린 위의 가마괴

기린 위의 가마괴

기린 위의 가마괴
강지영 장편소설
나무옆의자

차례

“몸조심해.”

민기는 가죽 군화를 신고 끈을 조이는 윤지의 어깨를 가볍게 두드려주었다. 불과 십사 개월 전까지만 해도 민기의 배웅을 받는 사람은 윤지가 아닌 희연이었다. 엄마, 몸조심하시고요, 라고 말하면 누가 누굴 걱정해? 하며 씨익 웃는 엄마의 얼굴이 아련했다. 이제는 엄마 대신 동생 윤지를 걱정해야 했다.

“누가 누굴 걱정해?”

군화 끈을 다 묶은 윤지가 엄마 흉내를 냈다.

“그러네.”

민기는 자신의 걱정이 기우라는 걸 깨달았다.

윤지는 키가 컸다. 정확히는 182.3센티미터지만, 누가 물으면 179센티미터라고 낮춰 답했다. 운동선수가 아닌 이상 세상은 180센티미터가 넘는 자를 여자의 범주에 담아주지 않았다. 언제나 윤지의 등 뒤에선 너무 커서 징그러운, 아마도 염색체에 이상이 있는, 남자 기죽이는 거인 같은 수식어가 붙었다. 그러나 주눅 들지 않았다. 그녀는 진심으로 자신의 외모가 사랑스럽고 개성 있다고 생각했다. 무지개처럼 눈꺼풀을 산뜻하게 들어 올린 쌍꺼풀이 좋았고, 통통하고 붉은 뺨에 묻힌 작은 코도 마음에 들었다. 웃으면 옥돌처럼 반듯반듯한 앞니가 드러나는 게 건강해 보였고, 일생 비누로만 감아도 윤기 나는 머리칼이 자랑스러웠다. 완전무결한 윤지를 걱정하는 건 제프 베이조스의 노후를 걱정하는 것과 다를 바 없었다.

"폰 놓고 가. 잃어버릴라."

민기는 윤지를 향해 손바닥을 펼쳤다. 윤지는 은색 2G 폴더폰을 오빠에게 넘겼다. 이것 역시 엄마 희연이 이십 년 넘게 쓴 핸드폰이었다. 하루에 한두 번 112 상황실과 혼선을 일으켜 신고 전화를 엿들을 수 있게 하는 요물이었다. 대개는 경찰이 출동해 해결했지만 드물게 공권력보다는 주먹다짐이 명약인 사건들도 있었다. 조금 전 윤지는 주정뱅이 남편이 또 말썽이라는 신고를 엿들었다. 그러나 신고자는 몇 번 한숨을 내쉬고는 신고를 철회하겠다고 말했다. 경찰이 이유를 물었고, 신고자는 대답 없이 전화를 끊었다.

도담시에 사는 사람들은 한밤에 들이닥쳐 몇 명이 있건 딱한 사람만 초주검이 되게 두들겨 패고 가는 검은 옷의 인영을 까마귀라 불렀다. 목격자들은 위아래 검은 옷을 입고 마스크와 장갑까지 낀 까마귀를 성별 의심 없이 남자라고 진술했다. 그리고 그 거구의 남자는 예외 없이 CCTV가 없는 도담 3동 16번 길로 사라져 종적을 감추곤 했다.

"아이씨, 브라자 벗고 오는 건데."

신고자가 남긴 주소지 도담 1동 4번 길은 윤지의 집에서 버스로 일곱 정거장 거리였다. 차를 이용하면 순식간에 도착할 테지만, 번호판이 노출되는 순간 내 꼬리 잡아봐, 하는 꼴이었다. 윤지는 인적이 드문 골목을 훤히 꿰고 있었다. 골목 끝이 막혀 있으면 훌쩍 담을 넘어 새로운 길을 찾았다. 그렇게 가로지르면 삼십 분 거리를 십오 분으로 단축할 수 있었다. 오늘도 점점이 무늬가 익숙한 고양이에게 인사를 건넸다. 그녀의 발길질에 노인들이 쌓아놓은 폐지가 흐트러지면 햄스트링이 뻐근해도 뒤돌아 다시 모양을 잡아놓았다. 서두른 덕분에 이십 분 만에 도담 1동 4번길에 다다랐다.

가짜 대리석으로 외벽을 마감한 낡은 다가구주택을 올려다보니 2층만 조명이 켜져 있었다. 그리고 중년 여자의 울음소리가 들렸다.

"내가 당신 친구를 왜 밖에서 따로 만나? 난 그 사람 이름이 기현인지 기연인지도 헷갈려. 못 믿겠으면 전화해봐. 해보라니까?"

말이 끝나기 무섭게 물건 부서지는 소리가 났다. 윤지는 검은색 코팅 장갑을 끼고 고개를 들어 2층 베란다를 골똘히 바라봤다.

"쉽네."

그녀가 피식 웃으며 1층에 주차해놓은 용달차 짐칸으로 올라갔다. 손을 뻗으니 2층 베란다 난간에 넉넉히 닿았다. 윤지는 조심스레 난간을 제쳐 자신이 들어갈 자리를 만들었다. 그러고는 용달차 가장자리를 디딘 뒤 핫둘, 습관대로 작게 숫자를 셌다. 가볍게 몸을 점프해 난간 안으로 상체를 넣은 다음엔 몸통을 좌우로 틀어 하체를 끌어당겼다. 완벽에 가까운 침투였다.

"그럼 낮에 내가 전화 걸었을 땐 왜 안 받았어? 기연이 새끼도 전화 안 받는 건 뭘로 설명할 건데? 너희들 저번에 눈빛 교환하는 거 내가 못 본 줄 알지?"

안방에서 남자의 목소리가 쩌렁거렸다. 여자가 결백하다면 남자는 볼 것도 없이 부정망상 환자였다. 배우자나 애인에게 집착하고 더 나아가 외도를 의심하고, 성향에 따라 폭력으로 감정을 드러낸다. 윤지는 배낭에서 호신용 너클을 꺼내 손에 끼우고, 마우스피스를 입에 물었다. 폭력엔 폭력이 약이라고 믿는 그녀였다. 군홧발로 성큼성큼 거실을 가로질러 방문을 열었다. 미등으로 노라발간 안방은 난장판이었다. 도망치지 못하게 아내를 발가벗긴 남자는 자신이 부순 소형 냉장고 위에 걸터앉아 있었다. 러닝셔츠에 트렁크 팬티 차림의 그는 느닷없이 들이닥친 윤지를 강도로 오인하고 핸드폰을 주워들었다.

"좋게 말할 때 폰 내려놔."

입안을 가득 채운 마우스피스 덕에 윤지의 목소리는 성별이나 나이대를 가늠할 수 없었다.

"살려주세요. 돈이라고는 이거밖에 없어요."

윤지의 덩치에 압도당한 남자는 두 어깨를 우그렸다. 그러고는 핸드폰 커버를 벗기고 그 뒤에 숨겨놓은 오만 원권 두 장을 꺼내 윤지 앞에 내려놨다.

"누굴 도둑놈으로 보나?"

윤지는 너클 낀 오른손을 말아 쥐고 남자의 목울대를 가볍게 쳤다. 술배만 볼록했지 팔다리는 가는 남자가 돈과 핸드폰을 떨어뜨리고 주저앉았다. 몸집이 풍만한 중년 여자도 몸을 웅크린 채 고개를 조아렸다.

"내가 앞으로 할 일은 아저씨 정신 차릴 때까지 패는 거야. 내일 눈뜨자마자 정신과 달려가서 의처증 치료해달라고 안 하면 매일 찾아올 거고. 안 믿기지? 꿈같지? 그런데 이게 왜 현실일까?"

윤지는 와락 달려들어 수그리고 있는 남자의 목에 초크를 걸었다. 암만 버둥거려도 바벨컬 50킬로그램을 드는 선수급의 몸은 꿈쩍도 하지 않았다. 윤지는 한 팔로 초크를 걸고 너클 주먹으로 남자의 정수리를 힘주어 눌렀다. 비명조차 나오지 않는지, 남자는 몸을 뻗댈 뿐 조용했다.

"우리한테 왜, 왜 이러시는 거예요?"

입을 연 건 발가벗은 중년 여자였다. 그녀는 바닥에 널브러진 이불로 몸을 감싸고 차마 고개도 들지 못한 채 말했다.

"우리한테요? 아줌마, 이런 의심병 환자와 자기 자신을 우리로 묶고 싶어요? 하루이틀 당한 거 아니잖아. 아줌마 몸의 멍이 증명하잖아요. 어떤 건 빨갛고 어떤 건 시커멓고 어떤 건 노랗네. 아주 기술 좋게 안 보이는 데만 골라 팼구먼."

윤지는 남자가 죽지 않게 초크를 풀었다. 대신 어디 한 군데는 죽도록 아파야 덤비지 못하니 군화로 왼손을 밟고 다른 발로 손목을 내리찍었다. 뼈에 살짝 금이 갈 정도로만. 남자가 나 죽어, 소리치고 자지러졌다. 윤지는 남자를 끌어다 방석처럼 바닥에 깔고 그 위에 걸터앉았다.

"어머, 어머, 어쩜 좋아. 아저씨가 다 아시네. 저 새끼는 맥주 마신 날만 나를 패요. 소주 마신 날은 또 별나게 멀쩡하고요."

중년 여자는 윤지가 제 편이라는 걸 알아차리고 목소리를 한 옥타브 올렸다. 윤지가 방 안을 훑어보았다. 침대 위엔 재떨이와 담배가 놓여 있고 바닥엔 아내의 이부자리가 비좁게 공간을 차지했다. 한 침대는 도저히 못 쓰겠고 그렇다고 각방 쓰자 목소리 내면 주먹을 휘두르는 게 뻔한 상황이었다. 이부자리 머리맡에 화장품과 머리핀, 여러 종류의 고지서가 모인 협탁이 있었다. 그 위로는 '도담정신건강의학과'라고 적힌 약봉투도 보였다.

"맥주 때문이겠어요? 이거 다 정신병이에요. 아줌마 우울증 앓죠? 불면 시 복용이라고 적힌 거 보니 잠도 못 자네. 왜 애먼 자길 고치려고 애써요. 이혼 못 할 거면 남편을 고쳐야지."

남자가 웅얼거리며 자기 변론을 했다. 진짜 맥주 때문이다, 특이체질이라 그렇다, 윤지가 군화 뒷굽으로 남자의 입을 툭 치자 다시 조용해졌다.

"나도 병원 같이 가자고 얘기는 해봤는데……."

중년 여자가 말끝을 흐리며 윤지의 엉덩이 밑에 깔린 남자를 바라봤다.

"누굴 정신병자 취급하냐면서 살림살이 때려 부수고 자는 애들 깨워서 울고불고, 맞죠?"

윤지의 말에 여자가 손등으로 눈물을 닦으며 고개를 끄덕였다.

"아줌마가 지금까지 맞은 거 다 되갚아주고 싶은데, 여태 어디 어디 맞았어요? 씨, 자꾸 아저씨 눈치 보지 말고!"

윤지가 군홧발을 옮겨 남자의 시야를 가렸다.

"주로 만만한 데가 따귀고, 발로 등이고 엉덩이고 걷어차죠. 팔다리는 맞은 게 아니라 쥐어 잡혀서 멍이 들고 완전 도는 날엔 목도 조르고, 재작년엔 갈비뼈도 두 대 실금 갔어요. 말하고 보니, 내가 왜 저런 새끼랑 살았을까요."

"안 맞은 데 찾기가 힘드네. 손바닥, 발바닥 빼고 다 조져야 한다는 건데 그건 좀 힘들죠. 하루에 몰아서 패면 죽거든. 대신 최소 한 달은 술 못 먹고 근신하게 만들 수는 있어요."

맺힌 게 많은 여자가 눈을 질끈 감고 재게 고개를 끄덕였다. 윤지가 엉덩이를 들어 바닥에 납작 엎드린 남자를 바라봤다. 군화 뒷굽에 맞은 입술이 터져 벌에 쏘인 것처럼 부풀어 있었다. 피 섞인 침을 줄줄 흘리며 윤지의 발목을 잡고 애원하듯 굽실거리는 숱 없는 정수리가 초라했다. 윤지는 배낭에서 검정 유도띠를 끄집어냈다. 중고교 시절 내리 사 년을 유도부원과 주장으로 활약한 영광의 산물이었다. 그녀는 남자의 왼쪽 다리를 접어 벨트로 묶었다. 그저 자연스레 굽혀서 묶기만 했을 뿐인데 남자는 다리가 절단난 사람처럼 씩씩 숨을 몰아쉬고 어금니를 깨물었다.

"오바 좀 하지 마요. 늘 궁금했는데, 왜 일정 나이를 넘어서면 과도하게 비장해지는 거예요? 꼴랑 친구랑 술 먹다 애새끼들처럼 멱살잡이하면서도 표정은 안중근 의사같이 비장해."

대퇴부와 발목을 묶어 무릎이 완전히 볼록 솟아난 남자는 자신을 조롱하는 정체불명의 괴한이 무서워 오줌을 조금 지리고야 말았다.

"아줌마 고생한 거 생각하면 똑 분질러도 부족한데, 그럼 생계가 곤란해지잖아요. 선심 써서 십자인대만 건드려 드릴게. 한 달은 통원 치료 받고 절룩거릴 거예요. 동네 시끄럽게 비명 지르면 다른 무릎도 아작나니 참으셔."

윤지는 스스로를 꽤 자비롭다 생각하며 남자의 정강이뼈와 대퇴골을 단단히 붙잡았다. 그러곤 다리에 힘을 실어 그의 무릎을 걸어찼다. 뚝, 소리가 나면 파열인데 그렇지 않았으니 인대가 늘어나는 정도로 마무리되었다. 남자는 두 손을 모아 부푼 입술을 가리고 비명을 참아냈다. 생각보다 밤마실이 짧아졌다. 상대가 거구에 흉기라도 들고 있으면 이리저리 수를 내야 하지만 운이 좋았다. 윤지는 버둥거리는 남자의 소지에 자신의 소지를 감고 흔들었다.

"내일 정형외과 가기 전에 정신과부터 들르는 거 잊지 말아요. 나랑 이렇게 약속했는데 안 지키면 어떻게 될지 짐작가죠?”

　남자가 ‘예’인지 ‘에’인지 모를 대꾸를 했다. 윤지는 행복한 엄마가 행복한 아이를 만든다고 생각했다. 여자를 구하는 게 이 가정에서 성장하는 아이를 구하는 길이기도 했다.

　“아줌마, 오늘 내가 안 왔으면 아줌마가 저 꼴 된 거예요. 또 이 지랄 하면 그냥 이혼해. 부모가 쌈박질하는데 방문 꼭 닫고 달달 떠는 애도 생각해야지. 인간이 인간 만드는 법 간단해요. 자기가 행복하면 돼.”

　여자는 시커멓게 기미 낀 얼굴로 새겨듣겠다고 대답했다. 그녀의 메마른 입술과 탁한 눈빛은 바라보는 사람마저 음울하게 만들었다. 입양 전 윤지의 엄마도 저랬다. 늘 누군가에게 돈을 꾸어야 생계가 유지되니 핸드폰을 귀에 붙이고 살았다. 엄마의 핸드폰 벨은 늘 빚 독촉 전화였다. 아이 스틸 러빙 유, 로 시작하는 벨 소리가 울릴 때마다 어린 윤지는 심장이 뛰고 머리가 쭈뼛 섰다. 그런 전화를 받고 나서 엄마는 두 번이나 수십 알의 수면제를 먹고 응급실에 실려 갔었다. 아니, 한 달만 쓴다니까. 내가 윤지 걸고 맹세할게. 딱 한 달이야. 그러나 엄마는 번번이 돈을 갚지 못했다. 아이 스틸 러빙 유, 벨소리가 울리면 윤지는 귀를 틀어막고 엄마가 죽지 않길 기도했다.

　윤지는 들어올 때처럼 나갈 때도 베란다를 이용했다. 밤공기가 찼지만 윤지의 몸은 불덩이처럼 뜨거워져 한시라도 빨리 후드티를 벗어내고 찬물 목욕을 하고 싶었다. 골목길로 접어들자마자 순찰차 한 대가 느리게 윤지의 뒤를 지나쳤다. 조금 전 십자인대를 잔뜩 늘여놓은 남자는 경찰에 신고할 위인은 못 되었다. 윤지가 밤마실 나와 참교육시킨 악당 중 약속을 어기고 신고하는 확률은 채 10퍼센트에도 미치지 못했다. 나머지 90퍼센트는 흑복의 괴한이 자신을 감시하고 있다는 강박에 시달리며 몸을 사렸다. 경찰은 10퍼센트의 간이 배 밖으로 나온 악당들이 고해바친 일명 까마귀를 쫓고 있었다. 건장한 체구에 온통 검은 옷과 마스크로 얼굴을 가린 남자는 일견 밤하늘을 나는 까마귀처럼 보였다. 그러나 까마귀는 교묘하게 CCTV를 피하거나 CCTV가 없는 도담 3동 16번 길로 사라졌다. 윤지는 자유로운 검은 새였다.

"완 샘, 늦어서 미안."

함께 일하는 간호사 유랑이 유니폼을 갈아입고 스테이션으로 나왔다.

"오늘 입소자 한 명 있어요. 4번 방 1번이요."

윤지의 직장은 흔히 치료감호소라 부르는 법무병원이었다. 범죄를 저질렀으나 심신에 장애가 있어 형벌 대신 치료를 받아야 하는 수형자들을 돌보는 게 윤지의 일이었다. 강도, 강간, 살인에 이르기까지, 6층짜리 감호소 안엔 백이십 명의 미친 흉악범이 가득했다.

"스키조 환자네. 첫날인데 뭐 없었어?"

윤지보다 오래 근무한 유랑은 덤덤하게 환자의 의료기록

을 살폈다. 58세에 무직인 산호는 이웃 주민 세 명을 살해해 무기징역을 선고받은 조현병 환자였다.

"네, 협조적이세요. 자해로 안면 찰과상이 많아서 거즈 덮인 채 오셔서 저도 얼굴은 못 봤어요. 18시에 피알엔 인젝션 했고 지금까지 계속 주무시네요."

"당연히 협조적이겠지. 다른 간호사면 모를까 완 샘한테 누가 까불어. 보조사님보다 완 샘을 더 무서워하잖아. 난 완 샘 피지컬이 너무 부럽더라."

윤지는 얌전히 웃으며 수인사를 건네고 탈의실로 향했다. 유랑이 부럽다고 말한 건 사실일 것이다. 환자들은 유독 윤지 앞에서 얌전해졌다. 중학교 1학년부터 고등학교 1학년까지 유도부 주장을 도맡았던 윤지는 환자들이 공격성을 표출할 때 적절한 완력과 기술로 흥분을 가라앉혔다. 그래도 날뛰는 환자에겐 계속 이러시면 뼈 부러지세요, 사근사근한 조언도 곁들였다. 동료들이 부러워하는 건 치료감호소 간호사로서의 윤지였다. 높은 담장에 둘러싸인 감호소를 나서 무해한 보통의 사람들과 섞이는 순간, 윤지는 언제나 너무 거대해서 함께 있기 불편한 사람이 되고 말았다. 그래도 윤지는 아담한 체구를 부러워하지 않았다. 리트리버가 치와와를 시샘하지 않듯 그녀는 가진 것에 만족할 줄 아는 사람이었다.

풍덩한 원피스로 갈아입은 윤지는 보안 요원이 지키는 두 개의 철창을 지나 엘리베이터에 올랐다. 거울에 비친 윤지의 이마에 커다란 화농성 여드름 하나가 도드라졌다. 아빠의 장례식부터 따끔따끔하던 자리가 일주일이 지난 지금 불뚝성을 내고 올라왔다. 완윤지 간호사일 땐 누구보다 친절하고 상냥하지만, 퇴근 후엔 본능이 시키는 대로 사는 게 정신 건강에 이로웠다. 윤지는 숄더백을 열었다. 우양산, 탐폰, 손톱깎이, 포켓 티슈, 줄자, 다이어리, 머리끈, 핸드크림, 홍차 티백과 손풍기 틈에서 알코올 스왑을 끄집어냈다.

"오늘 너 임자 만났어."

포장을 벗겨 여드름 위를 덮은 뒤 크고 뭉툭한 엄지와 검지를 모아 여드름을 꼬집어 비틀었다. 예리한 통증과 함께 노란 고름이 터졌다. 윤지는 거울 속 자신의 눈을 응시했다. 성난 것처럼 보이기도 했고 흥분에 들뜬 것처럼 보이기도 했다. 아직 끝나지 않았다. 고름은 신호탄에 불과했다. 손가락을 움직여 여드름 주변부의 피부를 그러잡아 남은 고름을 모조리 짜냈다. 그러고는 손톱을 세워 압력을 높였다. 고름을 받치고 있던 피지가 움쩍움쩍하는 게 느껴졌다. 마지막 일격만 남았다. 윤지의 눈썹 위, 유인원처럼 볼록 튀어나온 뼈가 들썩거렸다. 오래 품었으나 사랑한 적 없는 무언가가 밀려 나왔다. 하아, 늦가을의 차가운 공기로 윤지의 뜨거운 입김이 퍼져나갔다. 알코올 스왑을 이마에서 떼어내 가만히 들여다봤다. 크고 실한 피지가 피에 엉긴 채 짓이겨져 있었다.

"이거지."

청량한 알림음이 울리며 엘리베이터 문이 열렸다. 윤지의 가벼운 걸음이 주차장으로 향했다. 어르고 달래며 곪기를 기다린 보람이 있었다. 주차장에서 엄마에게 물려받은 검은색 니로에 올랐다. 남다른 체형 탓에 핸들과 운전석 공간을 널찍하게 조정해둔 터였다. 시동을 걸고 라디오와 에어컨을 켰다. 바깥 기온은 영상 9도였지만 전형적인 태양인 완윤지에겐 초가을 바람도 아직 훈풍으로 느껴졌다. 내일은 비번이었고, 몇 시간 전 기다리던 드라마 새 시즌 알림이 울렸다. 닭강정 배달시켜서 노닥거리기 딱 좋은 밤이었다. 하지만 얼마 지나지 않아 윤지는 라디오를 끄고 에어컨 온도를 낮췄다. 퇴근 시간이 지난 지 한참 되었는데도 한적해야 할 도로가 체증을 겪는 탓이었다.

"도로 정비 중입니다. 잠시 양해 바랍니다."

꽉 막힌 도로를 거슬러 오며 같은 소리를 반복하는 남자는 수겸이었다. 그는 교통경찰이 아니었다. 그저 핀 볼트를 잔뜩 실은 화물차가 전복하는 상황을 가장 근거리에서 목격한 공무원일 뿐이었다. 문제는 그가 행정복지센터의 행정민원팀 주사라는 점이었다. 긴 야근을 마치고 이제 겨우 집에 돌아가 허리 좀 펴나 했더니 하필 자신이 환경 관리를 맡은 도담 2동

사거리에서 2.5톤 화물차가 가드레일을 들이받고 나자빠진 터였다. 원흉은 도로에 난 포트홀이었고, 이미 한번 민원이 접수됐지만 보수 업체와 일정 조율에 실패해 공사 일정이 주말로 밀렸다.

수겸은 112와 119에 전화를 걸어 상황을 설명했다. 다행히 화물차 운전자는 큰 부상 없이 자력으로 차를 빠져나왔다. 그는 씨발, 씨이발을 연속하며 줄담배를 피워댔다. 사건에 일말의 책임이 있는 수겸도 속으론 씨발을 연창했다. 그는 안구건조증으로 씀벅씀벅한 눈을 부릅뜨고 버스에서 내렸다. 그러고는 차량 전복 소식을 알리며 이렇게 하염없이 걷는 중이었다. 행여 누군가의 타이어에 핀 볼트가 박혀 보상액이 더 커지는 비극은 막아야 했다.

지난 일주일 동안 수겸은 매일 수난을 겪었다. 하루는 누군가 도담 2동의 맨홀 주철 뚜껑을 깡그리 훔쳐가 민원이 들어왔다. CCTV로 범인을 찾았지만 이미 뚜껑을 처분했는지 팔짝 뛰며 시치미를 뗐다. 처벌은 경찰의 몫으로 남겨두고, 수겸은 뚜껑 잃은 맨홀을 하나하나 찾아다니며 규격을 확인하는 수고를 견뎌야 했다.

이튿날엔 누군가 무단으로 투기한 이불 가득한 장롱이 도롯가에 쓰러져 보행을 방해한다는 민원이 들어왔다. 그는 묵은내 나는 이불과 문짝이 작살난 장롱 사진을 찍어 수거업체를 불렀다. 그런데 반나절이 지나지도 않아 행정복지센터로 지팡이 쥔 할머니 입분과 중년의 남녀가 찾아왔다. 중년 여자가 말하길, 어머니 집의 짐을 처분하던 중이었고, 남편이 폐기물 스티커를 사러 간 사이 장롱이 사라졌다는 거였다. 수겸은 채증한 사진을 보여주며 일이십 분 만에 이런 일이 벌어지지 않는다 설명하고 투기에 대한 범칙금 이야기를 꺼내기 시작했다. 그때 조용히 듣고 있던 입분이 지팡이를 소총처럼 들고 수겸의 가슴을 겨누었다. 장롱 안에 내 돈 이천사백이십일만사천 원 니가 먹었냐?

입분은 명절과 생일마다 들어온 용돈을 하나하나 다림질해 장롱 안에 모셨다고 했다. 수겸은 수거업체에 전화를 걸어 이불과 장롱에서 돈이 발견되었는지 물었지만, 우린 아무것도 못 봤다는 대답이 돌아왔다. 수겸은 입분의 지팡이에 저격당하고 싶지 않았다. 하는 수 없이 그는 입분의 딸과 사위를 대동해 수거업체로 달려갔다. 결과적으로 돈은 찾지 못했다. 아니, 장롱 자체가 이미 폐목재로 분류돼 분해 후 화력발전소 연료로 넘어간 후였다. 겨우 찾아낸 건 입분이 시집올 때 혼수로 가져온 징그럽게 무거운 목화솜 이불 두 채뿐이었다. 수겸은 이불 홑청까지 뜯어가며 뭔가 나오길 기대했지만, 돌아온 건 입분의 현란한 지팡이 저격이었다.

버스정류장 쓰레기통에서 불이 나고, 새카맣게 옷을 입은 청년 둘이 상점 여덟 군데 셔터에 그라피티를 그려놓았다. 골목 너머 지반이 낮은 자리에 컨테이너 한 채가 떡하니 들어서 매일 웃고 떠드는 소리에 못 살겠다는 민원도 들어왔다. 수겸이 찾아가보니 주인은 농막이라고 우기며 토지대장을 꺼냈다. 분명 그의 건축물은 농지 위에 있었지만, 화장실과 정화조가 인가 없이 설치되어 위법했다. 수겸이 위법 사실을 알리던 순간, 주인은 들은 척도 않고 누군가에게 전화를 걸었다. 야, 김민기. 넌 인마 시의원 되고 어떻게 술 한번 안 사냐? 내가 모아 준 표가 얼만데. 고마우면 시청 토지과에 전화 한 통 넣어줘. 어디 새파랗게 어린놈이 찾아와서 똥통을 왜 아저씨 맘대로 설치했냐, 그거 다 불법이다, 술 먹고 고기 잡숫는 건 집에 가서 하셔라 말이 많아.

수겸의 일주일은 재앙 같았다. 범죄 현장의 미세증거물처럼 사건 사고 곳곳엔 수겸의 이름과 직위와 책임이 묻어 있었다. 그래서 매일 야근을 하고 여기저기 굽실대느라 바쁜 나날이었다.

"도로 정비 중입니다. 잠시 양해 바랍니다."

목소리가 점점 작아졌다. 수겸은 마지막으로 먹은 음식이 오늘 아침 민원팀 라현이 건네고 간 빼빼로 한 상자였다는 걸 깨달았다. 민원인이 요구한 서류 발급만 깔끔하게 해주면 그리 싹싹하게 굴 필요도 없고 굽실거릴 일도 없는 라현이 부러웠다. 그리고 어쩐지 보고 싶었다. 저는 그냥 흘러가는 대로 살아요. 어차피 우리 인간들이 아무리 잘나 봤자 대세를 바꾸진 못하잖아요. 그러니 적당히 뒷전에서 관망하는 거예요. 주사님도 유체 이탈 마인드로 살아보세요. 시뻘겋게 충혈된 수겸의 눈을 본 라현이 빼빼로를 주고 가며 건넨 말이었다.

"미안합니다. 제가 막지 못해 죄송합니다."

수겸은 검은색 니로 앞에서 걸음을 멈췄다. 사고 현장을 향해 터벅터벅 걸어오는 키 크고 덩치 큰 남자 탓이었다. 대체 누구길래 사고로 인한 교통정체를 사과하는 건지 몰라 의아했다. 화물차 운전수는 칠순은 되어 보이는 대머리였고, 그의 아들이라기엔 남자는 너무 젊었다. 계절에 어울리지 않게 경량 패딩을 걸친 남자는 민기, 축민기였다. 민기는 차창으로 팔을 꺼내놓고 담배를 피우거나 삿대질을 하는 사람들에게 정말 허리까지 숙여가며 사과를 했다.

"오빠가 여기 왜 있어?"

니로 차창이 열렸다. 윤지였다. 민기의 동생인 윤지는 이 시간이면 퇴근해 책이나 읽고 있어야 할 오빠가 왜 도로에 나왔는지, 놀랍고 걱정스러웠다.

"너 닭강정 배달시킬 거 같아서 내가 픽업하려고 나왔는데……."

민기는 걸음을 멈추고 윤지 운전석 차창을 들여다봤다. 윤지는 완씨였고 민기는 축씨지만 남매인 건 틀림없었다. 가족관계증명서를 보면 민기는 아빠 축대영의 성씨를 따랐고, 윤지는 어머니 완은희의 성씨를 따랐다. 축대영과 완은희는 2006년과 2007년에 각각 민기와 윤지를 친양자로 입양했다. 네 사람 모두 피는 섞이지 않았지만 분명 부모와 자식, 오빠와 동생 사이였다.

"어, 픽업하려고 나왔는데 뭐?"

뒷말을 흩트러뜨리는 민기를 바라보며 윤지가 집요하게 물었다.

"사고 말야, 내가 막을 수 있는 일이었잖아."

대여섯 걸음 떨어진 곳에서 남매의 대화를 듣던 수겸은 피식 헛웃음이 나왔다. 당신이 뭔데 사고를 막아, 속으로 뇌까리다 혹시 저 남자가 알 수 없는 사건으로 포트홀을 만든 장본인이 아닌가 싶어 대화에 귀를 기울였다.

"오빠 그 모자 싫어하잖아. 매번 이렇게 죄책감 느낄 거면 모자 내놔. 내가 갖다 버릴게."

들을수록 이상한 대화였다. 사고 현장이 조금 수습됐는지 차들이 주춤주춤 앞으로 나아갔다. 수겸은 차들을 향해 움직이라는 수신호를 보내며 남매에게 몇 발짝 더 다가섰다.

"라현이가 행복센터 다니잖아. 걔 말이 맨홀 뚜껑이 없어졌대. 거기 누가 빠지기라도 했으면 어쩔 뻔했어? 불도 나고 셔터에 낙서도 생기고 난리라더라."

그나마 직장에서 살갑게 대해주는 사람은 라현뿐인데 그 이름이 튀어나오니 수겸은 신기했다. 그는 저도 모르게 민기를 팔을 잡았다. 경량 점퍼인 줄 알았는데 바람막이였다. 온통 단단한 근육과 두터운 지방으로 이루어진 굵직한 팔이 만져졌다. 생물학적으로 민기와 윤지는 피 한 방울 섞이지 않은 남이지만 체격과 인상이 엇비슷해 누가 봐도 친남매처럼 보였다.

"무슨 일이시죠?"

민기가 윤지에게서 눈을 떼고 수겸을 바라봤다. 아카시아 이파리처럼 길고 동그란 눈, 야무진 코, 피부가 희어서 그럴까 유독 붉은 입술의 삼십대 초반 수겸은 미남이지만 생기라고는 찾아볼 수 없는 남자였다.

"행복센터 금라현 주사 아세요?"

라현은 짬만 나면 민기에게 다가와 어제 먹은 음식, 취미로 그리는 인물화, 가족과 친구, 친구의 친구가 겪은 일까지 조잘거리는 수다쟁이였다. 그런데 자신을 슈퍼히어로라고 믿는 듯한 남자 이야기는 들은 적이 없었다.

"네, 압니다."

라현은 민기의 아빠 대영의 제자였다. 생전 초등학교 교사였던 대영은 라현의 6학년 담임이었고, 그녀가 뒷전에서 느굿이 세상을 관망할 수 있게 만든 신과 같은 존재였다.

"그럼 성함이……?"

수겸이 더 물으려는데 앞차가 빠지며 니로가 움직이기 시작했다.

"그만하고 타. 내 닭강정 다 식겠다."

움직이는 차 안에서 윤지가 민기를 재촉했다.

"선생님."

민기는 고개를 끄덕이며 보조석으로 걸어가려다 고개를 돌려 수겸을 불렀다.

"네?"

"미안합니다. 제가 내일부턴 어떻게든 해보겠습니다."

민기는 눈썹을 늘어뜨리고 조금 슬픈 듯한 표정을 지어 보였다. 그가 지금 무엇을 다짐했는지 수겸을 알지 못했다. 그저 빈말은 아닐 것 같다는 기묘한 확신이 들기는 했다. 도로가 정돈되기까지 수겸은 집으로 돌아가지 않았다. 가장자리로 밀려나 굴러다니는 핀 볼트를 주워 양복 재킷 주머니에 모았다. 마침내 더는 핀 볼트가 보이지 않게 되었을 때는 새벽 1시 무렵이었다. 그러나 화물차는 레커차에 턱이 꿰어 사라졌고 기사 역시 보이지 않았다. 도로가 텅 비었다. 고시원으로 돌아갈 막차마저 끊어졌다. 비참하지만 혼자여서 괜찮았다.

　니로가 비좁은 골목길에 접어들었다. 도담 2동은 삼천 세대 하이파크 아파트 단지와 빌라촌, 그리고 민기와 윤지가 사는 단독주택 단지로 나뉘었다. 오십 년 전까지만 해도 판자촌이었던 자리엔 올림픽 개최 무렵 국가 지원금으로 일시에 비슷한 모양의 벽돌 양옥집이 들어섰다. 남매가 사는 집은 어머니 완은희의 부모님이 물려준 유산이었다. 연식에 비해 관리가 잘된 덕에 남매의 집은 개보수 없이도 마을에서 가장 훤칠했다.

　"어떤 후레자식이 너희 집 담벼락에 오줌을 싸길래, 내 빗자루로 등을 후려쳐 쫓아낸 참이다. 너희들 왜 이렇게 늦게 다녀?"

니로를 향해 지척지척 다가오는 인영은 옆집 사는 노인 해방이었다. 1945년 일제 해방기에 태어나 이름마저 해방이 된 그는 매정한 자린고비이자 소문난 꼰대였지만, 유독 옆집 남매에게만큼은 혈육처럼 살가웠다. 해방은 양동이에 담아온 물을 담벼락에 끼얹으며 남매에게 과하다 싶을 만큼 말을 늘어놓았다.

"고등어조림이 맛있게 됐길래 할망구한테 민기네 좀 갖다주랬더니 아 글쎄, 딱 한 마리만 조렸다는 거 아니냐. 기왕 시장 간 김에 서너 마리 사서 의좋게 나눠 먹으면 좀 좋아? 부침개도 딱 두 장, 겉절이도 알배추 한 통, 옌장 손이 그렇게 작으니 냉장고를 열어봐도 먹을 게 없어. 내가 과일도……."

해방은 노인정 노인들과 어울려 다니길 좋아했지만, 어떤 상황이라도 남매의 퇴근 시간에 맞춰 집으로 돌아오곤 했다.

"영감님 입이 짧으니까 그런 거잖아요, 냉장고 들어갔다 나온 음식은 드시지도 않고."

윤지가 운전석에서 내려 해방의 말을 끊어냈다.

"그야 그렇지. 내 말이 좀 거슬렸냐? 화났어? 아니지?"

해방은 윤지의 거대한 그림자를 밟지 않으며 뒤로 물러섰다. 공연히 물도 없는 양동이를 담벼락 쪽으로 기울이며 어깨를 움츠렸다. 해방은 윤지를 손녀처럼 아꼈지만, 동시에 두려워하기도 했다. 곁에 붙어 수선스럽게 수다를 늘어놓을 때에도 윤지의 눈을 제대로 보지 못했다. 윤지가 첫 월급날 미역과 감태 선물을 사 들고 왔을 때에도 차마 손을 뻗어 그녀의 튼실한 어깨를 토닥거려주지 않았다. 해방에게 윤지는 그녀의 엄마 희연을 떠올리게 했다. 해방이 지금처럼 옆집에 살뜰해지게 만든 사람이 희연이었다. 그 둘 사이에서 어떤 일이 있었는지 윤지는 들은 바 없었다. 십사 개월 전 희연이 실종되자, 해방 부부는 실종자 전단을 만들어 역 앞에서 나눠 주는 일이 일상이 되었다.

"오늘도 경찰이 골목에 CCTV 달아준다고 찾아왔더라."

민기가 현관문 도어록 비밀번호를 누르는데 해방이 다가와 속닥거렸다.

"그래서요?"

민기가 목울대를 꿀렁하며 침을 삼켰다. 도담 3동에서 CCTV가 없는 골목은 남매와 해방이 사는 16번 길뿐이었다. 남매네 집을 제외하고 16번 길의 네 세대가 해방이 사놓은 땅과 건물을 임대해 쓰는 터라, 직선 250미터 골목 전체는 그의 사유지였다.

"내가 삶은 호박이냐? 난 인마, 차돌이야 차돌. 아무리 이빨 디밀어봐라, 옥수수만 털리지. 걱정 말고 피곤할 텐데 어여 쉬거라."

해방 부부는 남매 일가의 비밀을 알고 있는 유일한 도담 주민이었다.

"신세졌습니다, 어르신."

해방과 남매가 CCTV 설치를 허락하지 않는 데에는 이유가 있었다. 지금은 사라졌지만 희연이 꾸준히 해온 일, 그리고 이제는 윤지의 몫이 되어버린 어떤 일, 밤마실이라 부르는 비밀스러운 외출 때문이었다.

"오빠, 벨 소리 안 들려?"

민기가 해방과 쑥덕거리느라 문을 열지 않는 사이, 윤지는 희미한 핸드폰 벨 소리를 들었다.

"어어, 열게."

민기의 손이 빨라졌다. 모녀가 대를 이어 공들인 일을 그르칠 수 없었다. 현관문을 열고 대여섯 걸음 되는 마당을 지나 다시 한번 출입문을 여는 데까지 채 삼십 초가 걸리지 않았다. 문 밖에선 해방이 두 손을 모아 합장하고 오늘 밤도 윤지가 무사 무탈하기를 기원했다.

집 안으로 들어온 윤지는 잡동사니가 가득한 숄더백을 내팽개치고 제 방으로 뛰어 들어갔다. 화장대 위에 둔 2G 폰이 진동과 벨 소리를 동시에 내고 있었다. 윤지는 숨을 고르고 핸드폰 폴더를 열어 귀에 가져다 댔다. 늦게 받은 터라 이미 대화가 꽤 진행된 참이었다.

"네, 도담 2동 21번길 1층. 저희가 분리 조치해드릴 수는 있는데, 당장 접근 금지는 안 돼요. 인지하셨죠?"

윤지의 귀에 걸걸한 경찰 목소리가 들렸다.

"저 그냥 취소할게요. 저 사람 이제 잘 거 같아요."

울음기가 흠뻑 배 코 먹은 소리의 중년 여자가 짧게 답했다.

"선생님, 괜찮으신 거 맞아요?"

"괜찮아요. 자고 일어나면 순해지는 사람이라⋯⋯."

경찰의 물음에 중년 여자는 어리석은 대꾸를 했다. 통화가 종료됐다. 윤지는 눈을 세 번 끔뻑대며 도담 2동 21번길 1층을 중얼거렸다. 그러고는 민기가 보든 말든 입고 있던 원피스를 벗고 옷장을 열어 검은색 후드티셔츠와 트레이닝 바지를 꺼냈다. 체격에 비해 빠르고 군더더기 없는 동작이었다.

"닭강정 식는데 괜찮아?"

민기가 검정 비닐봉지를 흔들며 동생 윤지를 바라봤다. 깔끔하게 머리를 묶고 캡 모자를 쓴 다음 그 위에 후드까지 올리니 까마귀처럼 전신이 검었다.

"연 이틀 밤마실이네. 갔다 와서 먹지 뭐. 오빠 먼저 자."

윤지는 희연이 밤마실 나갈 때마다 짊어지던 배낭을 어깨에 걸었다.

출입문 열리는 소리, 묵직한 발소리, 욕실에서 흘러드는 물소리, 냉장고 여닫는 소리, 콧노래가 이어졌다. 민기는 동생이 무사히 돌아왔다는 데 안도했다. 출판 편집자인 민기는 온종일 오탈자와 씨름하며 책 한 권을 읽어냈다. 최근 몇 권의 책이 잘 팔려 베스트셀러 작가가 된 장미경의 신작이었다. 아름다웠다, 하얬다, 반짝거렸다, 눈이 부셨다, 맑았다, 부드러웠다, 고왔다, 하늘거렸다 같은 표현으로 버무려진 연애담이 민기의 눈엔 그리 흥미롭지 않았다. 그럼에도 독자들은 환호했다. 미경의 소설을 읽고 나면 현실의 부조리와 빌런, 지질한 인간들을 잠시나마 잊게 된다고 말했다. 잊고 있던 소중한 추억이 눈앞에서 생생하게 재생되는 것 같다고도 했다. 에로틱

하기까지 해 꼭 혼자 읽어야 한다. 그런 리뷰를 읽을 때마다 민기는 빈정거리고 싶었다. 단체로 대마초라도 피웠습니까.

기실 장미경의 소설 초고는 엉망진창이었다. 주어와 술어가 호응하지도 않았고, 문장 곳곳에 덜렁거리는 지방처럼 엉겨 붙은 군더더기 형용사가 편집자를 피로하게 했다. 지금까지 여덟 권을 출간하는 동안 남의 책 한 권은 읽었나 싶게, 온전한 맞춤법 찾기도 어려웠다. 민기는 장미경의 초고를 교정 교열할 뿐 아니라 뒤엉킨 문장을 읽기 좋게 윤문하는 작업도 맡았다. 묘사도 없이 아름답다고 퉁쳐버린 문장에 정말 아름답게 연상될 만한 눈, 코, 입을 그려 넣었다. 교정지를 메일로 받아본 장미경은 불평하지 않았다. 그녀의 지난 베스트셀러들이 다 이런 식으로 탄생했다. 민기는 절반은 자신이 새로 쓴 소설의 교차 교정을 후배에게 맡기고 터덜터덜 집으로 돌아왔다.

새벽 2시를 넘겼지만 민기는 잠들지 못했다. 아빠가 돌아가시고 그는 비좁은 제 방을 홈짐으로 꾸민 뒤 안방에 이사 왔다. 넓고 폭신한 침대와 침구에서 은은하게 풍기는 아빠의 체취가 좋았다. 장롱도 넓어졌으며, 창가에 놓인 아빠의 호두나무 책상도 마음에 들었다. 어린 날, 아빠의 손을 잡고 그의 무지와 검지 사이의 말랑한 살결을 매만지다 잠이 드는 습관도 이 방에서 생겼다. 습도, 온도, 좋은 추억까지 더해졌지만 민기는 한 시간째 뒤척거리며 머리맡 위의 다락을 신경 썼다. 그 안엔 아빠의 유품인 기린 모자가 들어 있었다. 초원에 사는 얼룩무늬에 목이 긴 기린이 아니었다. 모자는 용 대가리에 사슴뿔이 달리고 풍성한 갈기털을 가진 상상의 동물 기린이 장식으로 붙어 있었다. 정확히 따지자면 기린이 아니라 '기'라고 불러야 했다. 수컷은 '기' 암컷은 '린'이라 둘을 합쳐 '기린'이라 부르니까.

민기가 이 가정에 입양 와 이십이 년을 사는 동안 아빠 축 대영은 매일 아침 기린 모자를 쓰고 지하철에 올랐다. 말끔한 회색 양복에 노트북이 든 가방을 한 손에 든 대영은 사람과 가방으로 바글바글한 지하철 객실을 누비며 '여러분, 이 모자의 기린에 대해 말씀드리겠습니다. 용이냐, 아니오. 사슴이냐, 아니오. 사자냐, 아니오. 이것은 기린이올습니다. 제가 이 기린 모자를 쓰고 여러분 앞에 선 것은 이 땅에 진정한 성군이 태어나사 대한민국을 세계 1등 국가로 이끌어주시길 앙망하는 이유입니다. 기를 모아주세요. 서로 사랑해주세요. 정의를 실천하세요. 그래야 평화의 시대가 열립니다' 하고 외쳤다. 강남구청과 도담을 잇는 도담선에서 대영은 기린 아저씨로 불리며 광인, 혹은 기인 취급을 받았다.

남들이 뭐라 부르건 대영은 괘념치 않았다. 그는 삼십 년간 초등학교 교사로 봉직했으며, 장애가 있는 제자 민기를 입양

해 치료해주고 친자식처럼 키워냈다. 그는 기린의 습성이 살생을 하지 않는다는 것에 기인해 걸음을 내딛을 때도 바닥을 살피는 습관이 있었다. 모기가 들어와 피를 빨아도 창문을 열어 휘휘 내쫓는 것 외엔 별다른 위해를 가하지 않았다. 동네 굶주린 동물들의 먹이를 챙기는 사람도, 매년 적십자회비를 내고 매달 여섯 군데의 아동 기관에 정기 후원을 하는 사람도 대영이었다. 췌장암으로 시한부 일 년을 선고받은 그의 유언은, 민기가 자신처럼 도담시에 봉사해주길 바란다는 것 하나뿐이었다.

민기가 침대에서 일어나 부엌 정수기 앞에 섰다. 그는 컵 하나를 꺼내 정수기 물을 받으며 오른손 새끼손가락을 바라보았다. 새끼손가락 옆, 손바닥이 끝난 지점에 도장 크기만 한 희끗한 흉터가 보였다. 원래 그 자리엔 작은 손가락 하나가 더 붙어 있었다. 그는 흔히 육손이라 부르는 다지증 환자였다. 민기의 친부모는 열아홉 살에 아이를 낳고 별다른 이유 없이 알코올중독자가 되었다. 그들은 술을 사기 위해 아르바이트를 하고, 술에 취해 일자리 잃기를 반복하다 기초생활 수급자가 되었다. 어린 부모는 아들의 여섯 번째 손가락 제거 수술을 기한 없이 미룬 채 각자 집 밖을 떠돌며 술과 향락에 빠져들었다.

어린 시절 민기의 별명은 애기 고추였다. 여섯 번째 손가락 모양이 꼭 갓난아기 고추처럼 생겨서였다. 그 별명이 듣기 싫어 손가락을 망치로 내리쳐 골절시킨 뒤 테이프로 붙이고 등교한 적이 있었다. 그걸 알아본 사람이 대영이었다. 민기의 손에서 테이프를 떼어내고 부서진 살점을 먹먹한 눈빛으로 내려다본 그는 서로 사랑해야 해, 정의를 실천해야 해, 혼잣말을 했다. 3학년 겨울방학에 민기의 친부모는 친권을 포기했다. 아마도 한 일 년쯤 돈 걱정 않고 유흥을 즐길 수 있는 금전이 오갔을 것이었다.

민기는 아빠의 기린 모자 때문에 용 대가리 새끼라는 새로운 별명이 생겼다. 아이들은 놀릴 거리를 찾기 위해 태어난 악마 새끼들처럼 민기의 약점을 후벼 팠다. 마음 같아서는 '아빠, 기린 모자 그만 쓰면 안 돼? 내 별명 애기 고추에서 용 대가리 새끼가 됐단 말야'라고 칭얼대고 싶었다. 하지만 소심하고 내향적인 민기는 그러지 못했다.

"아빠 생신에 새 모자 사드릴게요."

넥타이를 목에 두른 대영도 소심하고 내향적이긴 마찬가지였다. 그는 '안 돼. 그럴 수가 없어. 난들 이 모자가 좋겠니? 남들 눈엔 추한 탈바가지로 보이는 거 아빠도 다 알아. 하지만 아버지, 그러니까 네 할아버지와 한 약속을 지켜야 해. 내가 하루라도 모자를 안 쓰면 도담시에 꼭 사달이 나거든. 공원 호수에 어린 애가 빠져 죽거나 어느 미친 새끼가 자동차

백미러를 발길질로 부수고 다니게 놔둘 순 없잖아’ 하고 말할 수 없었다.

“그래도 써야 해. 주민들의 안전이 우선이니까.”

대영은 공들여 넥타이를 매고 한숨 쉬었다.

대략의 사연은 엄마에게 들어 알고 있었지만 어린 민기는 여전히 의아했다. 호리호리하고 키마저 평균 이하인 대영은 약골이기까지 했다. 반면 엄마 희연은 175센티미터의 장신에 매일 중량 운동을 하며 근육을 키워 쌀 한 포대를 한 손으로 들어 올릴 수 있는 괴력의 소유자였다. 고작 모자 따위가 어떻게 사람의 목숨과 재물을 구할 수 있는지 이해할 수 없었다.

“이해 못 하는 거 안다. 그래도 어쩌겠니.”

대영은 반듯하게 양복을 차려입은 다음 다락을 열어 대대로 내려온 척씨 가문의 가보 기린 모자를 꺼냈다. 과거엔 끈으로 묶어 턱에 고정했지만, 대영이 벨크로 타입으로 수선하며 착용이 훨씬 단출해졌다. 그는 무게가 1.8킬로그램이나 되는 모자를 머리에 얹고 벨크로를 당겨 턱에 고정했다.

어린 민기는 아빠 대영보다 늘 십오 분 늦게 등교했다. 함께 지하철에 올라 그의 궤변을 들으며 용 대가리 새끼가 나은가 애기 고추가 나은가 저울질하고 싶지 않았다. 엄마 희연에 따르면 저 모자가 신통방통해서 재앙을 막는 게 아니라고 했다. 사람들 마음의 부정적인 기운이 가장 들끓는 시간인 이른 아침에 일종의 쇼를 제공해 에너지를 분산시키는 게 목적이라고 했다. 과학적으로 증명된 바는 없지만, 대영이 대상포진으로 하루 결근한 날, 이웃 도시의 사파리에서 얼룩말 한 마리가 탈출해 도담 시내를 활보하다 쌍타페에 치여 죽는 사고가 있었다.

대영의 장례식 후 민기는 기린 모자를 소각하려 했다. 동생 윤지마저 말주변 없고 내성적인 민기가 아빠의 일을 이어갈 수 없을 거라 생각했다. 하지만 소각을 말린 사람이 있었다. 라현이었다. 그녀의 할아버지는 대영의 아버지 설산과 죽마고우였고, 대영의 제자로 기린 모자의 신묘한 능력 또한 익히 알고 있었다.

"오빠, 분명히 후회할 거야. 당장 나나 윤지도 피해자가 될 수 있잖아. 내가 같이 다닐게. 절대 혼자 쪽팔리는 일 없어. 망신도 나누면 반이 되는 거야."

라현의 말에 유품을 상자에 담던 민기가 손을 멈췄다. 그건 세속적인 욕망 탓이었다. 민기는 몇 해에 걸쳐 라현을 짝사랑해왔다. 물론 첫사랑은 아니었다. 그는 이미 중등 시절 음악 교사, 대학 시절 동기, 같은 독서 모임 회원을 좋아했지만 단 한 번도 말이나 행동으로 연심을 드러낸 적이 없었다. 사라진 여섯 번째 손가락처럼 민기는 좋아하고 사랑하는 감정을 숨기고만 싶었다. 누군가와 친구 혹은 연인이 되었을 때 어쩔 수 없이 털어놓아야 할 친부모 때문이었다. 성정 맑은 대영과 정의로운 희연이 아닌, 술과 게임과 섹스의 노예가 된 친부모가 뻔뻔한 얼굴로 지근거리에 산다는 사실을 꺼내놓을 용기가 없었다.

민기는 라현의 바람을 절반만 들어주었다. 기린 모자를 소각하는 대신 원래 있던 자리로 돌려놓고 외면했다. 기행을 벌이지 않더라도 세상이 온전하게 돌아갈지도 모른다고 내심 기대했다. 하지만 라현을 통해 전해 들은 도담 2동의 비극은 민기의 양심에 대못을 박았다. 하루만 더, 하루만 더, 하고 미루기를 일주일. 민기는 핀 볼트를 줍는 청년 수겸 덕에 마음을 바꿨다. 그의 파리한 입술과 허룩한 뺨에서 고단함을 읽었다. 애써 무시하면 내일은 어떤 사건 사고가 터질지 몰랐다. 민기는 집으로 돌아오자마자 라현에게 메시지를 보냈다. 내일 아침 7시 35분 도담역 승강장 1-1에서.

창밖이 부옇게 밝아왔다. 건넌방에선 윤지의 코골이 소리가 평안하게 들렸다. 민기는 욕실로 들어가 차가운 물로 샤워를 했다. 가뜩이나 선선한 가을 아침에 찬물을 맞으려니 절로 신음이 터졌다. 하지만 버티는 수밖에 없었다. 아빠 대영이 그랬던 것처럼 몸과 마음을 정결하게 유지해 투명한 빨대처럼 만들어야 했다. 그리하여 하늘의 기운이 민기를 관통해 도담 시민들에게 전해지면, 일순 삿된 망상과 질투, 모함, 저주,

방종의 어두운 에너지를 거두어 갈 것이다. 민기는 턱을 덜덜 떨며 머리부터 발끝까지 보득보득 소리가 날 때까지 몸을 씻었다. 그러자 뜻밖에도 정수리에 차가운 고드름이 박힌 것처럼 정신이 번뜩 들었다. 장미경의 걸레짝 같은 소설도 술술 읽어낼 수 있을 것처럼 집중력이 날을 세웠다.

"진짜 용 대가리로 살 자신 있어?"

민기가 면도를 하는 동안 문 밖에서 윤지가 물었다. 그녀 역시 밤을 꼬박 새웠다. 물론 드라마 새 시즌을 정주행하고 닭강정을 먹어치우느라 바쁘기도 했지만, 오빠 민기에 대한 걱정도 한몫했다.

"너라도 용 대가리라고 부르지 마."

민기는 턱과 목까지 깔끔하게 면도한 얼굴을 물로 씻어냈다. 기린이라고 아무리 알려줘도 사람들은 대영을 용 대가리라고 불렀다. 간혹 선심 쓰듯 용머리 아저씨라고 호칭하는 사람도 있었지만, 중요한 건 그들 모두 틀렸다는 사실이었다. 민기는 세상 모든 오탈자와 비문, 오문을 잡아내고 싶은 편집자였다. 과연 앞으로 용 대가리라 부르는 사람들을 어떻게 설득해야 할지 아득하기만 했다.

"회사에서 알면 어떡하게?"

윤지는 오빠가 첫날부터 빈속으로 나가 모욕당하지 않게 전기포트에 생수를 넣고 끓였다.

"하는 수 없지. 아빠도 버렸잖아."

아빠 대영의 기행은 전교생 이백팔십팔 명의 작은 학교에서 화제가 되었다. 처음엔 교감이 호출해 연유를 물었고, 도무지 이해 안 되는 답을 듣자 교장까지 나섰다. 축 선생, 부정한 기운을 파괴하는 것도 좋긴 한데 말야. 그 용 대가리 모자라도 벗으면 안 될까? 학부모들이 축 선생한테 애 맡기기 무섭대. 하지만 대영은 의지를 굽히지 않았다. 지하철에서 상행위를 한 것도 아니고 보행을 방해하거나 불쾌감을 주는 발언을 한 것도 아니었다. 서로 사랑해야 하고, 정의를 실천하라는 말은 축언이나 다름없었다. 법에 저촉된다면 처벌도 마다하지 않으련만, 대영의 기행은 말 그대로 기이한 행위에 불과했다. 교장 입장에선 용 대가리 모자만 아니라면 누구보다 열정적으로 아이들을 가르치는 대영을 전근 보낼 수도 없었다.

민기는 새 러닝셔츠와 트렁크 팬티를 입고 부엌으로 향했다. 컵라면에 끓는 물을 붓고 나무젓가락을 올려 익기를 기다렸다. 기린 모자를 쓰면 정수리 볼륨이 꺼져 납작해질 테니 스타일링 할 시간이 준 게 장점이라면 장점이었다. 컵라면을 비운 그가 안방 장롱을 열었다. 안에는 대영이 즐겨 입던 남색과 검은색, 회색 정장, 와이셔츠 몇 벌이 남아 있었다. 출판사는 복장이 자율이라 늘 맨투맨 티셔츠 아니면 체크 남방만 입었지만, 숭고한 가업을 잇기로 했으니 허름하게 보여선 안 되었다. 민기는 흰 셔츠에 검은색 정장을 꺼내 몸에 걸쳤다. 준비가 끝난 걸 알아본 윤지는 침대 위 전자레인지만 한 다락문을 열었다. 그 안엔 색상이 다른 가죽을 섬세하게 기워 만든 기린 모자가 있었다. 조부와 대영이 모자를 쓴 기간만 무려 칠십사 년이었지만 잘 관리된 덕에 아직 윤기를 잃지 않았다.

"늘 이상하다 생각했는데 콧구멍이 좀 짝짝이 아냐?"

윤지는 기린 모자를 전용 케이스에 담아 민기에게 건넸다.

"원래 모든 한 쌍은 짝짝이인 게 맞아. 우리 부모님도 그랬잖아."

윤지가 하품을 하며 건성으로 고개를 끄덕였다.

이제 출근 준비가 끝났다. 집에서 지하철역까지는 십오 분, 승강장까지는 삼 분. 라현보다 이 분 정도 먼저 도착할 터였다. 오랜만에 성장을 했으니 가죽 구두를 신는 게 마땅하지만, 민기는 늘 신던 아디다스 운동화를 꺼냈다. 오늘이 첫날일 뿐, 쇠털처럼 많은 날들이 이어질 텐데 매번 구두를 신을 수 없었다. 민기는 이제부터 자신만의 규칙과 습관을 만들기로 결심했다.

그는 한쪽 손에 커다란 수박처럼 보이는 기린 모자 케이스를 들고 최대한 단정한 걸음으로 걸어나갔다. 대영이라면 행여 벌레를 밟지 않을까 조심했겠지만 초심자인 민기는 그저 인간답게 걷는 것 하나가 첫 과제였다. 잘할 수 있을까, 의문을 품지는 않았다. 못해도 해야 하는 일이었고 잘한다면 다행스러울 뿐이었다. 그는 차분히 역사 계단을 내려갔다. 출근 시간의 도담역은 도심에 발을 담그고 사는 위성도시 사람들로 가득했다. 핸드폰을 보며 걸어도 고꾸라지는 이 한 명 없었고, 승강장에 서서 마스카라를 발라도 완벽한 컬을 만들어 내는 프로들의 시간이었다.

다음 열차 도착 시각까지 팔 분이 남았다. 민기가 기린 모자 케이스를 쥔 손을 감아올렸다. 지퍼를 여는 그의 손이 간단없이 떨렸다. 집을 나서 지하철에 당도하기까진 분명 금강석처럼 단단했던 마음이 순식간에 허물어졌다. 심박이 치솟고 식은땀이 흘렀다. 민기는 이대로 지구가 소멸하면 좋겠다고 생각했다.

"대관식을 혼자 치르려고 했어?"

라현은 하얗게 질린 민기의 손에서 케이스를 채갔다.

"어, 일찍 왔네. 삼 분."

반가운 마음과 달리 민기는 라현 앞에서 말수가 줄었다. 라현이 특별해서만은 아니었다. 그는 대학과 군대, 직장에서도 최소한의 말만 입 밖으로 뱉는 과묵한 유형의 인간이었다. 그와 달리 라현은 지나치리만치 말과 호기심과 오지랖이 넘쳤다. 그 점이 민기의 마음을 설레게 했다.

"실은 오빠보다 먼저 도착해서 저기 자판기 옆에 숨어 있었어. 별일 없으면 정시에 뿅 나타나려고 했는데, 오빠 영혼이 유체 이탈하는 게 보이잖아. 정신 꽉 붙들어."

라현이 케이스 지퍼를 열고 기린 모자를 꺼냈다. 접어놓았던 뿔을 펼쳤다. 모자의 크기는 민기의 머리통보다 컸다. 뿔까지 크기로 치자면 지하철 천장에 닿을 지경이었다. 아직까진 승강장에 들어찬 사람들이 민기나 기린 모자에 주목하지 않았다. 모두가 피곤했고 저마다 읽거나 즐겨야 할 콘텐츠가 손안에 있었으니까.

민기는 냉장고에서 상한 음식을 발견한 사람처럼 고개를 옆으로 틀고 눈을 감았다. 이 모자를 쓴 대영의 사진이 학생들 사이에 돌고, 지역 커뮤니티를 달구고, 세월이 흘러 민기가 다니던 대학교의 에브리타임에까지 올라왔던 순간들이 떠올랐다. 다정하고 말수 적은 교사 축대영은 나사 빠진 중년의 광대로 사람들 혀에 올랐다. 그래서 민기는 아빠를 존경하면서도 이 모자만큼은 좋아할 수 없었다.

"오빠 두상이 작은 편이구나. 쌤이 쓰면 되게 안정감 있게 딱 맞았는데 약간 커. 안에 보강 작업 해야겠다. 안 떨어지게 찍찍이 바짝 붙일게."

마침내 라현이 민기의 머리에 기린 모자를 안착시켰다. 그제야 사람들의 시선이 민기를 향해 모여들었다. 심장이 조이고 목으로 신물이 넘어왔다.

"버텨. 기왕 시작한 거 뻔뻔해지는 거야. 오빠가 포기하면 이수겸 주사가 죽어난단 말야."

라현의 말에 민기는 고개를 곧추세우고 눈을 가느스름하게 떴다. 휘둥그런 눈으로 민기와 그의 모자를 훔쳐보던 사람들이 황급히 눈길을 피했다.

"이수겸 씨가 도담 2, 3동 담당하거든. 일주일 동안 그 사람 코피 여러 번 쏟았어. 어제는 구청 단톡 방에 사고 사진을 올린 거야. 트럭이 전복돼서 자기가 수습 중이라고. 너무 힘들어서 사고능력이 떨어진 거지. 그걸 왜 자기가 수습해? 경찰은 뭐 하고? 보험사는 거져 먹나? 그걸 자정 넘어 보고하니까 팀장이 이 정도면 이수겸 씨가 파괴 신 아니냐고 꼽 주더라."

민기는 어젯밤 양복저고리에 핀 볼트를 줍던 남자를 떠올렸다. 그가 가업을 외면하는 동안 수겸 혼자 대책 없이 이리 뛰고 저리 뛰었다는 걸 알게 되었다. 민기는 자신이 하는 일이 진정 옳은 선택이라는 확신으로 고개를 번쩍 들었다. 때마침 경쾌한 알림음과 함께 지하철 정차 안내가 흘러나왔다. 용 대가리 아저씨 아닌데? 더 젊어. 승객들이 빨리 타기 위해 간격을 좁히며 숙덕거렸다.

"저기요. 용 대가리가 아니라 기린 모자예요, 기린. 다들 해태나 용만 알아주는데 사실 기린도 한가락하거든요."

열차가가 플랫폼에 진입하며 미적지근한 바람이 기다리는

승객들 얼굴로 끼쳤다. 라현은 숙덕거리는 사람들을 향해 기린이 얼마나 영물인지 또 어떤 모습의 환수인지 자꾸 설명하려 들었다. 그럴수록 민기의 고개는 다시 수그러들었다.

"그만해. 다 알아들으셨어."

열차 문이 열리는 순간 민기가 라현을 향해 말했다. 하지만 출근이 바쁜 승객들에게 떠밀려 민기는 열차 안 가장 구석진 자리에 결박되다시피 밀려났다. 그는 아차 싶었다. 계획대로라면 열차 안을 걸으며 정해진 멘트를 외쳐야 하는데, 출근 시간에 나왔으니 옴짝달싹할 수조차 없었다. 평소라면 손잡이를 잡지 않아도 자빠질 위험 없는 열차에서 이리저리 휘둘리며 팟캐스트나 들었을 테지만 가업을 잇기로 한 지금, 민기는 무신경한 자신을 원망했다.

"오빠, 시간대 옮겨야겠지?"

뒤늦게 인파에 휩쓸린 라현이 한참 떨어진 좌석 앞에서 소리쳤다. 대꾸하지 않으면 더 큰 목소리로 다시 물을 것을 알기에 민기는 6시 반에 만나자고 대답했다.

"그래도 멘트 쳐. 우리 수겸 씨 불쌍하잖아. 지성이면 감천 아니야?"

라현은 어느 순간부터 수겸에게 연민을 느꼈다. 입직했을 때만 해도 외모가 훈훈한 남자 1이었는데, 그의 교복 상표가 붙은 낡은 셔츠와 군 입대 전에 샀을 법한 지샥 손목시계, 집에서 가져온 얇디얇은 세면 수건 등에 마음이 쓰였다. 대영이더는 기린 모자를 쓰지 못하게 된 날부터 수겸은 닳아갔다. 민원인에게 지팡이로 매를 맞고 상급자들에게 불려 다니며 지청구를 들었다. 가뜩이나 초승달처럼 겨우 존재하던 그 남자가 그믐처럼 사라질까 두려웠다.

"여러분."

민기는 떨리는 입술을 열었다. 그의 가슴팍에 백팩을 들이밀고 미국 드라마를 보던 남자가 고개를 힐끗 돌렸다.

"목소리 너무 작아, 오빠."

훨씬 큰 라현의 목소리에 사람들의 시선이 모였다. 민기는 진땀을 흘리며 큼큼 목소리를 돋웠다. 그에게 지하철 1번 칸은 데뷔 무대였다. 어느 나이 어린 가수가 형편없는 가창력과 춤으로 데뷔 무대를 치르자마자 종적을 감춘 일을 민기는 기억했다. 장미경처럼 살자, 허술한 문장과 유치한 대사로 대충 분량만 맞추고도 큰소리칠 수 있을 만큼 뻔뻔해지자, 자신을 응원했다.

"여러분, 이 모자의 기린에 대해 말씀드리겠습니다. 용이냐, 아니오. 사슴이냐, 아니오. 사자냐, 아니오. 이것은 기린이올습니다."

민기가 용기를 내어 고함을 질렀다. 그러자 여러 개의 안경, 쌍꺼풀, 안검하수, 마스카라, 심지어 선글라스 낀 시각장

애인까지 그를 향해 고개를 돌렸다. 민기는 꾸물꾸물 몸을 움직여 인파 깊숙한 방향으로 진입했다.

"제가 이 기린 모자를 쓰고 여러분 앞에 선 것은 이 땅에 진정한 성군이 태어나사 대한민국을 세계 1등 국가로 이끌어주시길 앙망하는 이유입니다."

헛웃음을 터트리는 교복 차림의 아이들, 찰칵대는 카메라 셔터 음, 그 와중에도 예수 믿으라는 간곡한 외침이 들렸다. 하지만 민기를 긴장시키는 건 말없이 자신을 바라보는 대다수의 사람들이었다. 대영의 말을 빌리자면 지치고 피곤해서 웃거나 찡그릴 여력도 없는 그들은 좀비 영혼을 가진 자들이었다. 육체를 통제할 수 있고 대화나 업무도 너끈히 해내지만 어느샌가 취향과 취미를 잃은 가사 상태의 영혼. 누구의 잘못도 아니었다. 패킹이나 볼트처럼 반복된 행위에 서서히 마모되어 본래 자신이 어떤 역할과 태도를 지녔는지 잊었을 뿐이었다. 대영은 민기에게 그들을 가여워하라고 말했다. 진심을 다해야 자신이 거대한 기계의 부속품이 아닌, 조금 작고 초라하지만 여전히 뭔가를 생산해낼 수 있는 생명으로 인식할 거라고 전했다. 이렇게 아침마다 목청을 돋워 부정적 에너지를 잠재우지 않으면 아포칼립스가 벌어질 거라고.

"기를 모아주세요. 서로 사랑해주세요. 정의를 실천하세요. 그래야, 그래야만 평화의 시대가 열립니다."

민기가 비로소 1번 칸 한가운데 섰다. 그가 단전에서 끌어 올린 기합으로 마지막 멘트를 뱉자 현기증이 일었다. 다리가 풀려 몸이 기울었지만 콩나물시루 같은 열차에선 쓰러질 일이 없었다. 저만치 멀리서 라현이 박수를 치며 오빠, 잘했어, 하고 환호했다. 그러나 인파 속엔 민기의 후배 재윤이 있었다. 그는 얌전한 글방 샌님 같던 축민기 대리의 데뷔전을 숨죽여 관람했다. 그러고는 조금 전 소동을 촬영한 영상을 회사 단체 채팅방에 전송했다.

수겸은 라현이 상상한 것보다 가난했다. 그는 두 평 남짓한 고시원에서 눈을 떴다. 한 자세로 웅크리고 잔 탓에 목이 결려 한쪽 어깨가 기울었다. 내일은 반대 방향으로 자야겠다 생각한 그는 얌전히 이불을 개어 책상 밑으로 밀어 넣었다. 공용 화장실에서 대소변을 해결하고 찔끔거리는 샤워기 아래서 간신히 머리를 감았다. 샤워까지 하고 싶었지만 샤워 꼭지는 두 개가 전부였고, 진즉부터 욕실 문을 두드리는 다음 타자들이 기다리고 있었다. 아무래도 오늘은 목욕탕이라도 다녀와야겠다고 생각했다. 수겸은 이름도 기억나지 않는 먼 친척 조카의 돌 기념 수건으로 머리를 털며 욕실을 나섰다. 고시원 취사실에서 라면 냄새가 풍겼다. 입맛이 돌기는커녕 헛구역질이 올라와 허겁지겁 자신의 방으로 돌아갔다.

수겸이 입맛과 살맛을 잃어버린 건 십사 개월 전이었다. 아홉 살부터 홀몸으로 수겸을 키운 아버지 산호가 이웃 세 명을 연속 살해해 잡혀간 순간부터 그의 인간적인 본능은 거의 메말라 붙었다. 9급 공무원 시험에 합격했을 때 산호는 없는 형편에도 무시루떡을 맞춰 이웃에 돌리고 함께 공공근로 다니는 아저씨들에게 술을 한턱 내기도 했다. 빈속으로 출근하면 매가리 없어 안 된다며 달걀을 부쳐 참기름, 간장과 비벼 내밀었다. 늙은 남자치고 살림 솜씨도 봐줄 만했다. 계절마다 다른 푸성귀로 겉절이를 무쳤고 주에 한 번은 대청소를 해 묵은내를 쓸어냈다. 남자가 현금 없이 다니면 낭패 볼 일도 간혹 있다며 만 원 권 열 장이 든 지갑을 뒷주머니에 꽂아주었다. 수겸이 아는 한 산호는 살갑게 지내던 이웃을 무참히 살해할 사이코패스가 아니었다. 하지만 산호의 타액과 체액, 그리고 지문이 유죄의 증거였다.

수겸은 아파트 보증금을 빼 형사 변호사를 샀다. 신용대출을 내어 공탁금도 걸었다. 검사는 사형을 구형했고 판사는 1심에서 무기징역을 선고했다. 하지만 비싼 변호사는 돈값을 했다. 그는 산호의 정신과 진료기록을 찾아냈다. 수겸조차 알지 못했던 아버지의 병명은 조현병이었다. 그 덕에 산호는 2심에서 치료감호를 명령받았다.

어떻게든 구명해보려 날뛰던 수겸의 마음이 수그러든 것도 그때부터였다. 그는 진범은 따로 있으며 산호가 누명을 쓴 거라 단단히 믿었다. 그런데 아버지는 무려 삼십이 년간 조현병 치료를 받던 환자였다. 진료기록에 따르면 산호는 누군가 자신을 감시하고 암살하려 평범한 이웃인 척 위장해 있다고 망상했다. 자의로 약을 끊으면 환청과 환각, 감각 이상을 겪을 수 있다고 했다. 산호는 사건 이 주 전 증상이 악화되어 약 처방을 바꿨다. 새로운 약이 제대로 작동하지 않자 자신과 아들을 보호하려 칼을 꺼내 든 것으로 결론이 났다. 비로소 수겸은 아버지가 살인범이 맞다는 것을, 사회에서 영구히 격리되어 마땅한 해악이라는 것을 인정했다. 그리고 조현병이 유전성 강한 질환이라는 사실도 알게 되었다. 수겸은 언제고 자신도 살인자가 될 수 있다는 생각에 매 순간을 검열하고 자가 진단하느라 욕구를 잊었다. 그에게 남은 욕망이라곤 유능한 공무원이 되어 사회에 폐가 되지 않는 것이 전부였다.

"수겸 씨, 어제 좋은 꿈 꿨나 봐요?"

수겸이 사무실 책상에 앉자 파티션으로 나뉜 민원팀에서 라현이 일어섰다.

"꿈 안 꿨는데요."

거짓말이었다. 수경은 밤새도록 수겸아, 아빠는 모르는 일이야, 내가 한 게 아냐, 라고 주절거리는 산호를 피해 다녔다.

"그럼 고생했다고 신이 내린 선물인가 보다."

라현이 쇼핑백 하나를 들고 와 수겸의 책상 위에 내려놓았다. 수겸이 사는 세계에선 아주 드물게나 볼 수 있는 백화점 이름이 적힌 쇼핑백이었다.

"뭐예요?"

"아빠 와이셔츠 샀는데 사이즈 미스 났어요."

처음부터 수겸의 사이즈에 맞춰 사놓은 선물이었다.

"교환하시면 될 텐데요."

무욕의 남자 이수겸은 라현이 매일 과자며 빵, 필기도구를 안기고 가는데도 속뜻을 해석하지 못했다.

"맞춤이라 교환 안 돼요."

덥석 받고 감사합니다, 대답할 줄 알았는데 수겸이 예상 밖의 말을 건넸다.

"맞춤도 사이즈가 미스 나요?"

"그새 살이 확 찌셨어요. 그리고 울 아빠는 유니폼 입으시잖아요. 밖에선 셔츠 잘 안 입어요. 그냥 그런 줄 알고 받아요."

라현의 아빠는 도담경찰서 경장 금순경이었다. 수겸은 몇 번이나 라현을 데리러 온 라현의 아빠를 만난 적이 있지만 그가 키 작고 통통한 체형이었다는 걸 기억하지 못했다.

"비싼 걸 텐데요."

수겸은 거절할 생각으로 쇼핑백을 라현 쪽으로 밀었다.

"어, 수겸 씨 폰에 알림 왔다."

라현이 때마침 액정이 환해진 수겸의 핸드폰을 가리켰다.

"광고 보라는 거예요. 앱테크하거든요. 그보다 이 셔츠는 너무 부담……."

"부담스러워도 받아요. 사람 되게 눈치 없네. 내가 주고 싶다잖아요. 지금 입은 교복 셔츠도 보풀 일어났고, 다른 셔츠 하나는 가슴에 잉크 물들고, 또 어두운 색 체크무늬 그건 너무…… 구려요."

라현은 얼결에 마음을 고백했다고 생각했다. 답 안 나오는 옷 세 벌로 돌려가며 입지 말고 단 한 벌이라도 변변한 옷으로 가끔 멋 좀 내주길 바라는 애틋한 마음이었다.

"아이고, 죄송합니다. 제가 무신경했어요. 보풀은 면도기로 밀어볼게요. 잉크 튄 셔츠는 사실 버렸어요. 락스로도 해결이 안 되더라고요. 겨울 셔츠가 든 상자를 아직 못 열어서 이러고 다녔네요. 좀 더 산뜻하게 거듭나겠습니다."

라현의 고백을 수겸은 잘못 이해했다. 스타일이 촌스러워 보기 흉하다는 민원처럼 받아들인 거였다.

"혹시 저 민원인 같았어요?"

라현의 질문에 수겸은 말없이 씨익 웃어 보였다. 그러곤 웃는 자신에게 화들짝 놀라 자리에서 일어섰다. 입꼬리를 끌어

올리고 눈을 가늘게 뜨는 행위를 웃음이라고 한다면 물론 그는 잘 웃는 사람이었다. 유능한 공무원이 되기로 했으니 찌든 표정으로 주민과 민원인들을 대할 수 없었다. 하지만 방금 전 라현의 말엔 감정이란 게 섞여 있었다. 통장 잔고가 십만 원도 되지 않는 자신이, 학창 시절 교복 셔츠를 사복으로 입는 자신이, 언제든 트리거가 당겨지면 미쳐 날뛸 수 있는 위험인 자가, 사랑받고 자란 외동딸 라현에게 김치 국물처럼 튀어들기 싫었다.

"옷차림 지적하려던 건 아닌데, 결과적으론 지적한 게 됐네요. 미안해요."

수겸의 표정이 어두워지자 라현은 쇼핑백을 거두었다.

"괜찮습니다."

수겸은 데스크톱을 부팅하고 업무 준비를 시작했다. 예산 집행 내역서를 작성해야 했다. 예사로운 행동이었지만, 라현은 그가 의식적으로 자신을 밀어내고 있다는 걸 느꼈다. 하지만 아무렇지 않았다. 타고난 성정이 해맑은 것도 있지만 그녀는 수겸이 일하는 모습도 좋아했다. 뭔가를 열심히 타이핑하고 이리저리 전화를 걸다 보면 창백한 뺨과 귀에 혈색이 올라왔다. 세상에 간신히 존재하는 것 같은 이 왜소한 남자가 일할 때만큼은 섹시하다고 생각했다.

"수겸 씨, 2번 회의실에서 좀 보지."

사무실 문이 슬쩍 열리더니 민원팀장의 목소리가 들렸다. 좋은 소식은 아니라는 걸 수겸과 라현 모두 짐작했다. 대체로 민원팀장이 단독 미팅을 청하는 경우는 국민신문고에 올라온 민원 해결 때문이었다. 수겸은 의자에 걸어두었던 양복저고리를 걸치고 수첩과 볼펜을 챙겼다.

"이상하다, 그럴 리가 없는데."

자신의 자리로 돌아가며 라현이 혼잣말을 했다. 지난 일주일간 도담 2동에 벌어진 사건과 사고들은 기린 모자의 부재 때문이었다. 그런데 오늘 민기가 용기를 내어 도담동을 정상화시켰다. 수겸이 따뜻한 사무실에 앉아 여유롭게 일할 수 있게 되어 다행이라 생각했는데, 예상이 빗나갔다.

수겸은 사무실에서 나와 복도 끝 2번 회의실로 다가갔다. 팀장이 그새 믹스커피 두 잔을 타놓고 수겸을 기다리고 있었다. 여덟명이 만석인 회의실에 단 둘이 고개를 맞대고 앉았다.

"적을 거 없어. 내가 메일로 파일 보내놨으니까. 신문고 민원이 두 개야."

민원팀장의 눈에도 수겸은 야위고 고단해 보여 마음이 편치 않았다.

"네, 말씀하십쇼."

"하나는 도담 3동 16번 길 CCTV 설치에 관한 건이야,"

수겸도 아는 이슈였다. 속칭 까마귀라 불리는 남자가 도담동 몇 가구에 침입해 폭행과 협박을 저지르고 CCTV가 없는 곳으로 도망친 일이었다.

"경찰 업무인데 저희가 받습니까?"

"사유지라 경찰도 입을 못 대나 봐. 진전이 없으니까 제일 채찍질하기 좋은 우리 쪽으로 민원이 들어왔겠지. 땅 주인 만나서 사근사근하게 설득해봐. 하는 데까지 해보고 안 되면 의견서 써야지."

수겸이 고개를 끄덕였다.

"또 하나는 도담동 용 대가리 남 출몰 자제 건이야. 이수겸 씨가 가장 일 잘하는 공무원이라며 직접 해결해달라고 적혀 있더라."

민원팀장의 말에 이번에도 수겸이 고개를 끄덕였다. 용 대가리 남에 대해선 익히 알고 있었다. 도담동 인근에 사는 사람이라면 거의 모르는 사람이 없는 유명 인사였다. 때문에 그의 이름이 축대영이며 초등학교 교사였고, 범죄 전력이 없다는 것까지, 경찰과 행복센터 직원 모두 인지했다. 수겸의 전임자도 대영을 찾아가 면담한 적이 있는데 법에 저촉된 사안이 없어 자제 권고로 의견서를 작성한 기록이 있었다.

"만나 뵙고 의견서 제출하겠습니다."

민원팀장이 커피를 다 마시고 종이컵 가장자리를 앞니로 씹었다.

"민원인이 이입분 씨야. 장롱 사건 그분."

수겸은 잘못 걸렸다는 걸 직감했다. 단순히 불편해서 제기한 민원이 아니었다. 장롱에 든 이천사백이십일만사천 원을 찾지 못해 울화병 난 노인이 그 분풀이로 수겸을 택한 거였다.

"연세가 많으신데 국민신문고에 글을 쓰셨다고요?"

"자식이든 손주든 대신 써줄 사람이야 많겠지."

민원팀장의 추측은 맞았다. 입분은 필시 허여멀건 공무원 이수겸이 자신의 이천사백이십일만사천 원을 슬쩍하고 오리발을 내민다 믿었다. 그녀는 도담 2동 노인회관의 실세였다. 중년 시절 통장과 반장을 역임하며 친교를 쌓은 입분은 노인회관에 드나드는 칠십대부터 구십대까지의 노인들을 쥐락펴락했다. 그중에선 시니어 컴퓨터 교실 최우등 수료자도 있었다.

"해보겠습니다."

수겸이 어렵게 대답했다.

"그래. 패기 멋있다. 그래도 밥은 좀 먹으면서 일해라. 보기 안쓰러워 그래."

민원팀장이 억지로 수겸의 손에 커피를 쥐어주었다. 그는 아무 맛도 느껴지지 않는 커피를 억지로 비워냈다.

윤지는 홈짐에서 땀을 빼는 중이었다. 러닝머신을 삼십 분 정도 뛰다 맨몸 스쾃, 그러다 땀이 솟으면 120킬로그램 원판을 끼운 바벨을 들고 본격적인 중량 운동을 이어나갔다. 한 번에 7회씩, 숨을 고르며 10세트를 마친 윤지는 플랫 벤치에 앉아 생수 한 통을 비웠다. 남들 다 먹는 단백질 파우더까지 보태면 근육이 더 잘 성장하겠지만 윤지는 엄마 희연의 당부를 잊지 않았다. 너도 생리학 시간에 배웠겠지만 그런 거 넣고 마시다간 신장 망가져. 우린 예뻐 보이려고 운동하는 게 아니잖아. 항상 기억해. 내 몸이 제일 귀한 거다.

"암요, 귀한 몸이지요. 이 덩치에 체지방률 15퍼센트면 대단한 거 아닙니까."

윤지는 희연이 땀을 쏟던 레그 프레스를 향해 혼잣말했다. 그때 바지 주머니에서 벨 소리가 들렸다. 밤마실을 부르는 2G 폰이었다. 상황실 유선전화 혼선은 잦은 일이었다. 게다가 열 번 중 아홉 번은 경찰이 신속히 대응했다. 윤지는 근무가 없는 밤에만 혼선 전화를 감청했다. 그런데 이번엔 어쩐지 전화를 엿듣고 싶었다. 그녀는 긴 날숨을 뱉고 폴더를 열어 귀에 붙였다.

"까마귀가 여자라고요?"

이제는 자주 들어 목소리가 익숙해진 라현의 아빠 금순경이었다. 경장 직위에 상황센터 센터장이었지만 이름이 순경인 탓에 영원히 순경으로 불리는 남자였다. 그보다 까마귀가 여자란 말에 윤지가 소리 죽여 침을 삼켰다.

"애먼 동종 전과자들 족치지 말고 수사의 폭을 넓히라 그거요."

전화를 건 사람은 삼십대 중반의 남자 목소리였다.

"저, 선생님. 제보는 감사한데 근거가 있습니까?"

순경이 물었다.

"있지. 그년한테서 좋은 냄새가 났어요. 내가 역한 냄새에 시커먼 사내놈들하고 섞여 살아봐서 아는데, 그건 계집 냄새였어요. 향수인지 로션인지 몰라도 야시꾸리한 꽃 향이 났다니까."

윤지는 자기 몸을 귀하게 다루는 사람이었다. 머리와 몸은 비누로 씻지만 보디로션은 돈 아깝지 않을 만큼 성분 좋고 향기 좋은 것만 골랐다.

"까마귀를 만난 적 있으시군요. 서에 한번 들르셔서 정식으로 신고 접수해주시죠."

순경이 제대로 짚어냈다.

"하아, 그냥 제대로 받아 적기나 하세요. 바쁜 사람한테 뭘 와라 마라야. 또 전화할 테니까 제대로 일 좀 해보란 거지."

미상의 남자는 제멋대로 전화를 끊었다. 윤지의 등에 차가운 땀 한 줄기가 흘렀다. 성별을 확신하는 걸 보면 어디선가 그녀와 마주친 적이 있는 남자였다. 하지만 윤지가 아는 한 모든 피해자이자 가해자인 놈들은 까마귀를 남자로 확신했다. 대개 선생님, 아저씨, 총각 등으로 불렀다. 그건 윤지가 검은 옷에 마우스피스를 낀 것 때문만은 아니었다. 나를 이토록 두들겨 팰 수 있는 강한 자는 당연히 남자라는 고정관념의 산물이었다.

윤지는 오한을 느끼며 홈짐을 나섰다. 샤워기 아래서 머리를 식히며 남자에 대해 프로파일링을 시작했다. 놈은 '애먼 동종 전과자'라는 어휘를 사용했다. 다시 말해 엉뚱한 범죄자를 두둔한다, 는 의미가 담겨 있었다. 그건 죄 없는 보통 사람이 쓸 수 있는 표현이 아니었다. 남자가 그 동종 전과자 안에 속해 있어야만 자연스러웠다. 년이라는 욕설로 미루어 까마귀에게 피해를 입은 당사자일 가능성이 있었다. 또 역한 냄새의 시커먼 사내들과 섞여 살았다는 것은 재소자였음을 방증하기도 했다. 아니면 현재 교도소나 치료감호소에 수감돼 있을지도.

윤지는 자신이 만난 재소자가 한둘이 아니라는 데 절망했다. 그녀가 돌봐온 환자들은 하나같이 살인, 강도, 강간 같은 강력범죄 기결수들이었다. 병동에 전화가 있긴 했지만 사전에 등록해놓지 않은 번호로는 연락을 주고받을 수 없었다. 그렇다면 현재 형을 살고 있지 않지만 과거 수감 생활을 한 젊은 남성이라는 결론이 나왔다. 누군지 밝혀내면 무슨 수를 쓰더라도 입막음을 해야 했다. 윤지에겐 아직 구해야 할 사람이 많았다.

"금라현, 노올자!"

윤지는 라현을 떠올리며 고개를 들었다. 금 경장이라면 어디서 온 전화이며 운이 좋으면 제보자의 신원까지 파악할 수도 있었다. 그는 애묘가였다. 내 안의 호랑이를 줄여 내호라 이름 지은 러시안블루를 키웠고, 조금만 고양이에 관심을 보여도 이 말 저 말 흥이 나서 떠들길 좋아했다. 상황실 센터장이면서 때로 촉이 발동하면 현장을 누비기도 했다. 금 경장은 일할 땐 정말 호랑이나 다름없었지만, 집에선 딸 바보, 고양이 바보였다. 오늘 저녁은 라현네 집에서 한 끼 해결해야 할 것 같다. 서둘러 몸을 씻고 나와 옷을 갈아입었다. 수건과 운동복을 추슬러 세탁실로 향했다. 집 밖에서 해방의 목소리가 들렸다.

“또 그놈의 CCTV! 작작 좀 해. 땅 주인이 싫다는데 왜 돌아가며 들볶고들 있어!”

“죄송하지만 어르신, 이렇게 반대하시는 이유를 여쭤도 될까요?”

윤지가 세탁실 창문을 조금 열고 바깥 상황을 살폈다. 노인정에서 귀가하던 해방은 몇 시간째 대문 앞에서 대기하고 있던 수겸을 만난 터였다.

“어제 길에서 만난 사과맨이네.”

어제 일이며 오늘 해방을 찾아와 CCTV를 조르는 걸로 봐 윤지는 사과맨이 공무원이라는 걸 알아차렸다.

“이유야 열 개, 아니 스무 개도 넘지. 입 아파서 말 안 해!”

“하나만 말씀해주셔도 됩니다.”

수겸이 간절하게 부탁했다. 윤지는 해방의 입매에 보일 듯 말 듯하게 피어나는 자신만만한 미소를 봤다.

“나랑 우리 마누라가 인간 CCTV니까. 내가 여기 토박이인 거 알지? 원주민. 이 골목 돌아다니는 사람 이름, 직업, 식성, 그 집 개 고양이 이름까지 알아. CCTV가 그것까지 알아

맞히더냐?”

윤지가 피식 웃으며 창문을 닫았다. 안 봐도 해방의 1승이었다. 그녀는 소음을 배경음악 삼아 얼굴과 몸에 로션을 바르고 선풍기에 머리를 말렸다.

“그 까마귀란 놈은 못 보셨잖아요. 저희가 야간에만 돌아가게 설정할 수도 있습니다. 꼭 좀 허락해주세요.”

“내가 왜 못 봐? 저번에 경찰서 금순경이한테 다 얘기했어. 시커멓게 입고 이 골목 뛰어가는 놈을 몇 번이나 봤다니까? 그렇게 협조를 해줘도 못 잡는 건 경찰이 무능해서 아니겠나.”

“저희도 경찰에 여쭤봤는데, 아무래도 불가능한 얘기 같아서요. 골목 끝 담벼락엔 철조망이 높은데 인간인 이상 넘지 못할 거 아닙니까.”

“선생, 내 말이 그 말이야. 인간이 아닐지도 모른단 거지. 지금은 여길 도담 3동이라고 불러대지만 우리 어려선 곰리였어. 진짜 집채만 한 곰이 살았거든. 지금도 어떤 놈이 지하실에 가둬놓고 키우는지 어떻게 알아?”

황당한 주장이 끊이지 않고 이어졌다. 수겸은 물러서지 않았다.

“정 그렇게 생각하신다면 저희가 가가호호 방문해서 곰을 키우는지 알아봐야겠습니다.”

"이제 말이 통하네. 이봐, 선생. 6시인데 퇴근 안 하나? 노인네랑 수다 좀 떤 걸로 야근수당 챙기는 건 아니지? 아유, 피 같은 내 세금."

윤지는 해방의 편이긴 했지만 사과맨이 불쌍하다고 생각했다. 하필 걸려도 해방처럼 상대를 능갈로 쥐락펴락하는 노인을 만났으니 앞으로 고생길이 훤했다.

"야근수당 안 챙길 겁니다. 그냥 저랑 얘기 좀 더 나누세요. CCTV 말고 어르신 얘기 아무거라도 좋습니다. 여기 평상도 있네요. 저 퇴근한 겁니다."

수겸이 먼저 먼지 낀 평상에 앉았다. 그는 서류 가방에서 물티슈를 꺼내 해방이 앉을 자리를 닦아냈다.

"나 우리 옆집 총각 오기 전에 골목 한번 쓸어야 하는데, 귀찮게 구네."

해방은 사근사근하게 붙는 수겸에게 마음이 쏠렸다. 늘 뒤로만 씹던 공무원을 앞에서 씹을 기회였다.

"뭐야, 공무원이 저런 재질인 건 처음 보네."

윤지는 지나치게 저 자세로 다가서는 사과맨이 참 특이하다 생각했다. 숄더백을 어깨에 메고 현관에 나가 구두를 신으려는데 식탁 위에 올려놓은 2G 폰 벨 소리가 울렸다. 미상의 남자가 또 결정적인 제보를 던질 수도 있었다. 윤지는 구두에서 발을 빼고 돌아섰다. 핸드폰 폴더를 열고 송화기를 막았다.

"아저씨, 사람이 공기 없이 얼마나 살 수 있어요?"

어리면 여섯 살 많아야 일곱 살 정도의 남자애 목소리였다.

"무슨 일인지 자세히 설명해줄래?"

순경이 물었다.

"아무 일도 없어요. 그냥 궁금해서 묻는 거예요."

남자애가 대답했다.

"공기가 없으면 몇 분 못 버텨. 혹시 친구나 동생한테 장난 치려는 거면 절대 안 돼."

"이상하다."

남자애가 혼잣말을 했다.

"뭐가 이상해?"

"아저씨 말이 틀린 거 같거든요. 그런 게 있어요."

뭔가 숨기고 있다는 걸 순경, 그리고 윤지가 느꼈다.

"너희 집이 도담 2동 하이파크 103동 맞지? 몇 호야?"

순경이 대략적인 위치를 알아냈다.

"어떻게 아셨어요? 삼백⋯⋯."

남자애가 호수를 말하려는데 버스럭 소음이 끼어들었다.

"아유, 죄송해요. 저희 애가 철이 없어서 또 장난쳤어요. 저 번에도 출동하신 적 몇 번 있는데, 자꾸 번거롭게 해서 죄송 합니다."

애 엄마의 목소리였다. 이미 경찰이 출동했다 허위신고로 판단한 이력이 몇 번 있었다.

"네, 장난 자제 부탁드립니다."

순경이 상냥하게 응대했다. 그가 전화를 끊는 순간 수화기 너머에서 비명이 들렸다. 남자애가 아니라 여자애의 자지러지는 소리였다. 윤지의 팔에 솜털이 일어섰다. 이건 엄마 희연에게 없는 능력이었다. 범죄의 낌새를 육체로 감지하는 윤지만의 본능이었다. 하이파크 103동의 3층 어디에선가 여자애가 도움을 기다리고 있었다. 윤지는 숄더백을 내려놓고 자신의 방으로 뛰어갔다. 옷장에서 검은 후드티를 꺼내다 밖에서 들리는 수런수런 대화 소리를 의식했다. 밖엔 해방을 설득하러 온 사과맨 수겸이 버티고 있었다. 흑복을 입고 집을 나서면 곧바로 용의자가 될 수밖에 없었다. 윤지는 후드티를 내려놓고 세탁실 창문을 열었다.

"제가 공부 중이라 그런데 좀 조용히 해주실 수 없을까요?"

수겸을 돌려보내야 했다.

"윤지 비번이구나? 재가 말요, 간호사야. 요 근방에 사짜 들어가는 직업 가진 사람은 재 하나지."

금방 눈치챌 줄 알았던 해방은 어느새 수겸과의 대화에 불이 붙어 윤지 자랑을 하고 있었다.

"내일 다시 오시면 안 돼요? 제가 시험이 하나 있어서."

윤지가 다시 한번 목청을 돋웠다. 수겸이 고개를 돌려 그녀를 발견하곤 어젯밤 도로에서 본 얼굴이라는 걸 깨달았다.

"어젠 잘 들어가셨죠? 제가 목소리 낮추겠습니다. 죄송해요."

사과맨답게 수겸이 고개를 수그리며 사과했다. 윤지는 어지간해선 둘의 대화를 끊지 못하리란 걸 깨달았다. 마냥 기다릴 수 없었다. 윤지는 옷장 위에 수납해놓은 캐리어를 꺼냈다. 무사히 골목을 빠져나가려면 위장 전술이 필요했다. 그녀는 캐리어에 흑복, 군화 등 밤마실에 필요한 용품들을 담았다. 그리고 원래 외출하려던 대로 숄더백을 메고 단화를 신은 뒤 현관을 빠져나왔다.

"선생, 기왕 퇴근한 거 우리 집에서 밥 먹고 가. 할망구가 감자수제비 끓인댔거든. 삼시세끼 다 사 먹고 다니지? 집밥 먹어야 살이 붙지."

해방은 간만에 예의 바르고 고분고분한 청년 수겸이 마음에 들었다. 경찰이나 구청 직원들은 거절하자마자 콧방귀나 뀌고 돌아섰는데, 수겸은 달랐다. 무슨 얘기를 해도 배시시 웃으며 고개를 끄덕여주는 모습이 무뚝뚝한 옆집 민기보다 보기 좋았다.

"어디 가십니까?"

윤지가 대문을 나서 평상 앞을 지날 때 수겸이 오지랖을 부렸다.

“스터디 카페 가려고요. 외울 것도 많고 검색도 해야 해서……. 얘기 나누세요.”

수겸이 캐리어 안에 노트북과 책이 든 걸로 짐작해주길 바라며 윤지는 골목을 걸어 나갔다. 그나저나 어디서 옷을 갈아입어야 할지 막막했다. 16번 길에서 하이파크는 걸어서 십 분 거리였다. 그 안에 수십 개의 공중화장실이 있을 테지만 CCTV를 피하긴 어려워 보였다. 결국 윤지는 진짜 스터디 카페 앞에 멈춰 섰다. 한 번도 가 본 적은 없지만 카페가 1층이니 화장실에 창문만 있으면 환복을 하고 다녀와도 될 것 같았다. 그녀는 카운터 앞 키오스크로 음료와 좌석을 주문하고 후미진 테이블에 앉았다. 교복 차림의 어린 손님이 많았지만 다들 책장을 넘기거나 스마트폰에 정신을 놓고 있었다. 윤지는 숄더백에서 태블릿을 꺼내 테이블에 펼쳤다. 주문한 유자차를 받아 그 앞에 놓고 졸업 후엔 한 번도 펼쳐본 적 없는 교재를 올려놓았다. 카페 종업원이 커피를 추출하느라 머신 방향으로 몸을 돌렸다. 윤지는 캐리어를 가슴에 단단히 안고 화장실 방향으로 걸어갔다. 화장실 창문은 절반만 열리는 고정형이었다. 빠져나가기엔 너무 좁았다. 하지만 귓가에 자꾸만 여자애의 비명이 울렸다.

민기는 퇴근길 지하철 승강장 1-1 앞에서 라현을 기다렸다. 유독 피곤한 날이라 거푸 하품이 났다. 주간이 장미경의 초기 발표작 한 권을 개정하기로 했다며 민기에게 원고를 넘긴 탓이었다. 이미 전임자가 여러 차례 교정을 하고 교차 교정까지 거쳐 책으로 묶었지만 내용과 문장은 중학생이 쓴 웹소설 수준이었다. 이러니 초판 이천 부가 절반도 팔리지 않았던 건데, 장미경이 베스트셀러를 배출한 이상 모래알에 섞인 사금을 찾듯 발굴 작업에 들어간 거였다. 내용은 진부했다. 유부남과 유부녀가 자기 연민을 핑계로 사랑에 빠졌고, 그 둘의 배우자 역시 복수하듯 바람을 피우고, 두 부부의 고등학생 자녀들마저 눈이 맞아 가출한다는 막장 서사였다. 읽는 맛이라도 있으면 모를까. 문장력에 자신이 없었던 장미경은 모든 문장을 단문으로 끊어 나열해놓았다. '명수는 넥타이를 풀었다. 단추도 풀었다. 러닝을 벗었다. 수연이 명수를 포옹했다. 아랫도리가 묵직해졌다.' 이런 문장들을 온종일 읽고 고친 민기는 편두통을 얻었다.

"저 사람도 편집자래. 휴먼북."

민기의 등 뒤에서 누군가 소리 죽여 말했다. 혹시 목에 사원증을 달고 나왔나 싶어 더듬어봤지만 없었다.

"영상에선 또라이처럼 굴더니 직장은 멀쩡하네?"

대화하는 두 사람은 최선을 다해 목소리를 낮췄지만, 민기는 낱낱이 알아들었다.

"문창과 나와서 소설 쓰다 등단 못 하고 주저앉았다더라."

너무나 구체적이어서 민기의 귀뺨이 달아오르는 개인정보였다. 동생 윤지였다면 과감하게 고개를 돌려 뒷말하는 두 사람에게 무안을 주었겠지만 민기는 달랐다. 타고난 성정이 내향적이기도 했지만, 문학 공모전에서 아홉 번이나 고배를 마신 뒤엔 세상 모든 사람이 자신보다 잘나 보였다. 장미경만 빼고.

"그래서 살짝 맛이 갔구나."

누굴까, 누가 내 신상을 다른 출판사에 뿌린 걸까. 민기의 가슴이 타들어갔다. 기실 그의 영상을 유포한 사람은 직장 후배 재윤이었다. 그는 민기의 대학 후배였다. 운이 좋아 지방지 신춘문예로 등단을 한, 아직 야심과 포부가 충만한 신입이었다. 하지만 민기는 알아채지 못했다. 재윤은 말주변 없는 민기의 스피커가 되기도 했고 밥 친구이기도 했으며, 장미경보다는 선배 글이 억만 배 좋다는 기분 좋은 말도 해주는 사람이었다.

"오, 칼퇴했구나?"

인파를 비집고 라현이 민기 옆에 섰다. 살구색 블라우스에 청바지, 크로스 백을 걸친 그녀는 싱그러웠다. 민기의 눈엔 아포칼립스 생존자들이 담요 쪼가리를 등에 두르고 배급을 받으러 나온 을씨년스러운 거리에 그녀 혼자 총천연색으로 생기를 띠는 것만 같았다.

"너 보니까 좀 낫다."

열차 바람이 승강장 안으로 쏟아졌다. 곧 열차가 도착할 터였다.

"치열했나 보네. 우리 집에 밥 먹으러 가자. 윤지도 온댔어."

샤워를 마친 윤지가 라현에게 메시지를 보내놓았다.

"그래, 좋지. 모자 갖다 놓고."

흔쾌히 그러겠다 했지만, 실은 마음이 불편했다. 함께 탄 승객들이 또 민기의 개인정보를 떠들까 걱정되었다. 아빠 대영에게 조금 서운했다. 그 역시 분명 이런 일을 겪었을 텐데 어떻게 대처하고 이겨냈는지 미리 충고라도 해주었으면 좋았겠지만, 대영은 해야 할 일만 던지고 방법은 침묵했다. 열차 문이 열렸다. 민기는 기린 모자 케이스를 머리에 이듯 들어 올렸다. 행여 모양이 망가지면 더 초라한 꼴로 내일 아침 이 자리에 서야 했으니 별수 없었다.

그 시각 윤지는 정공법을 택했다. 고정형 창문을 군홧발로 걷어차 떼어낸 참이었다. 그녀는 환복을 하고 벗은 옷과 신발을 캐리어에 담았다. 그리고 미리 챙겨 온 검은색 캐리어 케이스를 씌운 뒤 창문을 빠져나왔다. 등에 메면 가뿐할 텐데 옆구리에 끼고 달리자니 여간 불편한 게 아니었다. 윤지는 사람이 적은 골목과 담을 넘어 하이파크로 향했다. 단지 내로 들어서 방범용 CCTV를 살핀 후 엄마 희연이 알려준 공식으로 사각지대를 파악해갔다. 날랜 동작으로 103동 비상계단에 들어선 그녀는 한 번에 두세 칸씩 계단을 밟았다. 짐도 있고 자신의 무게도 적지 않았지만 근육은 이럴 때를 대비해 강화시켜놓은 무기였다. 고작 이십 초 만에 윤지는 3층에 다다랐다. 301호와 302호의 대문이 엘리베이터를 가운데 두고 마주 보고 있었다. 그녀는 밭은 숨을 누르며 301호에 귀를 가져다 댔다. 개 짖는 소리가 들렸다. 인간은 인지하지 못해도 개는 낯선 발소리를 알아들었다. 소형견 두세 마리가 깡깡 짖자 윤지는 고개를 가로저었다. 개가 있었다면 통화 중에 개소리, 혹은 바닥재에 발톱이 닿는 소리는 들렸어야 했다. 그렇다면 302호였다. 윤지는 그 집 현관문에 귀를 붙였다.

"누가 너 보고 돈 벌어 오지 말래? 그래도 이틀에 한 번은 퇴근을 하란 거잖아. 왜 나만 독박 육아냐고? 또 그놈의 미안, 미안. 질린다. 그만하자. 나 내일 장애인 봉사 가는 날이라 일찍 잘 거야. 톡 보내지 말라고!"

전화에서 들었던 애 엄마 목소리였다. 302호가 확실했다. 윤지는 어린애가 있는 집으로 밤마실을 나올 때 가장 신경이 곤두섰다. 아이에게 트라우마를 남겨선 안 되었다. 그러려면 최대한 빠르게 아이와 어른을 분리하고 비명이나 구타음을 낮춰야 했다. 윤지는 주머니에서 큼직한 배터리에 코일이 감긴 장치를 꺼냈다. 안에 물리적인 시정 장치가 있지 않은 이상 자동 도어록은 이걸로 해제할 수 있었다. 삼십 초 안에 내부로 진입해 아이를 분리하는 게 그녀의 목표였다. 코일 장치를 도어록 하단에 가져다 댔다. 삐빅, 삐빅, 경고음과 함께 도어록이 해제되었다.

현관문 앞에서부터 짐이 많았다. 쇼핑몰 이름이 적힌 택배 상자가 열 개도 넘었다. 거실 방향에서 징징 애 우는 소리가 들렸다. 윤지가 거실로 진입했을 때 애 엄마는 소파에 기대 스마트TV로 인스타 라이브 방송을 보고 있었다. TV 아래엔 유치원생 정도 돼 보이는 남자애가 닌텐도를 들고 있었다.
윤지는 크게 세 걸음을 뛰어 애 엄마에게 다가섰다. 그러고는
양쪽 턱 아래 침샘 근처를 강하게 눌러 기절시켰다. 아이가
눈을 동그랗게 뜨고 흑복의 건장한 윤지를 바라봤다.

"공기가 없으면 그 여자애는 죽어. 어딨니?"

윤지는 최대한 상냥하게 말하려 노력했지만 마우스피스
낀 입에서 나온 음성은 역시나 고압적이었다. 남자애는 베란
다를 손으로 가리켰다. 반쯤 죽은 화분과 플라스틱 김치통 사
이에 대형견 한 마리가 들어갈 법한 켄넬이 있었다.

"착하다. 넌 옳은 일을 한 거야. 평생 자부심을 가져야 해.
이제 방으로 들어가자."

애 엄마가 깨기 전에 서둘러야 했다.

"근데요, 우리 엄마 괜찮은 거죠?"

남자애가 울먹거리며 물었다.

"네 엄마는 괜찮을 거야. 반성만 잘하면."

윤지는 아이를 방에 넣어주고 식탁 의자를 끌고 와 문손잡
이 아래에 지쳤다. 캐리어 커버를 벗긴 다음 덕테이프를 꺼내
조금 벌어진 애 엄마의 입을 막았다. 그러고는 베란다로 나가
켄넬로 향했다. 철망으로 뚫려 있어야 할 입구를 박스와 테이
프로 단단히 막아둔 게 보였다.

"흐흥, 잘못했어요. 조금만 먹을게요."

예상대로 안에는 여자애가 들어 있었다. 윤지는 박스 마개를 떼어내고 입구를 열었다. 안엔 노란색 내복을 입은 단발머리 여자애 온유가 동그랗게 몸을 말고 있었다. 덩치로 보면 아홉 살쯤으로 보였지만 사실 온유는 남자애와 동갑인 여섯 살이었다.

"너 많이 먹어서 거기 갇힌 거야?"

윤지는 참으려고 했지만 눈이 매웠다. 마스크 아래로 뜨뜻한 눈물이 얼굴을 적셨다.

"누구세요?"

몸을 일으킨 온유가 화들짝 놀라 윤지를 바라봤다.

"저 사람 친엄마 아니지?"

윤지가 거실 소파에 기절해 있는 애 엄마를 가리켰다. 온유가 고개를 끄덕거렸다.

"새엄마요."

"친엄마는?"

"7월에 하늘나라 갔어요. 피가 아프댔는데 온유는 무슨 병인지 잘 몰라요."

온유의 엄마는 재생불량성빈혈로 골수이식을 기다리다 죽었다. 아이 아빠는 진작 만들어놓은 애인과 살림을 합치고 일평계로 겉돌았다.

"너 눈 감고 귀 막고 여기 조금만 더 있어. 잠깐이면 돼."

차라리 아파 죽어 엄마가 없는 편이 낫다는 생각을 했다. 친엄마가 살아 있는데도 애가 이런 학대에 놓여 있다면 거기도 발붙이고 살 만한 집구석은 아닐 것이다. 윤지의 엄마도 그런 사람이었다. 이혼이라곤 하지만 도망이었다. 종합격투기 선수였던 윤지의 아빠는 경기장에선 늘 패배자였지만, 집 안에선 폭군이었다. 라운드걸을 하다 아빠를 만난 윤지의 친모는 별 이유 없이 자주 맞았다. 외출복이 너무 짧아서 맞고, 집에 먼지가 쌓여 맞고, 설거지 소리가 너무 커서 맞고, 윤지가 울어도 맞고, 맥락 없이 아무 일 없이도 맞았다. 친모가 탈출한 집에서 아빠는 새로운 샌드백을 찾아냈다. 자신을 닮아 또래보다 월등히 크고 단단한 딸 윤지였다. 딱 온유와 같은 나이에 윤지는 코피가 터진 채 신고 전화를 걸었다. 그리고 경찰 대신 희연이 찾아왔다.

윤지는 베란다 문을 닫고 버티컬을 쳐 실내를 가렸다. 애 엄마가 의식을 되찾고 무겁게 눈꺼풀을 들었다. 윤지는 캐리어에서 케이블타이를 꺼내 애 엄마의 손목을 묶었다. 아무리 건장한 몸이라지만 젤네일 바른 긴 손톱이 할퀴면 다치기 마련이었다. DNA를 남길 수는 없었다.

"누구세요?"

입을 벌린 채 테이프로 막은 탓에 애 엄마는 어눌하나마 말을 했다. 윤지는 대꾸 없이 뺨따귀를 세 번 내리쳤다. 고막이

터진 여자가 헉헉 숨을 몰아쉬며 고개를 흔들었다.

"너나 네 서방이나 똑같은 것들인데, 재수 없게 한 마리만 참교육하게 됐네."

윤지는 뺀들거리는 온유의 아빠도 잡아 족치고 싶어 아쉬웠다. 여자가 비명을 질렀지만 소리가 되어 공간에 퍼지지 못했다. 겨우 우물거리는 말 정도라면 모를까, 테이프가 괴성을 틀어막았다.

"애가 밥을 먹으면 얼마나 먹는다고 개새끼처럼 가둬 키우니?"

윤지는 애 엄마를 번쩍 들어 내용물을 뺀 캐리어에 욱여넣었다. 덩치가 크진 않지만 기내용 20인치 캐리어에 다 담기기는 어려웠다. 어렵다고 안 된다는 뜻은 아니었다. 요령과 완력이 더 필요할 뿐이었다. 윤지는 애 엄마의 관절을 비틀어 캐리어에 몸을 맞췄다.

"아저씨, 살려주세요!"

이러다 정말 죽겠구나 싶은 애 엄마가 앞으로 모아 묶어놓은 손을 마주 비볐다.

"죽이진 않아. 되갚아줄 뿐이지."

윤지는 캐리어 뚜껑을 덮었다. 굳이 두들겨 패지 않아도 전신에 피멍이 들고 인대가 늘어나며 어디 한 곳쯤은 골절될 게 분명했다.

"온유 때문에 이러세요?"

애 엄마가 캐리어 안에서 물었다. 여자애 이름이 온유라는 걸 윤지는 이제 알았다.

"그럼 누구 때문일까? 당신 친아들도 많이 먹는다고 개 장에 가두진 않을 거잖아."

윤지는 캐리어 위에 걸터앉아 버티컬 틈새를 바라봤다. 온유는 거실이 아닌 베란다를 내다보고 있었다. 그 애가 어떤 마음을 품고 있는지 윤지는 잘 알았다. 그녀 자신도 아빠의 발길질에 뒤로 나자빠진 순간 현관문을 열고 희연이 들어왔으니까. 그 시절의 희연은 체력과 싸움 실력이 전성기였다. 그러나 상대는 번번이 완패할망정 현역 종합격투기 선수였다. 둘의 대결은 치열했다. 훅과 어퍼컷을 주고받았고 사이드킥과 프론트킥을 체크킥으로 방어했다. 윤지의 아빠는 줄곧 우세했다. 희연은 가드를 올리고 주먹을 피했다. 둘이 질펀하게 싸우는 동안 윤지는 나자빠진 채로 턱을 들어 창밖 먼 풍경을 봤다. 창밖으로 뛰어내릴까. 내가 자꾸 거짓말을 해서 아빠가 화난 거잖아. 지저분한 밥그릇에 물을 채워놓지 않아 제대로 가르치려는 거였잖아. 한 번 입어 아직 깨끗한 옷을 세탁 바구니에 넣지 않았으면 괜찮았을 거야. 하지 말란 걸 했으니 벌 받을 사람은 나야. 나만 사라지면 아빠는 화낼 일이, 화낼 사람이 없게 되지.

윤지는 옛일을 떠올리다 얼굴을 일그러뜨렸다. 부모의 사랑은 그 자식이 부모를 사랑하는 마음과 비교되지 않았다. 윤지는 자신과 엄마를 개 잡듯 잡은 아빠마저 용서했었다. 희연은 카운터킥으로 윤지의 아빠를 기절시키고, 때마침 창문을 열고 몸을 반쯤 기울인 윤지를 구해냈다.

"식탐이 정말 심해요. 1킬로그램짜리 너겟을 전자레인지에 데워 앉은자리에서 다 먹어요. 밥솥에 밥이 남아나는 꼴이 없고, 지 꺼 다 먹고 동갑내기 우리 애 간식도 한입만 한입만……."

애 엄마가 캐리어 안에서 하소연했다.

"잠깐, 동갑내기라고? 온유 몇 살인데?"

윤지의 눈엔 온유가 통통한 아홉 살 정도로 보였고, 남자애는 보통 체구의 여섯, 일곱 살 정도였다.

"여섯 살이요. 나가면 다 개가 누난 줄 알아요. 켄넬에 가둔 건 맹세코 오늘이 처음이었어요. 나 그렇게 나쁜 년 아니에요. 무인 매장에서 계산도 안 하고 빵을 잔뜩 가져다 몰래 처먹…… 먹는 걸 보고 속이 미어져서 그런 거예요."

윤지는 애 엄마의 말에 캐리어에서 일어섰다. 분명 그녀는 아이를 학대한 죄인이었다. 하지만 온유 또한 평범한 아이는 아니었다. 확인할 게 있었다. 남자애는 이미 여러 번 112에 장난 전화를 걸었다. 분명 부조리한 상황이 있어서 아이를 자극

했을 것이다. 윤지는 캐리어를 열고 애 엄마의 입에서 테이프를 벗겨냈다. 헝클어진 머리에 따귀 맞은 자리가 벌겠다. 애 엄마는 겁에 질려 눈을 내리뜨고 무릎을 꿇었다. 정기적으로 피부과에 다니며 열심히 관리한 피부였다. 윤지보다 서너 살 많아 보였다. 한창 놀고 자신에게 투자해야 할 나이에 한차례 파경을 겪고도 무책임한 남자와 두 번째 인생을 준비하는 어리석은 부류였다. 경멸하고 싶지만, 마음 한편으론 그녀가 지금의 선택들을 되돌리길 바랐다.

"한부모 가정 혜택 알아봤어요? 알바라도 하며…….."

윤지가 입을 열자마자 현관 초인종이 울렸다.

"남편?"

윤지는 벨을 누르는 자가 남편이면 다행이라고 생각했다. 두 사람에게 다짐을 받고 서로 새출발하는 단란한 시간이 될 터였다.

"아뇨, 그이 지금 고흥에 있는데요."

애 엄마의 말에 윤지는 불길함을 느꼈다.

"경찰입니다. 잠시 확인할 게 있어서 들렀습니다."

그녀는 애 엄마의 손목에서 케이블타이를 끊어냈다.

"온유랑 온유 방에 있을 거야. 처신 똑바로 하는 게 좋겠지?"

윤지의 말에 여자는 빠른 동작으로 고개를 끄덕였다. 함부로 입을 놀렸다간 괴한이 자폭하듯 온유의 아동학대를 발설할지 몰랐다.

"저기가 온유 방이에요. 청소를 해야 하는데 제가 요즘 좀 바빠서 더러워도 좀……."

애 엄마가 손가락으로 복도 끝 방을 가리켰다. 윤지는 베란다를 열어 온유의 손을 끌고 방으로 달아났다. 애 엄마의 말대로 방은 더러웠다. 침대 대신 갈색 요와 얼룩진 회색 이불이 널브러져 있었다. 옷장도 없어 온유의 살림살이는 더러운 택배 상자에 먼지를 뒤집어쓰고 쌓여 있었다. 작은 플라스틱 밥상 위에 학습지가 펼쳐져 있었다.

"내가 많이 먹어서 엄마가 화난 거예요."

온유가 어둑한 방에 쪼그리고 앉았다. 여섯 살이라고 믿어지지 않는 발육 상태였다. 잘 먹어서 찐 살이 아니더라도 아이는 키, 손과 발이 유별나게 컸다. 그래도 애는 애였다. 디즈니 공주가 프린트된 내복 차림이었다.

"무슨 일이세요?"

밖에서 애 엄마의 목소리가 들렸다. 윤지는 온유를 끌어안고 쉿, 하며 손가락을 세웠다.

"장난 전화라고는 해도 신고 횟수가 누적되면 들러봅니다. 별일 없으신가요?"

순경은 신발장을 살폈다. 여자아이의 것으로 보이는 핑크

색 운동화와 보다 단조로운 남자아이의 운동화, 그리고 애 엄마의 구두뿐이었다. 그런데도 애 엄마의 얼굴은 한쪽 면이 빨갛게 달아올라 부어 있었다. 그것도 방금 맞은 사람처럼.

"애한테 단단히 말해뒀으니 이제 안 할 거예요."

애 엄마가 머리카락으로 얼굴을 가리며 떠듬거렸다.

"잠시 안으로 들어가 아이 좀 만나볼게요."

볼 수 있을까요, 라고 허락을 구하면 핑계를 댈 것만 같아 순경은 정공법을 썼다. 그가 구두를 벗고 함께 온 다른 경찰과 함께 거실로 들어섰다. 아이 장난감들과 캐리어 하나가 눈에 띄었다. 그가 캐리어를 열어보려는 순간, 사람의 기척을 느꼈다.

"죄송합니다. 반성문 쓰고 있었어요."

그를 돌려세운 건 남자애였다. 창문을 열고 베란다로 나와 방문 앞 의자를 치워낸 터라 아이의 이마에 땀이 맺혔다. 아이는 자꾸 장난 전화를 걸어 경찰 아저씨를 놀라게 해 죄송하다는 내용의 반성문을 들고 있었다.

"반성 많이 했니?"

순경의 물음에 남자애가 씩 웃었다. 그 옆에 선 애 엄마의 표정이 초조해 보였다.

"아빠는 어디 계시니?"

"아빠는 아니고 아저씨요. 아빠라는 말이 아직 잘 안 나와요. 아무튼 아저씨는 인테리어 공사하러 먼 데 가셨어요. 주말에나 올걸요.”

재혼 가정이라는 게 드러났다.

“딸도 있으시죠?”

순경은 현관문에 놓인 신발로 딸이 있다는 걸 알아차렸다. 아마도 의붓딸일 테다.

“네, 있긴 한데 일찍 자는 애라…….”

순경은 애 엄마의 떨리는 턱과 부자연스러운 발음, 쥐었다 폈다 하는 손바닥의 반들거리는 땀을 훔쳐봤다.

“그냥 자는 얼굴만 보고 갈게요. 방이 어딥니까?”

뭔가 말 못 할 사연이 있긴 한 것 같은데 가족 모두 함구한다는 걸 순경은 느꼈다.

“복도 끝이요.”

애 엄마가 마지못해 대답했다.

“김 순경, 사모님한테 우범지역 안내랑 보이스 피싱 예방법 설명해드려.”

순경은 부러 애 엄마의 발을 묶어놓고 복도 끝 방으로 향했다. 종종 장난 전화 같은 진짜 신고 전화도 있었다. 남편이나 혹은 내연남이 집에 찾아와 애 엄마의 얼굴을 저 꼴로 만들고 도망친 건 아닐까. 순경은 신경을 곤두세우고 방문을 열었다.

“누구세요?”

순경이 마주한 풍경은 예상을 빗나갔다. 통통한 여자아이가 플라스틱 밥상에 학습지를 펼쳐놓고 연필을 쥔 모습이었다. 아이의 맞은편엔 긴 머리에 검은색 원피스 차림의 체격 좋은 여자가 지우개를 들고 있었다. 머리카락에 가려 얼굴은 보이지 않았지만 여자는 아이에게 연필 쥐는 법을 가르치고 있었다.

"미안해. 아저씨가 너 자는 줄 알았네."

"구몬 선생님 오는 날이라고 엄마가 말씀하셨을 텐데."

"그래, 공부 열심히 해라."

순경은 조용히 방문을 닫고 거실로 돌아갔다. 하얗게 질린 애 엄마가 순경의 얼굴을 흘끔거렸다.

"학습지 교사가 와 있던데요? 말씀하시지."

그제야 애 엄마의 표정이 녹았다.

"오늘 수요일이구나. 저 깜빡 조는 사이에 오셨나 봐요. 이제…… 된 거죠?"

순경은 온화하게 웃으며 현관으로 나갔다.

"무슨 일 있으면 고민하지 마시고 신고하세요. 늦은 시간에 실례했습니다."

순경과 파트너 경찰이 현관을 나섰다. 하지만 순경은 마지막까지 의문 하나를 품었다. 어째서 신발장엔 학습지 교사의 신발이 보이지 않았던 걸까.

애 엄마가 순경 일행을 상대하는 사이, 윤지는 거실로 나와 옷을 갈아입었다. 캐리어를 가져온 건 신의 한 수였다. 만약 흑복인 채로 순경과 맞닥뜨렸다면 철창신세였다. 어쩌면 이런 행운도 오빠 민기가 기린 모자를 써주었기에 가능한 기적일지 모른다고 생각했다. 윤지가 원피스를 곱게 접어 캐리어에 넣고 군화도 끼워 신었다.

"아저씨는 언니였네요."

뒤따라 나온 온유가 말했다. 아저씨와 언니의 간극은 한없이 멀었다. 둘은 한 문장에 존재하기 어려웠다. 하지만 아직 어린 온유는 그렇게밖에 표현하지 못했다.

"말하면 안 돼. 새엄마한테도 절대. 그래야 널 도울 수 있어."

윤지는 마스크를 귀에 걸었다.

"저 신고 안 하실 거죠?"

경찰을 배웅하고 온 애 엄마가 소리 죽여 말했다. 그녀의 티셔츠 자락을 잡은 남자애의 표정이 간절했다.

"그쪽이 신고 안 하면 나도 안 해. 앞으로 또 애 굶기거나 가두면 찾아올 거야."

윤지는 캐리어에서 작은 곰 모양 키 링을 뜯어내 TV 옆에 올려두었다. 가짜지만 죄지은 게 많은 사람이라면 진짜 홈 캠이라고 믿을 만한 물건이었다.

"난 진짜 안 그러는데, 애 아빠는 못 막아요. 그이가 여자애 덩치만 키운다고 외려 나를 타박한다니까요. 출장 갔다 와서 애 뿔어 있으면 또 나를 족쳐요. 진짜 못 살아."

"못 살겠으면 갈라서야죠. 한부모 혜택 알아봐요. 아들이 엄마 대신 사과하며 살게 할 겁니까?"

윤지는 아직 숙제가 끝나지 않았다는 걸 깨달았다. 아내와 딸을 몰아세워 현실감과 판단력을 빼앗는 남자야말로 계몽의 대상이었다. 그녀는 무거운 마음으로 302호를 나섰다.

민기는 기린 모자를 들고 16번 길 골목으로 들어섰다. 샤워도 하고 옷도 갈아입을 심산이었지만 무엇보다 가보인 기린 모자를 제자리에 가져다 놓아야 했다. 그는 해방의 집 앞에서 걸음을 멈추었다. 폐목재에 못을 박아 모양을 잡고 장판을 얹어 놓은 평상 위에 해방과 웬 남자가 나란히 앉아 있었다. 가만 보니 어제 도로에서 라현이를 아냐고 물었던 그 얼굴이었다. 웬만해선 16번 길에 외부인이 들어오는 일이 없어 민기는 당혹스러웠다.

"민기 일찍 왔구나. 너 저녁 안 먹었으면 이수겸이랑 우리 집에서 먹자."

덕분에 민기는 남자의 이름이 이수겸이란 사실을 알았다.

"저 저녁 약속이 있어서요. 그런데 저분은 왜……?"

민기의 물음에 수겸이 저리에서 벌떡 일어섰다.

"행복센터 민원행정팀 이수겸 주무관입니다. 그냥 놀러 왔어요. 편하게 대해주십시오."

사고 현장을 정리하느라 자정까지 서성댄 걸 보고 공무원일지 모른다 생각했는데, 역시 민기의 추측이 들어맞았다. 반죽 좋게 인사하며 명함까지 내밀었지만 민기는 그의 표정에서 긴장감을 읽어냈다.

"네, 축민기라고 합니다. 놀다 가세요."

민기는 둘의 관계가 궁금했다. 하지만 해방에게 말 한마디 잘못 붙이면 선 채로 이삼십 분은 들어줘야 하는 낭패가 생길 수도 있었다. 그는 얼른 자리를 빠져나왔다.

"축민기 씨, 덩치 좋네요."

수겸은 민기의 키와 어깨너비, 큼직한 손을 꼼꼼히 살폈다.

"응, 학생 때 투포환이었나 역도였나 운동 좀 했어. 근데 껍데기만 저렇지 남자가 점잖아도 너무 점잖아. 네, 아니면 아니오. 답이 두 개밖에 없다니까. 즈이 아버지 닮아 그렇지. 한데, 의붓자식도 양부모를 닮나? 저 집은 아들딸 다 주워다 키웠는데 부부가 낳은 듯이 똑같아."

수겸은 민기가 대문을 열고 감나무 아래를 지나쳐 현관으로 다가가는 걸 봤다. 까마귀가 도망치는 곳은 항상 16번 길이었다. 그의 체격은 너무 점잖다는 저 남자 축민기와 엇비슷했다. 과거 운동 유망주였다면 아직도 동년배에 비해 신체 능력이 뛰어날 터였다. 하지만 확신할 수 없었다.

"옆집엔 네 식구가 사시나 봐요. 집 관리가 잘됐어요. 페인트도 주기적으로 칠하시는 것 같고."

수겸의 말에 해방이 고개를 가로저었다.

"웬걸. 남매만 살아. 애들 아빠가 저번 주에 졸했고, 엄마는 실종된 지 일 년이 넘었어. 행복센터에 붙여놓은 실종자 전단 못 봤어? 53세 완희연, 검은색으로 염색한 미군복에 군화 신은."

해방의 말에 수겸이 아아, 고개를 끄덕였다. 희연은 실종자 중 특이한 용모였다. 175센티미터의 장신에 85킬로그램의 근육질 체형인 정신의학과 간호사였다. 전단에 첨부된 사진은 옅게 화장하고 환히 웃는 사진이었지만 성질 워럭워럭한 아저씨 같다는 인상을 지울 수 없었다. 경찰과 지자체에선 건장한 그녀가 범죄에 연루되었을 가능성보다 자발적 가출로 잠정 결론을 냈다. 하지만 노인정과 부녀회에선 여전히 완희연을 찾는 전단을 배포하는 중이었다.

"인심 좋은 분이셨죠? 노인정하고 부녀회가 적극적이잖아요."

"나야 이웃이니 자발적으로 움직이는 거지만, 노인정이랑 부녀회는 여사님 말씀에 따르는 거지 뭐."

해방은 사십오 년 전에 담배를 끊었지만 아직도 이따금 담배를 피우고 싶어질 때가 있었다. 특히 그의 인생에 특별한 캐릭터 희연을 떠올릴 때가 그랬다.

"여사님요?"

"뭐 이렇게 모르는 게 많아? 도담시 살면서 공주마마 이입분 몰라? 진짜 이씨 왕조 혈통이래. 피가 진하게 섞인 건 아니고 건너 건너 옅게. 그래도 내가 보기엔 공주가 맞긴 해. 정치질을 할 줄 알거든. 게다가 댁에 가면 토사 이광희가 직접 그린 열두 자짜리 병풍에 백자 달항아리, 은촛대…… 별게 다 있어. 왕가 인장도 꽝꽝 찍힌 거. 그거 내다 팔면 말년 떵떵거릴 양반인데 공주 자존심이 허락하나. 꽁기꽁기 모은 이천오백만 원을 공무원이 훔쳐 가서 뻐르고 있다대. 여사님이 민기랑 민기 아버지를 많이 아꼈지."

수겸은 발가락에 쥐가 났다. 그를 콕 집어 용 대가리의 기행을 막아달라고 민원을 제기한 사람이 입분인 탓이었다. 입분은 해방의 말대로 정치를 할 줄 아는 여자였다. 그녀는 대영을 아낀 만큼 그의 아들도 귀여워했다. 그러니 민기를 곤란에 빠트릴 생각은 없었다. 자신의 돈 이천사백이십일만사천 원을 슬쩍한 희끄무레한 애송이가 깨지지 않는 방패에 어떻게 덤빌지를 지켜보는 중이었다. 수겸의 시간과 노력이 헛되이 돌아가는 걸 노인정 앞 의자에 앉아 뫼비우스 담배를 피우며 즐길 마음이었다.

수겸은 한쪽 발로 쥐가 난 발가락을 꾸욱 누르며 신음을 토했다. 그때 부랴부랴 옷을 갈아입은 민기가 집을 나섰다. 검정 후드티에 면바지 차림이었다. 기실 민기는 셔츠에 가을 점퍼를 걸칠 계획이었는데, 셔츠는 주름이 자글자글해 다려야 했고 가을 점퍼는 앞자락에 불고기버거 소스가 묻은 상태였다. 민기는 세탁실 건조대에 뽀송하게 말려놓은 윤지의 후드티를 껴입었다.

"김치수제비 끓였어. 들어들 와."

해방네 부엌 창문이 열렸다. 해방의 아내 미자였다.

"들어가자. 우리 미자는 밥때 안 지키면 굶겨. 다리도 성치 않은 사람이 끓인 거니 맛없어도 맛있다고 해. 응?"

해방이 수겸을 일으켜 세웠다. 수겸은 해방 뒤를 따라 대문을 넘으며 민기의 뒷모습을 바라봤다. 머리에 후드를 쓰고 검은색 전투복 바지에 군화만 신는다면, 그는 영락없는 까마귀였다.

윤지와 민기는 약속이라도 한 것처럼 라현네 아파트 1층 엘리베이터 앞에서 마주쳤다.

"아, 깜짝이야! 누가 그거 입으랬어?"

윤지의 밤마실용 후드티를 입은 민기가 머리를 긁적였다.

"미안."

옷을 다릴 시간이 없었고, 점퍼엔 얼룩이 묻었으며, 동종 업계 종사자들 사이에 신상이 유출된 게 신경 쓰여 제대로 사고할 능력이 없었다는 긴 얘기를, 민기는 짧게 표현했다.

"넌 옷이 왜……?"

윤지는 조금 전 온유네를 나서 스터디 카페로 돌아왔다. 순경이 자신을 알아본 게 아닌가 싶어 마음이 타들어갔다. 그녀는 캐리어 커버를 벗겨 쓰레기통에 버리고 종업원에게 실수로 창문을 부쉈다고 이실직고했다. 보험회사에 대물 보상 접수를 하며 가까운 탑텐으로 달려갔다. 거기서 가장 사이즈가 큰 여성복을 고르자니 잘 팔리지 않는 노란색 후드티와 빨간색 조거 팬츠뿐이었다. 약속에 늦으면 의심을 살까 봐, 윤지는 어린이집 원복 같은 옷 두 벌을 사 탈의실에서 갈아입었다. 캐리어는 라현네 아파트 재활용품 분리수거장 깊숙이 숨겨두었다.

"얘기가 좀 길어."

남매는 지칠 대로 지친 몸을 이끌고 엘리베이터에 올랐다. 10층에 도착하자 윤지가 라현의 집 초인종을 눌렀다. 아무래도 순경이 거실의 캐리어와 끊어진 케이블타이를 이상하게 생각할 것 같아 심장이 쿵덕거렸다.

"어서 와."

라현이 아직 외출복 차림으로 현관문을 열어주었다. 넓고 세련되고 따뜻한 집이었다. 베란다와 거실엔 갖가지 화분이 넘쳐났고, 라현이 중학생 때까지 열심히 치던 피아노와 가족 사진이 잘 어우러졌다. 부엌에서 계란찜과 달착지근한 간장 불고기 냄새가 풍겼다. 라현은 두 사람이 보는 앞에서 한쪽 발씩 양말을 벗으며 엄마, 윤지랑 민기 오빠 왔어, 소리쳤다.

"양파 좀 썰었다고 내호 운다."

라현 엄마 기옥이 날씬한 회색 고양이를 품에 안고 거실로 나왔다. 자그마한 키에 통통한 몸집의 기옥은 강력팀 형사였다. 갑상선암 수술을 받고 한동안 휴직하다 내일 복직을 앞두고 있었다.

"아저씨는 아직이세요?"

윤지는 그가 사무실에 들러 옷을 갈아입고 서류 작업을 마친 뒤에 귀가할 것을 알면서도 물었다.

"거진 올 때 됐어. 배고프면 고구마 구워놓은 거 한입씩들 해."

윤지와 민기가 소파에 앉자 라현이 거실 한가운데에서 긴 작대기에 끈이 매달린 장난감을 흔들었다. 그러자 내호가 잰걸음으로 달려와 끈을 잡느라 겅중거렸다.

"오빠, 참 신기하지 않아?"

라현은 고양이와 놀아주며 물었다.

"어떤 게?"

민기가 되물었다.

"기린 모자의 신비 말야. 사건 사고가 끊어졌잖아. 그렇다고 아예 없는 건 아니지만."

기옥이 잘 구운 고구마를 먹기 좋게 토막내 소파 테이블에 놓아주었다.

"없는 게 아니면 뭐가 있다는 거네."

윤지는 긴장을 감추려고 사실 입에 당기지도 않는 고구마를 물고 말했다.

"우리 이수겸 주사한테는 재앙이 끝나질 않아. 민원이 두 군데서 들어왔는데, 만만치 않아. 하나는 까마귀 잡을 CCTV를 너희 집 앞에 달게 해달라는 거고, 또 하나는 오빠 기린 모자 캠페인 멈춰달라는 거."

라현은 대영과 민기의 가업에 대해서만 알고 있었다. 수십 년째 도담시를 휘젓는 까마귀의 정체가 윤지의 엄마 희연과 그의 딸이라는 건 그들 가족 외엔 비밀로 부쳐졌다.

"그래서 어르신 집에 행복센터 직원이 왔구나."

민기는 수겸과 이런저런 인연이 겹치는 게 신기했다. 하지만 좋은 인연은 아니었다. 그를 위해 기린 모자를 쓰기로 결심했는데, 정작 당사자인 수겸이 그걸 벗기려 드는 아이러니가 안타까웠다.

"그건 그 사람 일이잖아. 너 왜 그렇게 직장 동료를 걱정해? 뭐가 있네."

윤지는 뜨거운 고구마에 여린 입천장이 데이는데도 아무렇지 않은 척 대화를 끌어갔다.

"말 안 했구나. 나 이수겸 씨 혼자 좋아해. 그래서 그 사람이 매일 조금 더 행복해졌으면 좋겠는 거지. 덜 걷고 덜 땀 흘리고 이따금 웃고 자주 대화하고 싶어. 지금은 이수겸 씨가 우리 애야."

민기는 뜨거운 고구마를 씹지도 않고 꿀떡 삼켰다. 라현에게 좋아하는 남자가 생겼다. 그것도 짝사랑이었다. 민기는 자신과 그녀가 같은 처지라는 게 믿어지지 않았다. 그는 장미경의 소설을 윤문하며, 선량하고 아름다운 여자를 묘사할 때 라현의 이미지를 호출했다. 라현은 한 번도 접지 않은 종이처럼 구김살 없고 쾌활한 사람이었다. 그런 여자를 마다할 남자가 과연 세상에 존재할 수 있는지 의문스러웠다. 이수겸이 몰라준다면 자신이 먼저 마음을 꺼내 보이는 게 낫지 않을까, 민기는 혼란스러웠다.

"학교 다닐 때도 그렇게 덕질을 하더니, 이젠 직장 동료 덕질까지 하네."

라현은 아이돌, 배우, 정치인, 과학자, 인플루언서까지 골고루 덕질을 하며 어른이 되었다. 여전히 한때 우리 애였던 사람들의 사진을 저장하고 검색을 멈추지 않지만, 가장 소중

한 사람은 지근거리의 수겸이 되었다.

"말도 못 해. 오늘도 선물 거절당했다고 아줌마 밥하는데 그 모든 상황을 중계하는 거야. 그냥 고백하고 차이면 말라고 했더니, 그걸 또 삐치더라."

상을 차리며 기옥이 눈을 흘겼다.

"엄마, 내가 말했잖아. 고백은 확신이 들 때 하는 거라니까."

내호가 작대기 끝에 달린 줄을 앞발로 건드리다 팔짝 뛰어 현관으로 내달렸다.

"쟤, 아빠 레이더 있다. 엘베 소리만 들어도 아빤지 옆집 아줌만지 알아."

세상엔 별별 초능력이 다 있구나, 생각하며 남매도 소파에서 일어서 현관으로 향했다. 도어록이 열리고 순경이 퇴근했다. 그는 구두도 벗지 않은 채 내호를 끌어안고 입을 맞추었다. 아빠 보고싶었져요? 왜 이렇게 늦게 왔져요? 내호가 기다렸져요, 같은 말을 하는 동안 순경의 검은색 재킷에 내호의 털이 묻어났다.

"안녕하세요, 아저씨."

남매가 동시에 같은 인사말을 건넸다.

"윤지랑 민기 오랜만이야. 들어가자."

그제야 순경이 구두를 벗고 집 안으로 들어섰다. 그는 여전히 고양이를 어깨에 아기처럼 안고 유치원생 같은 말투로 떠들었다.

"늦으셨네요. 바쁘신가 봐요, 요즘."

윤지는 본론부터 시작하기로 했다.

"퇴근 전에 마음에 좀 걸렸던 전화가 있어서 들렀다 오느라고."

순경이 재킷을 벗어 옷걸이에 걸고 내호를 뺨에 비볐다.

"뭐가 또 맘에 걸렸수?"

식탁에 수저를 놓으며 기옥이 물었다.

"장난 전화가 왔는데, 묘하게 장난 같지가 않아서 가봤지."

라현이 테이프클리너로 순경의 재킷에 붙은 털을 뗐다.

"그랬더니요?"

윤지가 마른침을 삼키며 물었다.

"별일은 아니더라. 그래도 찜찜한 게 있어서 자주 들여다볼까 해."

순경이 내호를 내려놓고 윤지를 바라봤다. 그녀는 온몸의 피가 차갑게 식는 것 같았다. 홈 캠이라며 남기고 온 키 링을 순경이 알아볼지도 몰랐다.

"윤지 새 옷 샀구나. 아까 너 정도 체격 여자가 시커먼 원피스 입은 거 봤는데, 우중충하더라. 젊은 사람은 젊게 입어야 해."

윤지는 억지스럽게 웃어 보였다.

"아저씨, 요즘도 까마귀 신고 와요? 라현이네 직장 동료가 그걸로 곤욕이래요."

윤지가 묻고 싶었던 걸 민기가 대신했다. 수겸이 곤란에 처할수록 라현의 마음이 달아오르니 민기는 간만에 길고 성의 있게 물었다.

"신고 말고 제보 전화는 있었지. 조만간 또 걸려 올 것 같고. 그걸 토대로 내가 프로파일링을 하고 있어. 완성되면 형사팀 우리 기옥 씨한테 넘길 생각이야. 아저씨 손 씻고 올게. 먼저 식탁 가 있어."

윤지는 현기증이 일었다. 온유네 집에선 학대의 흔적을 발견했고, 제보로 범인의 윤곽을 그려가고 있다니 아무래도 윤지가 범인이란 걸 알아차린 게 아닌가 싶었다. 도저히 음식을 목구멍으로 넘길 수 없을 것 같았다.

"같은 이불 덮고 자도 일 얘긴 한마디도 안 하는 양반이 웬일인가 몰라. 미역국 싱거우면 말해, 소금 줄게. 우린 가능한 나트륨 줄이고 있어."

윤지와 민기는 각자 다른 두려움을 품은 채 식탁에 자리 잡았다. 윤지는 턱끝까지 올라온 검거의 순간이 연상되었고, 민기는 라현에게 자신을 어필할 방법을 고심했다. 그러다 조금 전 라현이 한 말을 떠올랐다. 고백은 확신이 들 때 하는 거라는. 민기는 암담했다.

고시원으로 돌아온 수겸은 오랜만에 배가 불러 잠이 오지 않았다. 그는 일회용 면도기로 셔츠의 보풀을 제거하고 침대 아래서 아직 포장을 뜯지 않은 종이 상자를 꺼내 가을, 겨울 옷의 냄새를 맡았다. 쾌쾌한 묵은내 대신 알싸한 좀약 냄새가 났다. 아버지 산호가 남긴 흔적이었다. 수겸이 기억하는 산호는 자상한 사람이었다. 전기밥솥 대신 꼭 냄비로 밥을 지어 아들을 챙기고 셔츠와 바지를 꼼꼼하게 다려주었다. 계절이 바뀔 때마다 지난 계절 옷에 좀약을 넣고, 볕 좋은 날이면 먼저 떠난 아내가 담가놓은 간장에 볕을 쬐주었다. 어느새 간장 독엔 간장 대신 검은 소금 덩어리만 가득했는데, 그조차도 아까워 버리질 못했다. 그런 그가 잔혹한 연속 살해를 저지르고 감호소로 이송된 후, 수겸은 가족 등록을 미뤘다. 영치금이 바닥났을 테지만 채워주지 않았다. 수겸에게 산호는 살아 있지만 시신이나 다름없었다. 한때 피맺히게 사랑했으나 이젠 숨기고 외면하고 싶은 범죄의 증거물이었다. 죄는 아버지가 지었는데 죄책감은 자신만 느낀다는 생각에 수겸은 속이 상했다. 어쩌면 이런 마음도 아버지의 정신질환 유전자가 만들어낸 증상일지 몰라 절망스러웠다. 죄책감을 떨어내기 위해 수겸은 사회에서 인정받고 싶었다.

내일은 도담역에 가볼 요량이었다. 고시원에서 행복센터까지 버스로 십오 분 거리인 터라 지하철을 타본 게 어언 이 년이었다. 그래도 민원을 해결하려면 현장을 확인해야 했다. 유튜브에 도담역 용 대가리로 검색해 얻은 결과물은 모두 축대영이었다. 점잖게 생긴 중년 남자가 까랑까랑한 목소리로 사이비 교주 같은 소릴 떠들며 지하철 내를 걷는 영상은 조회 수가 그리 높지도 않았다.

지하철 기인들은 1호선에 더 많았고, 용 대가리보다 화려한 복색이었다. 그럼에도 멈춰달라는 민원인이 생겼으니 반드시 임무를 완수하기로 결심했다. 마음에 걸리는 건, 지하철이 아닌 곳에서도 민기가 기행을 벌이고 있을지 모른다는 의심이었다. 후드티를 입고 16번 길을 걷는 그의 모습은 영락없이 까마귀였다. 까마귀에게 두들겨 맞은 사람들의 말에 따르면, 그는 귀신처럼 집에 침입해 얌전히 자고 있는 사람들을 죽기 직전까지 유린했다. 돈을 훔치거나 여자를 추행하는 일이 없다는 게 특이 사항이었다. 민기가 까마귀라면 행여 자신에게 무시무시한 보복을 할지 모른다고 생각했다.

"스톱. 쓰리고에 멍따, 아까 나 흔들었어."

옆방에서 고스톱 치는 소리가 고스란히 들렸다. 얇은 나무 판자로 나누어놓은 고시원 소음이 어쩌면 까마귀로부터 자신을 구해줄 거라고 수겸은 생각했다.

이튿날 아침 6시에 수겸은 눈을 떴다. 핸드폰 알람이 진동한 탓이었다. 용 대가리의 출몰 시간이 언제일지 모르니 최대한 일찍 준비해 나가보기로 했다. 어제 든든히 먹은 덕에 공복감이 느껴지지 않았다. 한 끼의 제대로 된 식사는 이십사 시간쯤 인간의 몸을 데워주는 것 같았다. 수겸은 서둘러 씻고, 어제 상자에서 꺼낸 겨울 셔츠를 걸쳤다. 녹색과 검은색의 격자무늬 셔츠는 그의 얼굴을 더 창백하게 만들었다. 차라리 어제 라현의 선물을 고맙게 받을걸, 뒤늦게 후회했다.

그 시각 윤지도 출근 준비를 마쳤다. 평소라면 디자인이 마음에 들어 깔별로 사놓은 원피스 중 하나를 골랐을 테지만, 어제 일로 마음이 찜찜해 흰 블라우스에 샤스커트를 입었다. 거실로 나가자 오빠 민기도 모자 케이스를 들고 방에서 나왔다.

"오늘은 일찍 나가네?"

윤지가 플랫슈즈를 신으며 물었다.

"너무 붐벼서 아빠 출근하던 시간에 맞추려고."

윤지가 현관문을 열고 앞서 나갔다.

"그럴 거 같더라. 역까지 태워줄게."

운동화를 신고 나온 민기는 고개를 가로저었다.

"할 거면 제대로 해야지."

민기는 혼자 생각할 시간이 필요했다. 어떻게 하면 라이벌 이수겸과 타협할 수 있을까. 이런 기행이 단지 나사가 조금 풀린 로봇의 돌발 행동이 아니라 도담시를 구해내는 최전선의 몸부림이라는 걸 설명하고 싶었다. 뭐 가능하다면, 자신과 라현이 보통 사이는 아니라는 걸 표현하고 싶기도 했다. 말주변 없는 자신이 그걸 해낼 수 있을지가 문제였다. 그는 보도블록을 횡단하는 개미 떼를 피하고, 누군가 소국 화분에 던져놓은 담뱃갑도 주우며 묵묵히 걸어 지하철역에 도착했다. 계단을 내려가 개찰구를 지나고 에스컬레이터를 타 승강장에 도착했다. 6시 35분밖에 되지 않았지만 지하철을 기다리는 승객이 스무 명은 족히 넘었다. 승강장 1-1 지점으로 고개를 돌리자 라현이 수겸과 나란히 서서 대화하는 모습이 보였다.

"입분 할머니가 그럴 리 없는데요?"

수겸으로부터 기린 모자의 민원인이 이입분이라는 얘길 들은 참이었다.

“원래 민원 많이 넣는 분이라고 들었어요. 마지막 공주라고 했던가, 어울리는 어르신도 많고요. 절대 취소 안 해주실 거예요.”

“제 말은 그게 아니고. 입분 할머니는 민기 오빠네랑 사이 좋아요. 김장도 입분 할머니가 담가서 나눠주시는 걸요. 돌아가신 민기 오빠 아버지한테는 그런 민원 넣은 적이 없어요.”

입분은 대영을 아꼈다. 그래서 심심하면 출근 시간에 지하철역으로 가 기린 모자 쓴 대영을 흐뭇하게 바라봤다. 그러니 이번 민원은 감정이 담긴 것이 분명했다.

“내막이 어찌 됐든 민원은 해결해야죠.”

수겸이 마음에 결기를 다졌다. 그 모습을 바라보는 사람은 민기뿐이 아니었다. 이제 막 에스컬레이터를 타고 내려온 입분과 그녀의 호위무사 격인 정철이 일행을 향해 다가왔다.

“까딱하다 놓칠 뻔했네. 저 영감이 재작년에 풍 맞아서 한쪽 다리가 좀 그렇잖아. 일찍 나온다고 나온 건데 가이단이 좀 많아야지.”

입분은 계단을 일본어 가이단으로 부를 만큼 옛날 사람이었다. 그녀의 곁에 선 키 큰 노인 정철은 젊은 시절 HID에 복무한 이력의 강골이었다. 그러나 뇌졸중 이후론 다리를 저는 탓에 기세가 예전만 못했고, 탁해진 눈빛을 가리려 늘 선글라스를 쓰고 마크사에서 화려하게 수놓은 베레모와 항공 점퍼로 멋을 냈다.

"안녕하세요, 어르신."

민기가 입분을 향해 공손히 인사했다.

"나는 안녕하다만, 저 공무원 나리는 내가 안 반갑겠지."

멀거니 서 있는 수겸을 향해 입분이 말했다. 그도 뒤늦게 꾸벅 인사를 했다. 반갑지 않은 것도 사실, 그녀의 반들거리는 지팡이가 두려운 것도 사실, 왜 여기까지 나와 자신을 감시하는 건지 혼란스러운 것도 사실이었다.

"할머니, 진짜 민기 오빠 기린 모자로 민원 넣으신 거 맞아요? 왜 그러셨어요?"

라현이 살갑게 입분의 팔짱을 끼려 하자, 정철이 슬그머니 밀어냈다. 눈치가 백단인 그의 눈에 조금 전 수겸을 향한 라현의 눈빛이 지나치게 달고 느끼해 보였다. 그는 모든 관계를 아군과 적군으로 나누었다.

"고만두지 않을 걸 아니까 넣었지. 감히 누가 민기의 행차를 막겠누."

입분이 드디어 자신의 진면모를 드러냈다. 라현의 질문에 대한 답을 하면서도 입분의 세모꼴 눈은 수겸을 향해 있었다.

"걱정 마세요, 어르신. 제가 막아보겠습니다. 반드시 민원 해결합니다."

수겸도 물러서지 않았다. 이번 민원을 해결한다 해도 입분은 새로운 민원을 제기하겠지만, 수겸 역시 마다하지 않을 작정이었다. 마치 모바일게임처럼 이렇게 한 스테이지, 한 스테이지 깨다 보면 레벨이 올라가고 언젠가 최종 보스도 무너지기 마련이었다.

"내가 연변에서 빨대 하나로 두만강을 건넌 사람이야. 너 비리한데 군대는 갔다 왔냐?"

괜스레 정철이 수겸에게 자기 자랑 섞은 비아냥을 주절거렸다.

"병장 만기 전역했습니다, 어르신."

수겸이 공손히 대답하는데 역사로 열차가 들어왔다.

"얘, 민기야. 공무원 나리 앞이라고 기죽을 거 없다. 너한테 헛짓거리하면 우리 동생이 그냥 두겠냐?"

입분은 이천사백이십일만사천 원어치의 복수를 시작했다. 노약자석에 점잖게 앉아 적의 시체가 떠내려오길 기다릴 참이었다. 민기도 모자 케이스를 열어 크다 못해 장대하게 느껴지는 기린 모자를 썼다. 그들 뒤로 줄 선 사람들이 키득거리며 웃거나 수런거렸다.

"수겸 씨, 미안한데 이건 저도 못 도와드려요. 이따 점심시간에 낱낱이 설명해드릴게요. 뭐 먹을래요? 왕돈까스? 육회비빔밥? 메뉴는 수겸 씨가……!"

라현은 말을 이을 수 없었다. 호탕하게 웃으며 입분과 정철이 먼저 열차에 탔고 그 뒤를 따라 민기와 라현이 들어선 순간, 예상 밖의 상황이 벌어졌다. 수겸이 민기의 기린 모자로 손을 뻗어 기어코 머리에서 벗겨낸 거였다. 그는 벗겨낸 모자를 최대한 멀리 집어던지고, 다시 내리려는 라현과 민기를 온몸으로 막아냈다. 노약자석에 앉은 입분이 지팡이를 짚고 일어서 눈에 안광을 번뜩거렸다. 문이 닫히고 열차가 출발했다. 비로소 수겸이 몸에 힘을 풀었다.

"지금 이수겸 씨가 뭘 한 건지 알아요? 내가 다 설명한다고 했잖아요."

라현이 실망스러운 표정을 지으며 절망적으로 말했다. 모자를 잃어버린 민기는 아직 빈 좌석이 남아 있는데도 바닥에 철퍽 주저앉았다. 오늘 도담시엔 아무도 예상하지 못한 재앙이 벌어질 게 분명했다.

"어르신, 저 민원 해결했습니다."

수겸은 자신의 행동 때문에 라현과 민기가 좌절하는 모습이 안타까웠다. 하지만 할 일을 했을 뿐이고, 이제 모자가 누군가의 손에 의해 쓰레기통으로 버려져 완전히 사라지기만 하면 될 터였다. 그때 수겸의 왼쪽 가슴에 강한 통증이 파고들었다. 입분의 성난 지팡이였다.

"능지처참이 두렵지 않나?"

*

윤지는 약국에서 올라온 약과 종이컵을 들고 자신이 맡은 환자들에게 복약시켰다. 법무병원의 입원실은 일반 정신의학과 폐쇄병동과 크게 다르지 않았다. 공주 법무병원의 과밀 탓에 신설된 도담 법무병원은 시설 또한 최신식이어서 수감자들과 의료인의 만족도도 높았다. 입원 초기엔 CT와 MRI 검사, 종합 심리검사를 하고 이상이 발견되면 단계별로 치료를 이어갔다. 오늘은 그제 입원한 이산호 환자의 종합 심리검사가 예정되어 있었다. 거즈를 떼어주고, 약을 먹인 뒤 오늘 받을 검사를 설명해야 했다.

윤지가 약이 든 트롤리를 끌고 4번 방으로 들어섰다. 2번 침상엔 신행동 묻지 마 칼부림 사건의 범인 남우가 벽을 마주 보고 팔굽혀펴기 중이었다. 그는 입원 초기까지만 해도 자신의 칼부림은 정당방위였다고 주장했다. 남우가 휘두른 칼에 두 명의 중학생과 주부가 중상을 입었다. 모두 누굴 해치거나 자신이 해침당하리란 건 꿈도 꾸어보지 못한 선량한 사람들이었다. 치료 십 개월에 접어들며, 그는 자신의 저지른 일이 얼마나 터무니없고 끔찍한 만행이었는지 인지했다. 남우는 곧 퇴원 승인에 필요한 정신감정을 앞두고 있었다.

"완 쌤, 저 약 줄인다고 했는데 똑같은데요?"

그는 손바닥에 약을 올려 개수를 헤아리고 실망했다.

"알 수는 같죠. 용량이 줄었어요. 기분 좋으시네요?"

"이모가 면회 오기로 했거든요."

남우는 부모가 아닌 이모의 손에 자란 사람이었다. 그가 약과 물을 삼키고 입을 벌려 완벽한 투약을 증명했다.

"이산호 님, 오늘 거즈 떼어내실 거예요. 식염수로 살짝 불릴 건데 일어나보세요."

윤지는 몸을 돌려 1번 침상을 바라봤다. 왜소한 노년 남자 산호는 가장 작은 치수의 병원복도 헐렁했다. 그가 순순히 몸을 일으켰다. 윤지는 국자처럼 홈이 팬 실리콘 턱받이를 산호의 목에 걸고 식염수 통을 꾹 눌러 얼굴의 거즈에 뿌렸다.

"아프시죠? 또 손톱 자해하시면 안 돼요. 구속복 입을 수도 있거든요. 그렇죠, 남우님?"

처음 남우도 자해를 시도했다. 링거로 자신의 목을 조르는 걸 유랑이 발견해 구속복을 입은 일이 있었다.

"근데 저 아저씨는 자해 아닌데요. 손톱 보세요. 엄청 짧아요. 구치소에서 당한 거예요."

남우의 말에 윤지가 고개를 갸웃했다.

"이산호 님, 진짜예요?"

자해 후에 손톱을 깎였을 수도 있으니 룸메이트 남우의 말만으로 확신할 수 없었다.

"나는 우리 아들 같아서, 그냥 머리를 쓰다듬은 건데."

"그 사람은 기분이 나빴구나. 그럼 왜 자해라고 했어요?"

산호가 고개를 수그렸다.

"그 사람도 밖에 자식이 있대서요. 선생님, 그 얘기는 그만하면 안 될까요?"

산호의 말에 윤지는 고개를 주억거렸다.

"그 얘긴 그만할 건데, 여기선 뭐든 사실대로 말해야 유리해요. 안 그러면 수형 기간만 늘어나거든요."

윤지는 그 말을 뱉고는 후회했다. 산호는 최고 형량인 치료 감호 십오 년을 받았다. 그 후에도 예후가 좋지 않으면 감호 기간은 더 늘어날 것이다. 그녀는 핀셋으로 거즈를 벗겨냈다. 굵게 살이 팬 자리가 불그스름하게 아물어가고 있었다. 한 장 한 장 거즈를 떼어내다, 윤지는 핀셋을 떨어뜨렸다. 산호의 얼굴은 강심장인 그녀조차 얼어붙게 했다.

십사 개월 전, 윤지는 그 얼굴을 본 적이 있었다. 소름 끼치는 비명과 웃음소리, 어둠을 가르던 시퍼런 칼날, 그리고 진득한 핏물. 하지만 그녀가 목격한바 산호는 가해자가 아니었다. 그걸 증언할 수 있는 사람은 윤지 한 사람뿐이었다. 세 명의 무고한 희생자가 발생한 도담시민아파트 연속 살해 사건은 엄마 희연과 윤지가 핵심 목격자였다. 이제 희연은 자취를 감췄고, 그녀의 역할을 윤지가 이어받았다. 그러나 법정에 서서 도담시민아파트에 가게 된 경위를 설명하자면 정체를 밝힐 수밖에 없었다. 윤지는 용기가 나지 않았다. 아직 지켜줘야 할 사람들이 많았다. 온유의 꾀죄죄한 얼굴이 눈에 아른거렸다.

"선생님, 안 아파요. 계속하셔도 됩니다."

산호는 윤지가 다시 핀셋을 집고, 연고를 꺼내길 기다려주었다. 그는 윤지의 얼굴을 몰랐다. 억울하게 살인자의 누명을 쓴 그 밤, 산호가 본 윤지는 마스크와 후드, 장갑으로 꽁꽁 싸맨 상태였다.

"증상 처음 느끼신 게 몇 살 때쯤이에요?"

윤지는 아무렇지 않은 척 면봉에 연고를 찍어 상처에 발라주었다.

"군대 가서요. 누가 자꾸 말을 걸어서 대답을 하면 고참이 화를 냈어요. 미친 척한다고. 무자비하게 맞으며 겨우 전역하고, 정신과 치료를 시작했지요. 몇 개월 지나니까 헛것도 안 보이고 헛소리도 안 들립디다. 약이 그렇게 좋은 줄 몰랐어요."

약물로 충분히 조절되는 병이었다. 사회와 사법기관이 그를 괴물 취급했을 뿐, 산호는 남보다 조금 나약하게 태어난 사람이었다. 그는 윤지가 건넨 처방약을 얌전히 입에 털어 넣고 물로 삼켰다. 어금니가 모조리 빠져 분홍색 잇몸뿐이었다.

산호는 가난했다. 이따금 돈이 생겨도 이를 해 넣을 엄두를 내지 못했다.

"이따 10시부터 CT, MRI, 종합 심리검사 있을 거예요. 임상 선생님하고 주치의 선생님 면담도 있어요. 어려운 거 아니니까 마음 편하게 받고 돌아오세요."

윤지의 말에 산호가 비시시 힘없이 웃었다.

"아저씨, 그거 짭 잡아내는 검사예요. 가끔 정신병 연기하는 사이코패스들이 있거든요."

남우가 말을 거들었다. 정확한 진단명을 알아내기 위한 검사이긴 했지만, 남우의 말마따나 조현병을 연기해 교도소 대신 법무병원으로 도망친 사이코패스들을 감별하기도 했다. 아무리 연기를 잘해도 의료진은 진짜 병과 꾀병을 분별해냈다. 광기와 살기는 분명히 달랐고 그건 눈빛과 목소리로도 발산되었다.

"어련히 잘 알아보시겠어요."

산호를 뒤로하고 윤지는 병실을 나섰다. 그녀는 자신에게 배당된 환자들에게 약을 먹이고 혈압과 체온을 체크했다. 변태 성욕장애 환자들의 끈적한 눈빛도 윤지 앞에선 잦아들었다. 마약 투약자들의 텅 빈 눈동자도 잠시나마 빛을 냈다. 조증이 발동해 고함을 치며 병실을 이탈한 조울증 환자들은 윤지의 손짓 한 번에 침상으로 돌아왔다. 윤지는 산호에 대한 죄책감으로 평소보다 실수가 잦았다. 바닥에 쏟은 약을 다시 주워야 했고, 환자의 이름이 헷갈려 다른 환자의 약을 줄 뻔도 했다.

"엄마, 이제라도 자수하면 엄마를 찾을 수 있을까?"

윤지는 마음속에 눌러놓은 질문을 입술로 내보냈다. 도담 시민아파트 연속 살해 사건의 밤, 희연은 윤지가 공포에 질린 틈 사이 사라졌다. 범인의 얼굴이 흐릿하게나마 기억났다. 신고하고 자수할 수도 있었지만, 오래전 희연이 했던 말이 떠올라 그만두었다. 윤지야, 우린 작은 결함을 찾아 고쳐놓는 사람이야. 다리가 무너지기 전에, 비행기가 추락하기 전에, 건물이 주저앉기 전에 예방하는 거지. 조용히 세상을 구하는 일이야. 그래서 무슨 일이 있어도 잡혀선 안 돼.

윤지는 간호사 스테이션으로 돌아와 이산호의 의료기록을 열람했다. 가족 등록이 되어 있지 않았다. 운동 시간이면 공중전화 부스엔 긴 줄이 생겼다. 가족과 연인에게 전화를 거는 환자들의 표정엔 간만에 생기가 돌았다. 산호는 철저히 고립된 사내였다. 윤지는 어떻게든 산호의 숨구멍을 찾아주고 싶었다.

입분은 지팡이 저격을 멈췄다. 옅게 회색빛을 띤 눈동자가 수겸을 노려봤다.

"아무래도 너는 빨갱이 새끼다. 인간의 모습으로 둔갑한 악귀여. 어떻게 공주마마 무서운 줄을 모르고 반역을 저지르냐. 즉결 처형만이 답이다."

곁에 선 정철이 허리띠에 매달아놓은 삼단봉을 펼쳤다.

"그만하소, 정 영감. 젊어서 나랏밥 먹었으면 됐지, 늙어서 또 나랏밥 먹으러 들어가면 되겠어?"

입분이 시선을 거두지 않은 채 망연자실하게 서 있는 민기의 손을 감쌌다.

"본부장한테 전화해서 신문고에 민원 하나 올리도록 해.

이수겸이라는 염병천병할 공무원이 축씨 집안의 가보를 분
실했으니 반드시 찾아내라고. 민기야, 걱정 마라. 내가 꼭 찾
아주마."

본부장은 중학교 교감 출신인 김 할머니가 시니어 컴퓨터
교실에서 최우등 수료하며 얻게 된 직책이었다. 정철은 핸드
폰을 들어 본부장에게 전화를 걸었다. 통화가 연결되자 자연
스럽게 스피커폰으로 전환해 열차 안에 두 노인의 쩌렁쩌렁
목소리가 울렸다. 용건을 말하기 전에 안부를 주고받고, 요즘
팔꿈치가 아파 통증의학과에서 체외파 충격술을 받으러 가
는 중이라는 본부장의 하소연도 들어주고, 저녁에 노인정에
모여 애호박전을 부쳐 먹자는 계획까지 나눈 뒤 본론으로 들
어갔다. 승객들이 요란한 소음에 미간을 찌푸리고 일행을 바
라봤다.

"예, 예. 올리고 내가 문자할게요. 영감님 문자 볼 줄 알아
요? 내가 접때 가르쳐드렸구만 그걸 아직도 못하시네. 알겠
어요. 전화드릴게요."

십 분 만에 통화가 끝났다. 그 사이 라현은 수겸을 끌고 옆
칸으로 이동했다. 도담역에 전화를 걸어 승강장에 떨어진 모
자를 보관해달라고 말했다. 하지만 역무원은 모자의 행방을
알지 못했고, 제발 그런 기행 좀 삼가달라는 소리만 보탰다.
라현은 잔뜩 화가 났지만 새로운 민원 소식에 어깨를 늘어뜨

린 수겸을 보곤 마음이 풀어졌다.

"용 대가리……. 아니, 기린 모자는 도담시를 지키는 신성한 토템이에요."

라현은 자신이 하는 말이 얼마나 한심하게 들릴지 알고 있었다.

"무슨 종교 같은 거예요?"

수겸은 그게 종교라면 아예 이해 못 할 행위는 아니라고 생각했다. 진돗개를 숭상하거나 이불 속에 웅크리고 기도를 하는 사람들도 있었으니, 기린 모자를 쓴 민기가 그 교주쯤 되는 인물일지 몰랐다. 교주는 신도들의 신망을 얻기 위해 밤이면 흑복을 입고 불신자들을 응징하고 있는 건 아닐까.

"뭔 소리예요? 지금 냉담자긴 해도 저 성당 다녔어요. 우린 모자를 숭배하는 게 아니라 에너지를 효율적으로 배치하는 거라고요. 지금부터 내 말 잘 들어요. 아주 중요한 얘기니까."

라현은 대영에게서 민기로 넘어온 이 숭고한 의식이 얼마나 가치 있는지 설명하기 시작했다. 그녀가 주워들은 기린 모자의 역사와 그것이 무엇을 상징하고 어떤 효험을 드러냈는지 사례를 들었다. 지난 일주일간 도담시에서 벌어진 사건과 사고 들은 기린 모자의 부재 때문이었으며, 그걸 빼앗은 오늘부터 다시 재앙이 시작될 거란 말을 섬뜩한 표정으로 주워섬겼다.

“저는요, 라현 씨. 저는 그 말을 다 믿진 않아요. 하지만 기린 모자를 되찾으라는 새 민원이 들어오면 해결할 겁니다. 그게 제 일이니까요.”

수겸은 동요하지 않았다. 도담시의 사건과 사고가 다른 지역에 비해 발생빈도가 낮은 건 사실이었다. 하지만 밤이면 까마귀가 설치고, 악성 민원인들이 우수 인재를 모아 공무원을 겁박하는 이 마을이 과연 안전하고 살 만한 곳인지 확신할 수 없었다.

“미안하지만, 이건 겪어봐야 알아요. 단단히 대비해야 할 거예요.”

라현은 슬그머니 수겸의 손등에 손끝을 대었다. 뜨거운 전기가 신경을 타고 심장으로 내리꽂혔다. 통북어처럼 뻣뻣하기만 한 이 남자 어디가 좋은 건지 몰랐다. 처음엔 연민이었지만 이젠 그의 숨결에 섞인 체취와 구레나룻이 끝나는 지점에 작게 맺힌 갈색 점도 좋았다.

“이번에 내리죠.”

라현의 마음을 모르는 수겸이 하차하기 위해 몸을 휙 돌렸다. 그 모습이 라현은 야속하기만 했다.

민기는 여전히 1-1번 출입문 앞에 덩둘하게 서 있었다. 자신이 보는 앞에서 가해자라고 할 수 있는 수겸을 애처로운 눈빛으로 바라보던 라현의 얼굴이 떠올랐다. 비실비실해 보였던 수겸이 일순간 괴력을 발휘해 기린 모자를 벗겨내고 멀리 던져버린 건 참으로 의외였다. 비록 못 할 짓을 했지만, 민기의 눈에도 오늘의 수겸은 제법 늠름해 보였다. 망연자실한 민기를 보던 입분은 꽃무늬 배낭을 열어 지갑을 꺼냈다. 그녀는 지팡이를 짚고 일어서 민기의 손에 지폐 두 장을 쥐여주었다.

"도둑질을 아주 우습게 생각하는 놈이더라. 우리 민기 딱 해서 어째. 이걸로다가 점심 사 먹어. 내가 기린 모자 꼭 찾아오마. 그 빤들빤들한 공무원 나리 껍질을 벗겨서 새로 지어와도 되겠네."

그 옆에선 정철이 스피커폰으로 해방에게 전화를 걸었다.

"어, 이 영감. 나야. 씨발, 내 번호를 저장 안 해놓은겨? 환장하겠네. 됐고, 거 행복센터 놈 못 쓰겠어. 무슨 일이 있어도 협조하지 말라고. 씨씨 티비인지 찌찌 티비인지 절대 안 돼. 민기 기린 모자를 쌔벼서 내버렸어. 뭐? 왜?"

해방은 수겸이 기린 모자 사고를 쳤단 소리에 암담했다. 하지만 어제 그가 만났던 청년 공무원 이수겸은 예의 바르고 살가운 데다 별맛도 없는 수제비를 두 그릇이나 먹어준 뒤 설거지까지 해주고 간 간만에 본 괜찮은 사람이었다. 해방 내외는 윤지 일이라면 발 벗고 나서지만 상대적으로 민기의 일은 한 발 물러서고는 했다. 그도 그럴 것이 얌전단지 대영과는 별다른 교분도 없었고, 간혹 마주쳐도 먼저 말을 거는 이웃이 아니었다. 그와 엇비슷하게 자란 민기도 한 뼘의 거리가 좁혀지지 않았다. 반면 삽삽한 수겸은 처음 만난 순간부터 마음에 착 붙었다. 해방은 언제든 배고프면 찾아오라고, 그의 어깨를 주물러주었다.

"어르신, 괜찮습니다. 모자에겐 모자의 운명이 있고, 연이 닿으면 다시 제 손에 돌아오겠지요."

겨우 정신을 붙든 민기가 두 노인의 손을 잡았다. 이번 일엔 자신의 책임도 있다는 생각이 들었다. 너무 헐겁게 벨크로를 채운 잘못, 앞만 보고 뒤는 챙기지 않은 무신경함, 당장 다음 역에서 내려 돌아가지 않은 나태를 후회했다. 열차가 지하에서 지상으로 올라왔다. 가을비가 갑작스레 퍼부었다. 우산을 챙기지 못한 사람들이 종종걸음으로 뛰었다. 민기, 입분, 정철은 예보에 없던 굵은 빗줄기를 보며 한숨을 내쉬었다.

민기는 평소보다 사십 분 일찍 출판사에 출근했다. 먼저 출근한 주간이 눈인사를 하곤 블라인드를 내렸다. 천둥번개가 번쩍거리는 사무실 안은 상대적으로 아늑하고 고적했다. 그는 빈 모자 케이스를 책상 아래 내려놓고 컴퓨터를 부팅했다. 장미경에게서 메일이 도착해 있었다. 지난주에 작가 프로필과 사진, 작가의 말을 부탁했지만 이번에도 거절의 답장이 돌아왔을 것이었다. 그는 물끄러미 제목 없음의 메일을 바라보다 일을 해야 그나마 기분이 환기될 것 같은 마음에 클릭했다. 그런 거 싫어요. 단 한 문장이 메일의 전부였다.

장미경은 데뷔부터 지금에 이르기까지 언론과 매체에 얼굴을 공개한 적이 없었다. 심지어 계약도 대리인이라는 중년 여성이 찾아와 날인했다. 대표나 주간, 담당 편집자인 민기도 얼굴을 보지 못했다. 아주 드문 경우는 아니었다. 간혹 박지철, 윤덕호 같은 남자 이름을 쓰는 여성 작가도 있고, 이미솔, 성다나 같은 이름의 남성 작가도 있었다. 때로 이미 잘나가는 기성작가가 마치 새로운 계정을 파듯 필명으로 책을 내고 얼굴을 공개하지 않는 경우도 봤다. 어쩌면 장미경도 남자가 아닐까, 민기는 상상했다.

"용 대가리 사진은 재윤 씨가 주간 있는 단톡에 올린 거야. 축 팀장 정리되면 편집 2팀에서 그 자리 먹을 사람이 재윤 씨밖에 없잖아."

빠른 답신 감사합니다, 작가님. 타이핑을 하던 민기의 손이 멈췄다. 편집 1팀 편집자들이 계단을 오르며 나누는 대화가 제법 컸다. 민기는 시선을 돌려 옆 책상 재윤의 자리를 봤다. 시인으로 살다 소설도 써보고 희곡도 쓰겠지만 반드시 시인으로 죽겠다는 애길 수줍게 하던 후배였다. 민기는 툭 건드린 손끝에 시커멓게 멍이 들었다 썩고야 마는 물복숭아였다. 덩치만 커다랄 뿐 감수성은 사춘기였다. 그래서 뛰어든 게 출판업이었다. 상대적으로 덜 경쟁하고 서로의 입장과 처지를 이해하며 각자의 영역을 존중해준다고 생각했다. 그런데 이곳도 세상이고 사회였다. 주간이 블라인드를 손가락으로 벌리고 민기를 한번 바라본 뒤 누군가와 통화했다. 민기는 자신과 관계된 통화라는 걸 직감했다. 기린 모자를 되찾는다 하더라도 출근할 직장이 사라지면 전업 용 대가리 아저씨가 되어야 할 판이었다. 민기는 눈물이 솟았지만, 이윽고 재윤이 출근 인사를 하는 탓에 억지스럽게 재채기를 여러 번 하고 화장실로 도망쳤다.

비는 좀처럼 잦아들지 않았다. 도담시는 마치 하늘이 뚫리기라도 한 듯 폭우를 뒤집어썼다. 라현이 기상청에 전화를 걸어 언제 그치는지 물었다. 위성상으론 가벼운 비구름만 관찰되니 오전 중에 멎을 거라는 답이 돌아왔다. 하지만 예보에 없던 비는 쉬이 물러서지 않았다.

"도담 5, 6동은 신고 접수된 거 없습니다."

민원팀장의 주재로 열린 임시 회의에서 담당자들이 한마디씩 상황 보고를 했다.

"4동은 지대가 낮아서 반지하 두 곳이 침수 접수됐습니다. 양수기 수량이 지금 좀 부족해서 회령시와 접촉 중입니다. 회의 끝나는 대로 현장 나가보겠습니다."

담당자 보고가 끝났지만 수겸은 회의에 참석하지 못했다. 그는 끊임없는 신고를 응대하느라 자리를 벗어날 수 없었다.

“2, 3동 건은 내가 대략 발표할게.”

민원팀장이 파괴 신 이수겸을 대신했다.

“한 시간 만에 열한 건 신고 접수됐다. 침수 가구 세 곳, 정전 및 단수 일곱 곳, 옹벽도 위태롭다는 신고가 있었어. 이수겸이 혼자 못 해. 지리 빠삭하고 기민한 인원 차출하자.”

민원팀장은 습관대로 종이컵 끄트머리를 씹었다. 수재 복구라면 시간과 돈이 필요할 뿐 끝이 보이는 일이었다. 그러나 옹벽은 문제가 달랐다. 도담산의 삼분의 일을 끌어안은 옹벽 옆엔 하이파크 아파트 단지가 들어서 있었다. 지난봄 안전 검사에서 A등급을 받았으니 별 탈이야 있겠나 싶지만, 돌 틈 사이로 물이 흐른다는 신고 전화가 마음에 걸렸다. 그게 무너지면 아파트 붕괴로 이어질 수 있었다. 곧 비가 그친다니 무턱대고 대피 명령을 내리기도 뭐했다. 부디 파괴 신 이수겸이 오명을 벗어내기만 바랐다.

“A등급 나온 거야 잘 알죠. 그런데 물이 샌다는 제보가 있었어요. 첨부파일 확인하셨나요? 보이시죠? 옹벽 틈으로 물이 제법 굵게 쏟아져요. 아니, 자연스러운 배수 현상이라기엔 수량이 많잖아요. 일단 확인해보시죠. 비가 그쳐도 물 먹은 산인데 안심이 안 돼서 그렇습니다.”

수겸은 시공사와 입씨름 중이었다. 차출 명령을 받은 라현이 외근 준비를 마치고 수겸의 책상으로 다가왔다. 오랜만에 아침은 먹었나 싶게 수겸의 목소리에 힘이 들어갔다.

"장비 갖춰서 제대로 오셔야지, 기사 한 분으로 안 돼요. 나중에 어떻게 책임지려고 이러십니까? 하, 네. 일단 알겠습니다. 도착하시면 제 폰으로 연락 부탁드릴게요."

시공사는 미적지근했다. 가을비 치고 억세다곤 들었는데, 기상청에선 몇 시간 후 그친다고 단정했으니 바쁜 공사를 제쳐두고 도담시로 큰 인원을 할당할 수 없었다. 지친 수겸도 타협했다. 전문가가 온다고 했으니 우선 급한 침수지부터 달려가보기로 했다. 피해액을 추산하고 임시 거처를 마련하는 등 할 일이 산더미였다.

"거봐요. 내 말 맞잖아요."

수겸이 가까스로 고개를 들었을 때 라현은 볼멘소리를 했다. 그녀는 수겸 몫의 우비와 장화를 건네고 앞장섰다.

"무슨 말이 맞는데요?"

수겸이 필요한 짐을 백팩에 담아 짊어지고 라현을 따라 나섰다.

"이게 다 기린 모자가 사라져서 벌어진 일이잖아요."

"모자 쓰고 지하철에서 소란 피웠으면 비가 안 왔을 거란 얘기예요?"

둘은 주차장에서 관용차에 올랐다.

수겸이 시동을 걸었다. 굵은 빗방울이 철벅철벅 앞 유리로 떨어졌다.

"모자를 못 찾으면 비도 안 그칠 거예요. 현장엔 나랑 다른 동에서 차출 온 직원들이 나가 볼 테니 수겸 씨는 기린 모자를 찾아요."

똥줄 타는 수겸에게는 라현의 말이 장난이나 조롱처럼 들렸다.

"라현 씨."

수겸은 혹시 이게 MZ 방식의 따돌림이 아닌지 의심스러웠다. 제대로 된 일은 우리가 할 테니 수겸 씨는 저기 가서 제초 작업이나 하시든지, 같은.

"네?"

"이거 제 일이에요. 제가 추진하고 결정하고 책임까지 진다고요."

수겸은 라현이 이쯤에서 눈치채고 낯 뜨거워 차에서 내릴 거라 생각했다.

"네, 저도 수겸 씨 일이니까 돕는 거예요. 애당초 모자 찾는 것도 새로운 민원이잖아요. 역할을 분담하는 게 효율적이에요. 책임도 나누고요."

조금도 물러설 기미가 없었다. 하지만 라현의 말이 틀린 건 아니었다. 방금 본부장 김 할머니가 국민신문고에 새 민원 글을 썼으니, 오후쯤엔 수겸도 수해 복구와 모자 사이에서 갈등하게 될 터였다. 수겸은 라현이 진심으로 도담시를 사랑하는 공무원이라고 생각했다. 그러지 않고서 분뇨와 오물로 오염된 반지하에 선뜻 발을 담글 이는 없을 테니까.

"존경합니다. 그래서 존중할게요."

비로소 수겸이 라현의 선택을 받아들였다. 무심코 라현의 옆모습을 바라보았는데, 몇 가닥 눈물이 볼살이 아기처럼 통통한 그녀의 뺨을 타고 흘렀다.

"지금 우시는 거예요?"

수겸은 바지 뒷주머니에 항상 넣고 다니는 손수건을 꺼내 라현에게 건넸다. 그리고 살짝 후회했다. 가난과 소외의 시간이 길었던 수겸은 종종 숨어서 눈물을 감추곤 했다. 어쩌다 빈 교실에 숨어 있다 동급생에게 눈물을 들킬 때면, 차라리 못 본 척해주길 바랐다. 늘 울보 새끼, 처맞았냐는 소리나 들었지만.

"잠깐 감정이 복받쳤어요. 존경하고 존중한다는 말 처음 들어요."

라현이 안전벨트를 끌러내고 보조석 문을 열었다. 비구름 사이로 한 자락 눈부신 볕이 그녀의 정수리로 꽂혔다. 혼인 선언문에나 나올 법한 존경과 존중은 라현 앞에 새하얀 버진 로드를 깔아주었다.

"수겸 씨, 그럼 어디로 가실 거예요?"

"도담산입구역이요. CCTV 돌려 보고 주워 간 사람 신원 파악해볼게요."

경찰도 아니고 행복센터 공무원이 무슨 수로 습득자 신원 파악을 할 수 있을까, 수겸이 내심 고민하던 찰나였다.

"막히면 우리아빠한테 SOS 쳐봐요. 자기소개할 필요 없이 라현이 동료 이수겸이라고 말하면 알아서 모실 거예요."

라현은 명함 지갑에서 아빠 금순경의 명함을 꺼내 보조석에 내려놓았다.

"진짜요?"

"웅, 진짜. 잘되면 주말에 갈매기살 사줘요. 싸고 양 많은데 알거든요."

라현은 다시 거세지는 빗줄기를 피해 다른 다시 행복센터로 건물로 뛰어갔다. 수겸은 방금 라현의 제안이 꼭 데이트 신청처럼 느껴졌다. 그렇다면 거절하는 게 마땅했다. 갈매기살 정도야 답례 차원에서 사줄 수 있지만 주말을 함께 보낸다는 게 마음에 걸렸다. 저런 쾌활하고 상냥한 여자가 어둡고 어딘가 뒤틀린 자신을 좋아할 리 없었다. 이런 사소한 것까지 다 신경 쓰고 눈치 보는 것도 정신병의 전조 증상일지 모른다고 생각했다. 그러니 연애나 결혼은 언감생심이었다. 호의를 갚는 건 또 다른 호의면 충분할 테니, 수겸은 라현의 제안을 걸어내기로 했다.

도담산역 역무원실엔 이미 해방, 본부장, 정철이 모여 CCTV를 확인하고 있었다.

"보라니까, 저렇게 무식하게 내떤지는 놈이 어딨어? 남의 집 가보를. 내가 즉시 제압하려고 했는데 3차 신경통이 도져서 못했어."

정철은 모자가 승강장에 떨어지는 구간을 반복 확인하며 주먹으로 가슴을 퉁퉁 쳤다.

"7분 15초 구간 다시 한번 봅시다. 어째 돋보기를 쓰니까 더 안 보여."

본부장이 돋보기를 다초점 안경으로 갈아 쓰고 모니터에 바짝 붙어 앉았다. 역무원은 정철의 장조카인 탓에 노인들을 함부로 몰아내지 못했다.

"여기, 이놈이 모자를 줍네. 맞잖아."

본부장이 흐릿한 영상에서 한 장면을 집어냈다. 재색 점퍼에 검은색 바지, 이마가 넓고 큰 백팩을 진 남자였다.

"에이, 몇 번을 봐. 젊은 애가 줍는 건 아까도 확인했잖아. 그런데 다음 지하철 타고 어디서 내렸는지를 모르는 거잖아. 여기선 답이 없다, 이거야. 다음 역으로 갑시다들."

해방은 요즘 CCTV 화질이 이렇게 좋아졌구나, 내심 놀랐다. 이런 걸 골목 안에 걸어두면 윤지의 밤마실은 그날로 쫑이었다. 싹싹한 공무원 이수겸에게는 안타까운 일이지만, 더 필사적으로 반대하는 수밖에 없었다.

노인들 뒤에 몇 걸음 떨어져 탐탁지 않은 얼굴로 바라보던 역무원이 전화벨 소리에 다가왔다.

"어르신들 잠시만요……."

역무원은 다른 CCTV 화면을 재생시켰다. 개찰구로 드문드문 사람이 들어오는 장면이었다. 모자를 주운 사람과 동일한 옷차림의 한 남자가 핸드폰을 태그하고 에스컬레이터로 향했다.

"7시 정각이요. 화면 캡처해서 인상착의 보내드릴게요."

역무원의 손길이 빨라졌다. 그는 남자의 얼굴이 비교적 잘 나온 장면을 캡처해 누군가에게 메일로 보냈다. 뒤이어 프린터 옆에 놓인 팩스가 서류 한 장을 토해냈다. 도담경찰서 협조공문이었다.

"지금 너 누구랑 통화했냐? 뭘 한 거야?"

조용히 지켜보고 있던 정철이 조카에게 물었다.

"경찰에서 협조공문 넣었다고 연락 와서 카드 태그 기록이랑 용의자 인상착의 보냈어요. 근데 팩스보다 제 손이 더 빨랐던 거죠."

노인들은 마음만 급했지 절차 없이 움직였다. 하지만 수겸은 역으로 오는 동안 순경에게 전화를 걸어 라현이 시킨대로 동료 이수겸이라 말하며 합리적인 절차를 모색했다. 순경

은 누군가 모자를 주워 가져갔다면 점유물 이탈 횡령죄에 저
촉될 수 있으니 그가 어디에서 타고 어디서 내렸는지 알아봐
주겠다고 했다. 덕분에 수겸은 재색 점퍼 입은 남자가 출판사
거리인 금영동에서 하차했다는 걸 전해 들었다. 지금 수겸은
금영동 행복센터와 접촉해 도로와 거리 CCTV를 확인하러
가는 중이었다.

“누가 신고했는지는 말 안 해?”

정철이 조카에게 묻자, 옆에서 듣고 있던 본부장과 해방이
에헤이, 뻔한 걸 뭘. 질문을 뭉갰다. 어리바리해 보여도 젊은
벼슬아치인 이수겸이 한 걸음 앞선 걸 모두 알아차렸다.

“찾는 건 시간문제니까 나는 다음 민원 준비하러 갈래요.
통증의학과에서 계단 내려가지 말라고 말라고 야단을 치는
데 오늘 계단 백 개는 밟았나 봐. 비가 오니까 더 쑤시네.”

눈치 빠른 본부장이 바퀴 달린 장바구니를 끌고 먼저 자리
를 떴다.

“조카님 수고했어. 나중에 내가 박카스 한 상자 쏘러 올게.”

해방은 실종자 전단을 뿌리러 다닐 때도 신세졌던 역무원
에서 인사를 건넸다.

“이 영감, 너도 가려고?”

“그럼 가지 여기서 뭐 하고 있어? 모자 찾아서 씌워야 비도
그치고 동네도 구순하게 돌아갈 거 아냐. 알아서 잘하겠지.”

해방이 뒷짐을 지고 나서려는데 정철이 막아섰다.

"이가야, 그 오만불손한 놈을 그냥 두자고?"

정철은 오늘 아침 오랜만에 수치심을 느꼈다. 비록 늙고 노쇠해졌지만 아직 비리비리한 청년 하나는 어린애 손목 비틀듯 쉽게 제압할 수 있었는데, 막상 위급한 상황이 펼쳐지자 손이 바들바들 떨렸다. 입분 앞에선 삼단 봉을 꺼낼 채를 했지만 그녀가 말리지 않았더라도 휘두를 자신이 없었다. 정철은 자신이 마음까지 늙어버렸다는 사실을 인정하고 싶지 않았다.

"정가 네가 뭐에 꽂혔는지 몰라도 그 총각 괜찮은 애야. 용대가리 치워달라니까 치워준 게 죄냐? 그거 다시 갖다 달라는데 갖다주는 것도 고까워? 네 조카 앞이라 내가 긴말은 안 하는데, 정가 너도 용의자야. 애먼 공무원 닦달하지 마."

"내가 억울해서라도 도둑놈 잡는다."

해방의 말에 정철은 다리를 절며 역무실을 뛰쳐나갔다. 그가 말한 용의자란 입분의 쌈짓돈 이천사백이십일만사천 원을 건드릴만한 인물 중 하나를 뜻했다. 입분도 공식적으로는 이수겸이 슬쩍했다고 분노하지만, 그 전날 장롱 문짝을 작살 내고 도망친 사람은 정철이라 믿었다. 물론 정철은 펄쩍 뛰며 진범은 따로 있다고 호소했다. 입분의 집에 곰국을 가져다주러 들른 정철은, 주인이 없다는 걸 확인한 뒤 비밀번호를 눌러 집 안으로 들어갔다. 그러다 혀 빠진 것처럼 서랍 한 칸이 열린 장롱을 발견했다. 그는 장롱 서랍을 닫으려다 괜스레 문짝도 한 번 열어보았다. 귀한 보물이 많은 집이니 구경이나 한번 해보자는 마음이었다. 그 순간 입분과 그녀의 딸 내외가 현관에 들어섰고, 정철은 머쓱하게 인사를 건넸다.

정철의 말은 사실이었다. 하지만 노인정 노인들은 고개만 끄덕일 뿐 믿어주지 않았다. 이유는 독거노인인 정철이 곰국을 끓였을 리 없고, 그걸 가져다주느라 버스 여섯 정거장을 걸어왔을 리는 더더욱 없다고 생각해서였다. 다행이라면 그날까진 입분의 돈 이천사백이십일만사천 원은 장롱에 남아 있었다. 해방과 몇몇 노인들은 살림 궁한 정철이 입분의 호위 무사 노릇을 하며 돈 얘기를 들었고, 몰래 훔치려다 실패한 거라고 의심했다. 그리고 이튿날 장롱을 내놓았을 때 목적을 달성한 게 아닐까.

해방은 쏩쏠한 입맛을 다시며 역무원실을 나섰다. 그는 개찰구 앞에서 사라진 간호사 완희연 실종 전단지를 뿌렸다. 살아 있다면 돌아올 때가 훌쩍 지났는데, 어디에서 무슨 험한 꼴을 당한 건지 걱정돼 가슴이 먹먹했다.

"보시면 이 번호로 신고해주세요. 사례하겠습니다."

해방은 젊은 아기 엄마에게 전단지를 쥐어주었다. 희연은 여전히 실종자 전담 수사팀이 아닌 여청계에서 제보만 받고 있었다. 자발적 가출로 분류된 탓이었다. 해방은 환하게 웃고 있는 희연의 얼굴이 자신의 손가락에 가려질까 봐 조심조심 전단지를 다시 잡았다.

그 시각 경찰서 상황실에 전화벨이 울렸다. 늘 그렇듯 순경이 전화를 받았다. 자작자작 빗소리가 수화기를 타고 순경의 귀를 울렸다.

"말씀하세요. 전화 받았어요."

상대가 좀처럼 입을 열지 않자 순경이 다시 대답했다.

"아직도 까마귀가 기지배라는 말 안 믿죠?"

며칠 전 제보 전화를 건 미상의 남자라는 걸 순경이 알아차렸다.

"믿습니다. 하지만 더 구체적인 제보를 기다렸죠. 여성 시민 전체를 탐문할 순 없으니까요."

순경은 펜을 세워 메모 자세를 취했다.

"몸뚱이가 통나무 같은 여자."

"단단하다는 건가요?"

"굵고 단단해요. 키도 크고 운동 오래 한 몸이죠."

"혹시 까마귀와 몸싸움도 하셨나요? 그게 언젭니까?"

순경은 미상의 남자 진술이 직접 만져보고 부딪혀봐야 알 수 있는 질감과 부피감에 대한 얘기라는 걸 깨달았다.

"나에 대해선 말하고 싶지 않아. 당신들은 까마귀만 잡으면 되잖아. 그런 몸을 가진 여자는 도담시에 1퍼센트도 안 될 거 아냐?”

이번에도 미상의 남자는 제멋대로 전화를 끊었다. 순경은 분명 남자에게 더 많은 정보가 있으리란 걸 확신했다. 하지만 그는 자신과 조금이라도 맞붙은 사안에 대해선 예민하게 굴었다. 좋은 냄새가 나는 여자, 덩치가 크고 운동을 오래 한 몸. 순경은 빈 종이에 정보를 적고 생각에 잠겼다. 아직 몇 가지가 더 부족했다.

　행정구역상 서울인 금영동은 서서히 비가 잦아들었다. 수겸은 재색 점퍼를 입은 남자가 출판사 휴먼북으로 들어가는 걸 확인했다. 직원 중 한 명이라는 얘기였다. 1층은 북 카페였고, 계단을 오르자 수십 개의 파티션으로 나뉜 사무실이 드러났다. 모두 뭔가를 읽고 쓰고 전화받느라 분주해 수겸을 신경 쓰지 않았다. 그는 빈 공간을 서성거리다, 가장자리에 앉은 여자에게 저기요, 말을 붙였다.

　"행복센터에서 왔는데요."

　"네, 그런데요?"

　여자는 놀라거나 동요하지 않았다. 그저 방금 읽은 글의 맥락을 놓칠까 봐 상대가 빨리 한 줄 요약 로그라인으로 요청

사항을 말해주길 바랐다.

"도담역에서 분실물이 생겼는데 주우신 분이 여기 다니시는 거 같아서요."

여자는 고개를 한 번 끄덕하곤, 사내 메신저를 열어 방금 들은 이야기를 타이핑했다. 그러곤 초벌 번역 원고로 다시 시선을 떨어뜨렸다.

"얼마나 기다려야 할까요?"

수겸이 파티션 사이사이를 눈으로 훑으며 재색 점퍼를 찾았지만 외투는 모두 회의실 행거에 걸어두는 탓에 보이지 않았다.

"저야 모르죠. 주우신 분 있으면 1층 카페로 내려가시라고 할 테니까 거기 가 계시겠어요?"

모두가 고시 공부하듯 바쁜데, 그들 하나하나를 붙잡고 시간을 허비할 수 없었다. 수겸은 여자가 다시 한번 메신저 창에 공지를 올리는 걸 확인한 뒤 1층 카페로 내려갔다. 그는 사천 원짜리 커피 한 잔을 시켜놓고, 창가에 앉았다. 서울이라 그런가 날씨가 맑았다. 핸드폰이 진동해 받아보니 옹벽 시공사에서 보낸 기사였다.

"네, 기사님. 현장 확인하셨어요?"

재빨리 통화 버튼을 눌렀다.

"봤는데 정상이에요. 물이 샌다고 하신 건 위에서 빗물이 흘러 돌 사이에 고였다가 한꺼번에 쏟아지는 현상이에요."

기사의 말에 수겸은 긴장을 풀었다.

"다행입니다. 고맙습니다."

"근데 소리는 좀 나요. 비 때문에 산이 불면서 부피가 커졌거든요. 귀 대고 들으면 꿀렁대는 소리가 작게 들리긴 해요. 대부분은 비 그치면 천천히 배수되는데 그래도 오늘내일까지는 누가 좀 지켜보셔야겠어요. 괜찮을 겁니다."

"네, 지켜볼게요. 들어가세요."

수겸은 사 먹는 게 아까워 몇 번 맛본 적 없는 아메리카노를 후후 불어 마셨다. 별일 없을 거라는 전문가의 소견을 들었지만 불안감은 쉬이 잦아들지 않았다. 라현에게 들은 십사 개월 전 사건 때문이었다.

재작년 1월이었어요. 대영 쌤 암 선고받은 게. 교사 퇴임하고 나서부터 그렇게 등이 결리더래요. 파스 붙이고 뜸도 뜨고 엑스레이도 찍어봤는데 별다른 이상이 없는 거라. 그래서 복부초음파를 했더니 의사가 얼른 대학병원 가보라고 소견서를 써주더래요. 검사가 오죽 많아요? 조영제 넣고 이 검사 저 검사하고 생검한다고 바늘로 찔러대고. 그러다 무슨 주사를 맞았는데 쌤이 약에 취해 밤이 다 돼서 눈을 뜬 거예요. 기린 모자 캠페인을 나가야 하는데 몸을 못 움직이겠는 거죠. 그러고 무슨 일이 생겼는지 알아요? 시민아파트 연속 살해 사건이요. 약 잘 먹고 얌전히 살던 조현병 환자가 갑자기 폭주해서 이웃 세 명을 살해했잖아요. 우리 센터에서 공공근로도 했던 아저씨가 범인이래요. 아들도 공무원이라는 얘기 있고요. 아무튼 쌤은 그 일로 치료 중단하고 퇴원했어요. 사모님은 소식이 끊기고, 민기 오빠는 기린 모자의 다음 주인이 자기가 될까 봐 방문 걸어 잠그고, 윤지는, 윤지는…… 이상한 일이지만 먹고 운동하는 데 미쳐서 쌤을 제대로 간병하지 못했어요. 이래도 기린 모자 얘기 안 믿을래요? 영물을 빼앗아 던져버렸으니 이건 절대 조용히 넘어갈 리 없어요.

수겸은 이건 믿음의 문제가 아니라고 답했다. 만약 믿지 않아서 재앙이 발동하는 시스템이라면 왜 가장 열심히 믿고 전통을 계승해낸 축대영이 죽고 그의 아내 완희연이 실종되었겠냐고 되물었다. 그러자 라현이 답했다. 역시 안 믿는군요. 커피가 썼다. 정말 기린 모자 때문이라면 이제라도 찾아서 민기의 머리에 씌워주고, 또 입분이 민원을 걸면, 걸면……. 그건 그때 가서 생각해보기로 했다.

"행복센터 직원분!"

조용한 카페 안에 저음의 남자 목소리가 울렸다. CCTV에서 봤던 실루엣과 엇비슷한 남자 재윤이 서 있었다. 흰 면티에 검은색 바지를 입은 그는 턱이 짧고 코가 컸다.

"네, 접니다."

수겸이 자리에서 일어나 재윤에게 인사했다.

"용 대가리 찾으러 오셨죠?"

"아시네요. 못 찾는 줄 알고 걱정했습니다."

재윤은 이미 손에 아이스커피 텀블러를 들고 있었다. 그는 수겸 옆에 자리 잡고 앉아 눈을 감았다 떴다, 손을 턱에 괴었다 내렸다 반복했다.

"모자는?"

수겸이 입을 열었다.

"주간님한테 전달했어요. 모자 주인이 누구인지 우린 다 알거든요."

재윤은 커피 대신 담배가 고팠지만 금연 팔 개월 차였다.

"축민기 씨를 아세요?"

"저희 팀장님이세요. 그런 사람일 줄은 아무도 몰랐죠. 운 좋게 모자를 취득했고 회사 차원에서 선제 조치한 겁니다. 아시다시피 휴먼북은 인류애를 추구하잖아요. 그래서 수요가 적은 자연과학이나 동물행동학 서적도 꾸준히 번역 출간하고. 뭐 연애소설도 좀 하고. 여하튼 팀장님의 일탈행동은 회사 이미지에 타격을 줬어요. 용 대가리 태그로 검색해보면 휴먼북 태그가 나란히 붙어 있기도 하고요."

수겸은 인류애를 추구한다는 출판사가 인간의 기본권을 무시하는 게 모순이라고 생각했다.

"표현의 자유가 있잖아요. 그리고 기린 모자는 축민기 씨 댁 가보로 알고 있는데요? 사유물이잖습니까."

"이익집단에서 불이익을 가져오는 사람은 쓸모가 없죠. 저는 팀장님이 현명한 선택을 할 거라고 생각합니다."

재윤의 대답에 수겸은 기묘한 투쟁심을 느꼈다. 고작 특이한 모자를 쓰고 지하철에서 아침 인사 건네는 게 인류애에 반하는 행동일 리 없었다. 도담행복센터와 자주 붙는 태그는 고담불행센터였다. 그걸 본 시의원들이 항의 방문을 한 탓에 SNS 관리 주무관은 일일이 디엠을 보내 태그를 지워달라고 사정해야 했다. 어느 자치구 공무원이 과업에 시달리다 비관해 건물에서 투신한 사건 이후엔 선제 조치랍시고 옥상정원 출입구를 잠가버렸다. 이름 대면 알만 한 사람이 시찰 나온다는 첩보만 들어오면 인물 좋은 공무원들을 차출해 출입구에서 인사를 시키기도 했다. 꼭 그런 날이면 시찰은 취소되고 민원만 폭주했다. 수겸은 누가 봐도 흠잡을 데 없는 완벽한 공무원이 되고 싶었다. 적어도 행복센터 안에서 근무할 때까진 흔들림이 없었다. 그런데 바깥으로 나와보니 보통의 사람들이 생각하는 인간의 가치는 이익만에 기반했다. 수경은 절망했다. 완벽히 자기 일을 해내는 사람을 고작 모자 때문에 해고할 생각이라니. 인간의 사용법을 잘못 알고 있거나 오용하는 인간들이 혐오스러웠다.

“축민기 씨가 노동부에 이 사안을 알린다면요?”

질문을 하는 수겸의 시야가 잠시 두 겹으로 겹쳤다. 제어할 틈도 없이 속에서 치미는 울화를 입 밖으로 꺼낼 때면 나타나는 증상이었다.

“윗선에서 거기 맞춰 대응하겠죠. 장미경급 작가가 실드 쳐주지 않는 한 희망은 없습니다.”

재윤은 텀블러를 들고 카페를 나섰다. 수겸은 장미경이 누군지 몰라 검색창을 열었다. 사진은 없고 출생 연도도 불명이지만 서점 십육 주째 온라인 서점 1위 작품을 쓴 사람이었다. 이메일조차 공개되어 있지 않으니 연락할 방도가 없었다. 일이 점점 꼬여갔다. 정말 기린 모자가 재앙을 불러왔는지도 몰랐다. 그는 라현에게 전화를 걸었다. 긴 통화 연결음 끝에 그녀가 전화를 받았다.

“서울은 맑은데 거긴 어때요?”

라현은 저지대가 절반쯤 잠겼다며, 이제야 양수 작업을 시작했다고 답했다.

“라현 씨, 기린 모자 말인데요.”

“찾았어요?”

라현이 반색했다.

“쉽지 않을 거 같아요.”

“오늘은 침수 이슈로 넘어간다 치고, 내일은 뭘 대비해야 하죠? 여기 장난 아니에요."

수겸도 내일이 근심스러웠다. 그는 자신이 기린 모자의 영험함을 인정하게 되었다는 걸 느꼈다. 그 효능을 믿는 순간 자신에게도 조현병이 발현할 것만 같아 먹먹했다.

"이따 축민기 씨 만나볼게요."

모자의 주인인 민기가 강력하게 소유권을 주장하는 수밖에 없었다. 수겸은 입에 맞지도 않는 커피가 아까워 후룩후룩 마시고 자리에서 일어섰다.

*

윤지는 휴게실에서 TV를 보고 있는 남우에게 다가갔다.

"남우 님, 1번 베드 이산호 환자 어떤 것 같아요?"

그의 의자와 연결된 자리에 윤지가 앉았다. 치료 반응이 좋아 사리 분별력이 또렷하고 친화력 좋은 남우라면 뭔가 알고 있을 것 같았다.

"어떤 게 어떤 거 같은데요?"

남우는 매일 재방송되는 〈나는 자연인이다〉에서 눈을 떼고 윤지를 바라봤다.

"성격이나 가족관계, 왕년에 내가 말이지, 이런 거 얘기 안 해요?"

"몇 년 전까진 이 근방에서 출장 수리 다녔대요. 제가 신행동 사건 범인이라고 말하니까, 왜 그랬어. 총각, 왜 그랬어. 우리 아들이랑 동갑이더구먼, 앞길 창창한데, 아이고. 뭐 그 정도 얘기 나눴어요."

남우의 얘기에 윤지의 눈이 반짝 빛났다. 조금만 더 파고들면 아들의 이름이나 주소 정도는 따낼지 몰랐다. 그녀는 호주머니에서 홍삼 스틱 다섯 포를 꺼내 남우의 환자복 주머니에 밀어 넣었다.

"이유는 묻지 말고 아들 이름이나 주소, 전화번호 같은 거 좀 따 와요."

"마피아 두목같이 왜 이래요? 아직 어떤 상태인지도 모르는데 그런 거 잘못 들췄다가 악화되면 어쩌려고요. 퇴원 심사할 때 문제 생길지도 모르고."

남우는 입원 초 멋모르고 윤지 앞에서 난동을 부리다 순식간에 제압당한 적이 있었다.

"설마 각도 안 보이는 자리에 주차하려고 꽁무니 들이밀겠어요? 과장님한테 여쭤보니 중증은 아니래요. 약만 잘 챙겨 먹으면 문제없다는 거죠. 우리 남우 님, 곧 퇴원하실 텐데 피부 좀 신경 쓰셔야겠다. 화장품 필요하죠? 복합성, 민감성?"

남우는 나무옹이처럼 윤지의 손바닥에 박힌 굳은살을 바라봤다. 간호사 유니폼보다는 역도나 유도복을 입는 게 더 잘 어울릴 거 같았다. 신행동에서 마주친 여자가 윤지 같은 거구였어도 자신이 칼을 휘두를 수 있었을까. 잠시 되짚다 고개를 흔들었다.

"복합성이요."

윤지가 주먹을 말아 쥐고 가슴 앞으로 내밀었다. 남우는 행여 그 주먹이 자신의 가슴에 꽂히는 건 아닐까 주눅 들었지만, 그는 이제 정신장애를 극복했다.

"딜."

남우도 주먹을 만들어 윤지의 주먹에 부딪혔다.

"완 쌤, 퇴근 준비하자."

유랑이 휴게실로 찾아왔다. 남우는 다시 〈나는 자연인이다〉로 시선을 돌렸고 윤지는 그녀를 따라 스테이션에 돌아왔다.

"나 부탁 하나 해도 돼?"

인수인계 준비를 하며 유랑이 물었다.

"네, 그럼요."

유랑은 굳이 건드릴 필요 없는 차트를 들었다 내려놨다 반복했다. 복잡하고 초조한 마음이 행동으로 드러났다는 걸 윤지가 알아차렸다.

"이따 퇴근할 때, 우리 집까지 데려다줄 수 있을까 해서."

"차 놓고 오셨어요?"

"공장 들어갔어. 기스가 좀 많이 나서."

유랑의 말에 윤지는 팔등에 솜털이 일어섰다. 뭔가 더 있다는 걸 그녀는 직감했다.

"무슨 일 있으시죠? 누가 일부러 망가트린 거 같은데."

윤지의 말에 유랑은 화가 난 사람처럼 한쪽 눈썹만 치켜들고 그녀를 빤히 바라봤다.

"자기, 귀신이다. 소름 돋네. 가면서 얘기할게."

화가 난 게 아니었다. 유랑은 그저 윤지의 사려 깊은 마음에 놀랐을 뿐이었다. 이 년 전, 유랑은 극심한 가정불화를 겪었다. 결혼할 때 시부모가 사준 아파트 한 채는 그녀의 족쇄가 되었다. 시부모는 아무 때고 기별 없이 도어록을 열고 들어왔다. 욕실 장을 열어보곤 겨우 밑 닦기를 왜 이렇게 비싼 휴지를 쓰냐고 타박했고, 반찬 뚜껑을 열어 냄새를 맡았다. 너, 나물을 참기름으로 볶냐? 들기름 줬잖아. 같은 일을 하는, 그래서 출퇴근 시간이 다른 남편은 방패가 되어주지 못했다. 유랑은 윤지의 신입 환영 회식에서 잔뜩 취해 기억하지도 못할 하소연을 늘어놓았다. 그 이튿날 윤지는 유랑에게 다가와 말했다. 선배님 정도면 남자처럼 굴어도 돼요.

그 한마디에 유랑의 인생이 바뀌었다. 이제부턴 남편처럼 행동하자. 시부모가 들볶아도 졸리면 자고, 배고프면 먹고, 성가시면 이제 그만 가시라고 말해보자. 한 끼 먹자고 채소 볶고 고기 굽고 찌개 끓이지 말고, 그 시간에 내가 하고 싶은 걸 하자. 왜냐고 물으면 나도 좀 살자, 응? 이라고 대답하자.

유랑은 작년에 이혼했다. 18평 작은 아파트에 혼자 살며 밀키트로 식사를 해결하고, 짬이 나면 테니스를 치러 다녔다. 냉장고엔 이혼 후 다녀온 여행지에서 산 마그넷 세 개가 붙어 있었다. 겨울이 오면 서울에 사는 부모님과 북해도 여행을 다녀올 계획이었다. 그런데 그녀 인생에 새로운 적신호가 들어왔다.

"그 환자 부인 있지 않았어요? 면회도 자주 왔던 것 같은데."

유랑이 김영록이란 이름과 스토킹이라는 단어를 뱉었을 때, 윤지는 때마침 달아오른 빨간 신호등 앞에 멈췄다. 영록은 옥상에서 돌을 던져 노인 두 명에게 중상을 입힌 범죄자였다. 극심한 조울증 진단을 받고 팔 개월간 법무병원 신세를 졌다. 영록은 십 개월 전 퇴원해 가족이 기다리는 서울로 돌아갔다.

"나 때문에 이혼했대. 퇴원하고 돌아가니 아내가 남자처럼 느껴져서 도저히 못 살겠더래."

"조증 에피소드 같은데, 외래 진료는 안 받는 거예요?"

"받는다는데 확인할 수가 있어야지. 차도 그 사람이 긁어놓은 거야. 안 만나준다고."

"선배, 신고를 하셔야죠."

법무병원 입원자 중에도 교제 살인 사건으로 입원한 환자가 있었다. 그는 같은 학교 같은 과 여자 동기가 자신을 한껏 유혹해놓고 사람들 앞에선 그런 적이 없다고 잡아떼었다고 진술했다. 분명 다른 남자가 있다는 생각에 휩싸인 그는 열쇠 수리공을 불러 동기의 자취방 문을 개방하고 숨어들었다. 그리고 집 반찬을 전하러 찾아온 동기의 오빠를 살해한 뒤 두 시간을 기다려 동기까지 해쳤다.

"왜 안 했겠어. 접근금지명령도 받았어."

유랑이 왼쪽 손목에 채운 스마트워치를 보여주었다.

"이걸 왜 나한테만 채우냐고. 김영록이랑 나랑 같이 차고, 일정 거리 이상 접근하면 자동으로 신고 들어가야 하는 거 아냐? 출동에 소요된 비용도 다 김영록한테 물려야 하는 거고. 미친 새끼, 까마귀한테 쎄게 한번 물려야 해."

윤지는 고개를 주억거렸다. 사냥감의 목에 벨을 달 게 아니라 사냥꾼의 목부터 동여매야 했다.

"오늘 저 자고 가도 돼요?"

윤지의 가방엔 하룻밤이 아니라 일주일쯤 노숙을 해도 버틸 생필품이 가득했다.

"왜 안 되겠어?"

유랑의 얼굴이 노곤하게 풀어졌다. 윤지는 민기에게 전화를 걸었다.

"어."

주간과 긴 면담을 끝내고, 곧바로 편집장, 차장, 젖은 생쥐 같은 수겸까지 만난 민기가 전화를 받았다.

"나 외박한다고. 오늘 유랑 쌤 집에서 잘 거야. 내일 이브닝 근무 마치고 들어갈게."

민기는 윤지의 이야기를 허투루 들었다. 휴먼북 임원들은 걱정을 가장해 그를 질책했다. 정 기린 모자를 돌려받고 싶으면 다른 직종 근무도 고려해보라는 엄중한 경고에 민기는 심란했다. 그러나 수겸은 달랐다. 그는 자신 탓에 모자를 잃어 버려 송구스럽다고 고개 숙였다. 들자하니 장미경 정도 되는 베스트셀러 작가가 힘을 보태주면 이 곤궁한 상황도 돌파할 수 있다고 응원했다. 하지만 민기는 장미경의 이메일 주소밖에 몰랐다. 장미경은 늘 대리인을 통해 계약을 진행했고, 핸드폰은 아예 사용하지 않는다고 말했다. 그는 조금 전 수겸에게 장미경의 이메일 주소를 알려주었다. 민기의 머릿속엔 기린 모자와 장미경, 두 개의 키워드만 프롬프트되었다.

"그래, 장미경이지."

민기가 엉뚱한 대답을 던졌다.

"오빠, 장미경이 누군데?"

윤지는 자신이 잘못 들은 게 아닌가 싶어 고개를 갸웃했다.

"내가 장미경이라고 했구나. 작가님, 우리 작가님인데. 내가 왜 그런 말을 한 건지 모르겠네."

"왜 이렇게 횡설수설해? 혹시 장미경이란 사람 좋아하는
거야?"

"아냐. 난 그 사람이 어디 사는 누구인지도 몰라. 그냥 어쩌
다 튀어나왔어. 나한테 기린 모자를 돌려줄 사람이 장미경밖
에 없어서 그랬나 봐."

"역시 모자 때문이구나. 아까 라현이한테 들었어. 그 사람
인스타나 트위터 안 쓰나? 내가 디엠이라도 보내볼게."

맥없는 민기의 대답에 윤지도 마음이 무거웠다.

"그런 거 안 하는 사람이야. 넌 신경 쓰지 마. 정 안 되면 휴
먼북, 그만두려고."

민기는 어느 정도 마음을 굳혔다. 집단에 피해주지 않기로.

"오빠, 우리가 모자를 선택한 게 아니라 모자가 우릴 선택
했잖아. 신물이니까 자기 의지로 돌아올 거야."

"그렇지. 장미경이니까."

민기의 머릿속엔 다시 기린 모자와 장미경으로 가득했다.

유랑의 집은 시 외곽의 신축 아파트였다. 집은 작았지만 짐
이라곤 책장 하나와 소파가 전부여서 비좁지 않았다. 윤지가
먼저 샤워를 마치고 나오자, 유랑은 곱창볶음 밀 키트를 데우
고 오백짜리 맥주 두 캔을 식탁에 올려놓았다.

"저 술 못 마시는 거 아시잖아요."

윤지는 주정뱅이 부모 밑에서 태어났는데, 왜인지 알코올 민감성이 높았다. 한 캔만 마셔도 감각이 무뎌지고 정신이 혼미했다. 그 몽롱한 기분이 싫지 않았지만 언제 밤마실을 나갈지 모르는 긴장 속에서 느긋이 주량을 늘릴 기회도 없었다.

"딱 한 캔만 마시고 숙취해소제 줄게. 나도 자기 있으니까 든든해서 마시는 거야. 한 석 달 만인가."

기대 만발인 유랑은 간만에 스마트워치를 풀고 소녀처럼 웃었다. 윤지도 차마 거절하지 못해 캔 뚜껑을 열었다.

"완 쌤, 아까 이산호 환자 의료기록 보더라. 보통 안 열잖아. 의료인도 사람인데, 범죄 기록 열람하면 정 떨어지니까."

한 모금 마셨을 뿐인데, 윤지는 기분이 붕 떠올랐다.

"좀 외로운 분 같아서요. 아직 전산 입력 안 된 게 많아서 가족관계만 확인했는데 등록자가 없던데요."

윤지는 맥주 한 모금을 더 삼키고 곱창을 집어 먹었다.

"그럼 내가 본 게 최종본이구나. 완 쌤이 보길래 나도 퇴근 전에 훑었거든. 도담정신의학과 오래 다녔더라. 엄마가 거기 근무하셨지?"

유랑의 말에 윤지는 채 씹지 않은 곱창을 꿀떡 넘겼다. 그제야 퍼즐 한 조각이 들어맞았다. 희연은 혼선 전화에서 가정 폭력 건, 그 중에서도 경찰이 출동하길 원치 않는 집만 골라 밤마실을 다녀왔다. 그런데 도담시민아파트 연속 살해 사건은 카테고리가 달랐다. 전화를 엿듣지 않고 자발적으로 움직였다 변을 당하고 말았다. 희연은 도담정신의학과 간호사였다. 산호와 연결 지점이 있었다.

"내가 괜히 어머니 애길 꺼냈다."

윤지의 표정을 살핀 유랑이 멋쩍어하며 술을 들이켰다. 딱 한 캔만 마시고 자려던 계획은 주종을 바꿔 와인에서 무너졌다. 유랑은 독주가 마시고 싶다며 40도짜리 일본 소주를 꼴딱꼴딱 삼켰다. 밖에선 천둥번개가 쳤지만, 달짝지근한 장미향의 와인을 마신 윤지는 청각도 둔감해졌다. 윤지의 아슴아슴한 눈에 책장이 들어왔다.

"불꽃, 밤의 여왕, 별빛이 내린다, 발렌타인, 어리석은 사랑. 란……, 란 뭐라고 써 있어요? 저 책?"

유랑이 소주잔을 들고 일어서 책장으로 다가갔다.

"이거? 란제리 파티. 장미경 소설인데 몰라?"

유랑이 란제리 파티의 표지를 펼쳐 내지에 흘겨 쓴 서명을 보여주었다. 한자로 적힌 장미경이란 이름이었다.

"선배, 장미경 작가 알아요?"

윤지는 질문하면서도 자꾸 눈이 감기고 고개가 기울었다.

"알지, 친척인걸. 근데 필명이야. 본명은……."

그때 초인종이 울렸다. 윤지는 책을 내려놓고 현관으로 향하는 유랑의 모습이 버퍼링 걸린 동영상처럼 보여 웃었다.

"아래층인데요."

웬 목소리에 유랑이 현관문을 여는 소리도 꿈만 같았다.

"유랑 쌤, 내 얘기 잠깐만 들어줘요. 사귀어 달라는 얘기가 아니에요. 나라는 사람, 인간 김영록이 누구인지 프레젠테이션할 기회를 달라는 겁니다."

현관 패널로 얼굴을 확인하지도 않고 문을 열어준 유랑이었다. 술 탓이기도 했고, 윤지와 함께 있어 든든하다는 마음 때문이기도 했다. 영록이 유랑의 입을 손바닥으로 막고 벽에 밀었다. 그녀는 마음속으로 수없이 시뮬레이션했듯 손목 스마트워치를 누르려 했다. 하지만 워치는 식탁 위에 놓여 있을 거였다.

"나를 완전히 이해해준 사람은 유랑 쌤밖에 없어요. 엄마가 점을 보고 왔는데 올해 안에 재혼할 운이 들어왔대요. 나한테 여자가 유랑 쌤밖에 더 있나요? 그냥 듣기만 해주면 나 이거 안 쓸게요."

영록의 바지 앞주머니엔 공업용 커터 칼이 비죽 솟아 있었다. 비명도 내지를 수 없는 유랑은 동그랗게 눈을 뜨고 눈물을 흘렸다. 윤지를 부른 자신을 원망했다. 당해도 혼자 당하는 게 낫지, 젊고 창창한 윤지까지 화를 입을까 겁났다.

"아, 깜짝이야! 누구세요?"

유랑이 상심에 잠긴 사이 영록이 깜짝 놀라 손바닥을 떼었다. 그의 시선이 거실로 향했다. 유랑도 그의 시선을 따라 고개를 돌렸다. 몸을 부풀린 까마귀처럼 시커먼 그림자가 현관을 향해 늘어졌다. 비록 감각은 무디지만 술김에 사명감은 정점을 찍은 윤지였다.

“누군지 알면 뭐? 니가 어쩔 건데?”

윤지는 자신이 흑복을 입고 어느 범죄 현장에 와 있다고 생각했다. 악당의 그늘에 감춰진 유랑은 보이지도 않았다. 그녀는 성큼성큼 걸음을 옮겨 영록의 목에 암바를 걸었다. 그는 억억, 대며 몸을 바동거렸지만 윤지를 벗어날 수 없었다.

“완 쌤……!”

유랑이 윤지를 불렀지만 악당을 응징하느라 도파민이 치솟은 그녀에겐 들리지 않았다. 윤지는 영록에게 암바를 건 채 몸을 젖혀 드러누웠다. 그러고는 몸을 오른쪽으로 돌려 영록을 바닥에 깔아뭉갰다. 공업용 커터 칼을 무기 삼아 들어왔지만, 윤지의 무자비한 공격에 꺼낼 엄두도 내지 못했다.

“손등 바닥에 붙여. 움직이면 까마귀한테 대가리 터진다.”

윤지는 영록을 얌전히 엎드리게 한 다음 체중을 실어 그의 등허리로 몸을 던졌다. 사십대 후반에 운동이라곤 자동차 핸들 돌리기가 전부인 영록은 이미 추간판탈출증을 앓고 있었다. 하필 그 자리에 윤지의 팔꿈치가 꽂혔다. 영록은 물똥을 조금 싸고 기절했다.

"왜 이렇게 약해빠졌어? 이따위 저질 몸뚱이로 어딜 나대? 근데 잠깐, 내 군화 어디 갔지? 마우스피스랑 후드는?"

윤지는 영록의 머리통을 걷어차려다 하얗고 포동한 자신의 발을 보고 기겁했다. 그제야 자신이 흑복 없이 직장 선배의 집에서 그녀의 스토커를 흠씬 두들겨 팼다는 걸 알아차렸다.

"까마귀였구나, 자기."

유랑이 팔을 벌리며 윤지에게 다가왔다. 놀라 어리둥절한 윤지를 있는 힘껏 끌어안은 유랑은 목덜미에 핏줄이 퍼렇게 올라오도록 울음을 터트렸다.

"선배, 제가 지금 무슨 짓을 한 건지 모르겠어요."

순식간에 술기운이 가신 윤지는 눈만 끔뻑거렸다. 정체가 발각되었으니 더는 아무도 지킬 수 없을 거였다. 그 순간 윤지는 쓸데없이 덩치만 커서 먹이기도 입히기도 힘들다고 퍼붓던 아빠의 얼굴이 떠올랐다. 머리 감기기가 번거롭다며 사내아이처럼 쇼트커트를 시키고, 고작 여섯 살부터 이제 나이가 찼으니 밥 정도는 혼자 끓여 먹어도 된다던 그 얼굴. 세상엔 아직 그런 얼굴이 많았다. 생각의 끝은 어제 구한 아이, 온유로 흘러갔다. 단지 많이 먹는다는 이유로 켄넬에 갇혔던 그 아이는 지금 괜찮은 걸까. 어수선한 방에서 커다란 몸을 웅크리며 자고 있을 온유가 걱정스러웠다. 이제 그 아이를 도울 수 없게 된 건가, 깊은 상실감에 눈물이 고였다.

"선배, 저 까마귀 아니에요. 그냥 술김에, 객기로 두들겨 팬 거죠."

윤지는 유랑이 경찰을 부르는 건 아닌지, 눈치를 살폈다.

"건장한 체격, 군화, 마우스피스, 후드. 그거 다 까마귀 시그니처잖아. 완윤지, 괜찮아. 아무한테도 말하지 않아. 나 사실 까마귀 응원했어."

유랑이 돌본 사람 중엔 알코올중독 환자가 많았다. 술만 마시면 미친개처럼 날뛰어 가족에게 손찌검을 하고 목을 조르고 집기를 부수다 죄가 누적돼 법무병원까지 흘러온 이들이었다. 그 중 한 사람은 까마귀를 만난 적이 있다고 했다. 잔뜩 취해 고등학생인 아들에게 술을 더 사 오라고 소란을 부린 밤이었다. 현관문이 자동 센서 조명으로 밝아지더니 문득 그림자같이 시커먼 인간이 군홧발로 달려들었다고 했다. 까마귀는 유도 유단자인지, 업어치고, 메치고 당겨치는 데 능숙했다. 꼴딱 숨이 넘어가나 싶던 그때, 까마귀는 놈을 풀어주었다. 술을 끊지 않으면 다시 찾아올 테니 처신 똑바로 하라는 말을 남겼다고 했다. 겁에 질린 주정뱅이는 알았다고 고개를 조아렸다. 그러곤 며칠 뒤 도담동을 떠나 청주로 이사했다. 여전히 술이 그리웠고, 청주든 충주든 먼 곳이라면 까마귀가 찾아올 리 없다고 믿었다. 그는 얼마 지나지 않아 고등학생 아들의 머리에 소주병을 내리쳐 영구적인 장애를 만들었다.

“연쇄 폭행범을…… 왜요?”

윤지가 물었다.

“나랑 비슷한 일을 하잖아. 사람 고치는 일. 살아보니까, 쥐어 터져야 낫는 병도 있더라.”

희연이 알면 기함할 일이겠지만, 윤지는 마음이 홀가분해졌다. 말할 수 없는 비밀을 가진 윤지는 종종 누군가 자신의 심장을 바늘로 콕 찔러주길 꿈꿨다. 그녀 안에 가득 차오른 압력을 낮추지 않으면 언젠가 뻥 터질지도 모른다는 두려움 때문이었다.

“비밀 지켜줄 거죠?”

윤지는 기절한 남자를 흔들며 물었다.

“근데 김영록 씨도 지켜줄지는 의문이네.”

유랑은 물똥까지 쌀 지경으로 두들겨 맞은 영록이 경찰서를 찾아가면 어쩌나 걱정스러웠다.

“그건 걱정 마세요. 시뮬레이션해오던 상황 중 하나거든요. 김영록 님, 눈 좀 떠보세요!”

윤지는 영록의 팔 안쪽 여린 살을 있는 힘껏 꼬집었다. 그러자 영록이 으악, 소리를 지르며 눈을 떴다.

“살려주세요!”

악당들에게 윤지가 가장 자주 듣는 말이었다. 그녀는 영록의 바지 주머니에서 공업용 커터 칼을 끄집어냈다.

"김영록 님, 이걸로 뭐 하려고 하셨어요?"

윤지가 드르륵, 커터 칼을 밀었다.

"호…… 호신용이에요. 나 그걸로 아무 것도 안 했어요. 정말!"

영록이 아픈 허리를 일으켜 세워 윤지 앞에 조아렸다.

"아닌데, 했는데?"

윤지는 커터 칼로 자신의 손바닥을 그었다. 공업용 커터 칼은 굳은살 박힌 윤지의 단단한 손바닥을 어렵지 않게 베어냈다. 검붉은 피가 뚝뚝 바닥으로 떨어졌다. 그걸 지켜보는 유랑이 영문을 몰라 작게 비명을 질렀다.

"김영록 님은 스토커예요. 그리고 법원은 접근금지명령을 내렸고요. 그런데 흉기를 들고 찾아와 피해자와 함께 있던 동료에게 휘두른 거죠. 법무병원 퇴원할 때 완치 소견 받으셨죠? 이젠 조울증 탓으로 돌릴 수도 없어요. 진짜 감방은 가기 싫잖아. 자, 이제 우리한테는 새로운 스토리가 생기는 거예요. 영록님은 오늘 여기 없었어요. 앞으로도 찾아오지 않을 거고요. 왜냐? 무서운 완 쌤이 증거를 갖고 있을 테니까."

윤지는 핸드폰으로 피 묻은 커터 칼과 자신 손바닥에 난, 누가 봐도 방어흔 같은 상처를 찍었다. 유랑의 입가에 손바닥 자국 모양으로 남은 벌건 흔적도 찍었고, 영록의 회색 코르덴 바지에 지린 물똥 자국도 담았다.

“저…… 보내주시는 건가요?”

영록은 이미 무릎걸음으로 주춤주춤 물러서며 물었다.

“계속 여기 계시려고요? 그럼 숨 쉰 채 발견되긴 어려울 텐데.”

윤지의 대답에 영록은 현관문을 박차고 나갔다. 주저앉은 추간판 탓에 다리가 저리고 허리는 끊어질 듯 아팠지만 살기 위해 이를 악물었다. 맞아야 낫는 병이 완치된 참이었다.

“완 쌤, 고맙다. 나 죽을 뻔했잖아. 아직도 손이 벌벌벌 떨려. 뭘로 갚아야 할지 모르겠어.”

유랑이 윤지를 끌어안으려 했다.

“워어, 저 스킨십은 별로예요. 확실히 은혜 갚으실 일이 있어요.”

윤지는 장미경의 정체를 알려달라고 부탁했다. 그러자 유랑의 눈빛이 경외심으로 반짝거렸다.

민기는 비에 쫄딱 젖어 집에 돌아왔다. 그는 터덜터덜 현관에 들어서 문을 잠그지도 않은 채 푹 젖은 양말로 물 발자국을 만들며 안방으로 들어갔다. 그러곤 알맹이가 빠져나간 모자 케이스를 다락에 넣어두었다. 전철역에서 집까지 십 분 거리를 걷는 동안 다섯 개의 큰 웅덩이를 만나 발이 빠졌다. 쌀가게와 편의점, 보세 옷 가게 주인들은 쓰레받기로 물을 밀어내고 있었고, 배수구 덮개가 꽁초로 막힌 도로도 흙탕물에 잠겼다. 뉴스에선 도담동 일대에 퍼붓는 폭우가 태풍 유마의 영향이라고 설명했다. 하지만 태풍 유마는 이미 세력이 작아진데다 대만을 향하고 있었다. 민기는 갑작스러운 재앙이 자신의 탓인 것만 같아 침울했다. 마음고생이 심해지자, 라현 생각은 잦아들었다.

내일은 사직서와 기린 모자를 맞바꿀 참이었다. 빚도 없지만 그렇다고 모아놓은 여윳돈이 넉넉한 것도 아니었다. 그걸로 1인 출판사를 차려볼까, 아니면 새로운 기술을 배워야 할까 고민스러웠다. 그때 부엌에 둔 2G 폰이 울렸다. 윤지는 선배 유랑네 집에서 자고 내일 저녁에나 돌아올 테니 아무래도 꺼두는 게 좋을 것 같았다. 저 벨 소리 너머에 매 맞고 굶고 협박당하는 사람들이 있다는 걸 알지만, 민기와 윤지는 서로의 영역을 넘지 않는 불문율을 지키며 살아왔다. 민기가 부엌으로 가 핸드폰을 집어 들었을 때 현관문이 삐걱 소리를 내며 열렸다. 가로등 불빛 탓에 국수 가닥처럼 하얗게 빛나는 빗줄기, 그리고 두 남자가 민기의 눈에 들어왔다. 센서 등이 켜지자 수겸과 해방의 모습이 드러났다.

"전화부터 받으시죠."

쟁반을 든 수겸이 민기를 향해 말했다.

'이거 제 전화가 아니라⋯⋯' 하고 답해야 했으나, 민기는 얼결에 통화 버튼을 눌렀다. 수겸과 해방이 신을 벗고 거실로 들어섰다.

"경찰 아저씨, 오늘도 까마귀 보내주시면 안 돼요? 엄마가 나만 두고 여행 가버렸어요. 혼자 있기 무서워요."

경찰서 상황실로 걸려온 전화가 혼선되어 치직거리는 소

리와 함께 들렸다. 스피커 모드가 아닌데도 조용한 실내에 어린 여자아이, 온유의 목소리가 또렷했다.

"까마귀?"

야간 근무자가 온유의 질문에 되물었다. 민기가 폴더폰을 접어버렸다.

"장난 전화였네. 민기야, 너 왜 혼자 있어? 우리 윤지는?"

까마귀의 정체를 아는 해방이 부러 큰 소리를 내며 거실 불을 켰다.

"밖에서 하루 자고 온다고……."

민기가 해방의 말에 대꾸하며 수겸의 눈치를 살폈다. 대수롭지 않은 일이라면 웃거나 무표정해야 할 얼굴이 단단하게 굳어 있었다.

"어이구야, 난 그런 줄도 모르고 잡채를 잔뜩 싸 왔네. 너라도 많이 먹고 어여 쉬어. 총각, 가자 가자."

수겸이 식탁으로 다가서 쟁반을 내려놓았다. 그의 시선이 세탁실 건조대로 향했다. 아침까진 바짝 말랐으나 이젠 눅눅해진 검정 후드티가 널려 있었다.

"내일 휴먼북에서 뵙겠습니다."

수겸은 기린 모자를 갖고 있는 주간과 직접 만날 결심이었다. 몸을 돌린 그는 신발장 앞에 놓인 검은색 가죽 군화도 발견했다.

"오지 마세요. 무용한 일입니다. 저 사표 쓸 거예요."

민기가 말했다.

"야 인마, 니가 왜 사표를 써? 내일 공무원 총각이랑 노인회가 찾아가서 담판을 지을 테니 걱정을 말어."

돌아설 채를 하던 해방이 목에 핏대를 세웠다.

"그냥 제 뜻대로 하게 내버려두세요. 부탁입니다."

조직에 있는 한 민기는 그들이 정한 규칙과 사회적 예의를 지켜야 했다. 구차해지기 싫었다.

"전업 까마귀라도 되시고 싶은 겁니까?"

빗소리에 묻힐 만큼 나직한 목소리로 수겸이 속삭였다. 민기는 아무 대꾸도 할 수 없었다. 진실을 말하면 윤지가 곤란해질 터였고, 거짓말로 둘러대기엔 조금 전 혼선 통화를 설명하기 어려웠다. 그는 어찌할 도리 없이 빗물처럼 축축한 누명을 뒤집어써야 했다.

민기의 집을 나선 해방도 속이 타들어가긴 마찬가지였다.

"총각."

해방은 손에 우산을 들고도 온몸으로 비를 맞았다. 고양이 털처럼 가늘고 하얀 머리카락이 두피에 달라붙었다.

"네, 어르신."

수겸이 해방의 손에 들린 우산을 펼쳐 비를 그었다.

"착한 애들이야."

해방의 말에 수겸이 놀란 눈으로 입을 벙긋거렸다.

"도울망정 훼방은 놓지 말라고. 그 우산 쓰고 이제 가봐. 나도 할망구 끼고 일찍 자야겠어."

해방은 추적추적 비를 맞으며 자신의 집으로 들어갔다. 민기 놈은 어쩌자고 그 전화를 받아 빌미를 제공한 건지 천불이 났다. 차라리 민기가 뒤집어쓸지언정 윤지를 곤욕에 빠트릴 수 없었다. 그건 아주 오래전, 그러니까 희연이 대영과 결혼해 이웃으로 만난 이십 년 전 일에서 기인했다.

해방은 좋은 남편이 아니었다. 아내 미자와의 사이에서 아이가 태어나지 않자, 그녀를 불암캐라 부르며 줄기차게 외도했다. 하지만 원인은 해방에게 있었다. 그는 쉰 살을 넘어서야, 자신이 휘젓고 다닌 가임기 여성 중 단 한 명도 임신한 적이 없다는 사실을 깨달았다. 그렇다고 주눅 들지 않았다. 미자는 탄력 좋은 쿠션이었고, 아무리 두들겨 패고 깔아뭉개도 찍소리할 줄을 몰랐다. 주류 도매업으로 알부자가 되었지만 땅만 사 모을 줄 알았지 미자에게 주는 생활비는 삼십 년 가까이 오십 만원으로 고정되어 있었다. 해방은 아내 미자가 조금 야들야들하고 서글서글한 여자이길 바랐지만, 그녀는 도낏자루처럼 작고 단단하며 무던하기만 했다. 그게 얄미워 목돈이 생겨도 옷 한 벌 사 입으란 인심을 쓴 적 없었다. 그가 주류 도매업을 그만두고 집에 퍼더앉아 아침저녁, 각 두 병씩 소주로 몸을 망쳐가던 무렵 대영과 희연이 이사 왔다. 시루떡 한 접시를 들고 찾아온 희연은 허리가 드럼통 같고 팔뚝이 터져 나오게 찰진 근육을 가진 서른 살이었다. 옆집 살던 노부부의 딸인지 인상이 눈에 익었지만 굳이 아는 척하고 싶지 않았다. 영감님, 따끈할 때 드세요, 하고 희연이 말하자, 해방은 신혼 같은데 애는 없고? 물었다. 그의 질문에 희연은 꼭 낳아야 하는 건 아니잖아요, 라며 당돌하게 대답했다. 해방은 속으로 저 집도 불암캐가 사는구나 비웃으며 애를 낳아야 애국하는 거요, 애기 엄마, 하고 애도 없는 희연에게 면박을 주었다.

그날 저녁 미자는 빨래를 개다 넌지시 젊은이들 가정사에 참견하면 욕먹는다고 한마디 지청구를 놓았다. 마침 해방은 배를 깎아 안주 삼아 소주를 마시던 중이었다. 욕? 넌 그동안 내가 참견하면 속으로 욕했구나? 술을 마시고 역정을 낼 때 면 해방의 눈동자는 발그스름하게 빛났다. 가구나 가전은 돈 이 아까워 깨부수지 않았지만, 힘껏 두들겨 패도 국으로 참는 아내는 만만했다. 누가, 내가 그렇대요. 남한테 욕먹을까 봐 거드는 말이지. 미자는 빨래를 개다 말고 엉거주춤 일어섰다. 여차 하면 해방의 발길질이 날아올 것이 겁났다. 한번은 바둑 판 모서리에 이마를 찧어 여덟 바늘을 꿰매면서도 의사에겐 찬장에 부딪혔다는 거짓말을 지어내야 했다. 지금 누굴 가르 치려고 들어? 해방은 속에서 부아가 끓었다. 그건 미자에 대한 미움이나 서운함 때문이 아니었다. 기세 좋은 젊은이들에게 밀려나 사업을 접고 뒷방 늙은이로 전락한 자신의 신세가 한심스러워서 화풀이를 하려던 거였다. 노인정에 가긴 아직 젊고 또래와 어울리기엔 뒷말이 무성한 중년기의 일탈이 부끄러웠다. 환갑잔치를 하려 해도 업어줄 자식 하나 없는 처지가 서글펐다. 애진즉 미자가 친정에 가서 이 서방이 고자라고 쑥덕거렸을 것만 같았다. 그걸 다 알고 있으니 처제와 처남이 명절이고 생일이고 코빼기도 내비치지 않는 것이 틀림없다고 생각했다. 서방이 얼마나 우스우면 술 한잔 기울이는데 생선이라도 한 토막 구워주지 않는구나, 나는 그저 돈만 벌어다 주는 기계였구나, 울화가 치밀었다. 경을 칠 년.

해방은 희연이 가져다 준 시루떡을 미자의 뒤통수에 던졌다. 개던 수건과 양말 위로 팥고물이 떨어졌다. 왜이래? 내가 뭘 어쨌다고 먹을 걸 던져? 도망치려던 미자가 머리에 뒤집어쓴 팥고물을 털며 돌아섰다. 너 얻다 대고 반말지거리냐? 해방은 미자 보란 듯이 과도 든 손으로 허리띠를 치켜올렸다. 나도 막 나갈 거야. 이제 같이 못 살겠어. 당신은 인간에게 너무 인색해. 내 동생, 당신 처제가 백혈병으로 이 년째 병원에 사는데도 돈 십 만원 줘봤어? 우리 엄마 요양원 들어갔는데 얼굴 한 번 비쳤니? 나 이 메리야스 한 장을 팔 년 입었다. 같이 살 거면 사람 취급 좀 하란 말야!

그 다음 일은 해방과 미자에게 희미했다. 훗날 희연에 따르면, 해방은 미자를 곤죽이 되도록 두들겨 팼다. 그녀가 112에 전화를 걸어 살려달라고 애원했을 땐, 잠시나마 화를 거두었지만 출동을 취소하자 태도를 돌변했다. 해방은 미자의 머리끄덩이를 잡고 현관문을 열어 마당으로 향한 계단에 집어 던졌다. 그때 희연이 대문을 빠루로 빠개고 뛰어 들어왔다. 흑복을 마련하기 전이어서 노란색 실크 잠옷에 수면 양말 차림의 그녀는 화단의 흙을 해방의 얼굴에 뿌린 뒤 팔을 꺾어 제압했다. 그러고는 신고 있던 양말을 벗어 해방의 입에 욱여넣었다. 셔츠 목덜미를 우악스럽게 그러쥐어 거실로 들어간 다음 해방이 노상 걸터앉아 바깥을 살피던 나무 의자로 등허리를 내리쳤다. 하지만 해방도 만만한 인간이 아니었다. 건달과 양아치들이 쥐고 노는 주류업계에서 삼십 년을 버틴 독종이었다. 그는 애도 안 낳는 젊은 년이 관록의 중년 남자를 동네 개 잡듯 둘러치고 메치는 꼴을 견디지 못했다. 거실 바닥에서 과도를 잡은 해방이 희연의 발등을 찍고 일어섰다.

뭐 이런 개잡년이 굴러들었어? 계집년들 기가 세면 남자 수명이 준다 이거야, 해방은 수면 양말을 뱉어내고 희연의 멱살을 잡았다. 칼은 제대로 발등을 뚫었고 제법 많은 피가 났으며 고함에 주눅이 들만도 한데 희연은 암벽에 새긴 안면상처럼 아랑곳없었다. 그녀는 해방의 억센 손목을 앞니로 물어뜯었다. 제가 이러려고 여기 이사 왔나 봐요. 영감님, 소리 지르면 진짜 죽을 수도 있어요. 알고 계시라고. 희연은 해방의 살점을 퉤, 뱉어내고 덤벼들었다. 사지의 관절을 차례로 비틀고 고개를 들거나 소리를 지르면 알반지 낀 손으로 턱을 강타했다. 해방은 깨어났다 기절하길 반복했다. 눈을 뜨면 희연의 주먹이 날아들고 기절하면 찬물이 콧구멍을 찌르고 들어왔다.

가까스로 의식을 찾았을 때 해방은 어질러진 집 안에 혼자였다. 누군가 미어진 새시 문을 두드렸다. 잠기지 않은 문이 저절로 열렸다. 두꺼운 안경에 체크무늬 셔츠를 입은 작달막한 남자, 대영이었다. 축대영이라고 합니다. 아내 분이 시립병원에 입원하셨어요. 응급수술을 받아야 한다는데, 보호자 서명이 필요하답니다.

해방은 대영의 부축을 받아 시립병원에 도착했다. 대기실에서 기다리고 있던 희연이 눈짓으로 의사를 가리켰다. 해방은 팔에 든 멍을 가리느라 소매를 내리고 얌전히 수술 동의서에 서명을 했다. 그러고는 응급실에 누워 있는 미자를 만나러 갔다. 붕대를 둘둘 감아놓은 오른 다리 정강이로 피가 스며 나왔다. 미자 옆에는 열여덟 살 조카가 손을 모으고 기도 중이었다. 백혈병 투병 중인 처제의 막내로 시립병원에서 엄마를 간병하며 등하교하는 착한 딸이었다. 애, 이모부 오셨다. 의사가 뭐래요? 미자는 계단에 부딪혀 잔뜩 피멍이 든 얼굴로 해방에게 물었다. 그게…… 그게…… 말이지. 반반이래. 무릎 아래로 절단을 할 수도 있대. 해방은 차마 미자를 똑바로 볼 수 없어, 조카를 향해 말했다. 그 순간 조카가 자리에서 일어서 빈 침상 곁에 놓인 폴대를 잡아 들었다. 애, 애, 이모부도 많이 다쳤어. 그 와중에도 미자는 해방의 역성을 들었다. 그때 희연이 응급실로 들어와 의료진이 볼 수 없게 커튼을 쳤다. 학생, 나라면 쇄골을 칠 거야. 쉽게 부러지고 되게 아프거든. 희연의 조언으로 조카는 폴대로 해방의 어깨를 내리찍었다.

미자는 오른쪽 다리의 절반을 잃었다. 의족을 맞출 수 있었지만, 해방의 눈에 멀쩡해 보이는 다리를 갖고 싶지 않았다. 그녀는 목발과 휠체어를 장만했다. 해방도 변했다. 처음엔 옆집 왈패 아줌마에게 또 두들겨 맞을까 겁이 나서 몸을 사렸다. 아내를 씻기고 집 안을 청소하고, 필요한 걸 물어 장을 봐 왔다. 그 다정함은 어느 순간 습관이 되었다. 처가 식구들을 찾아다니며 죄를 고하고 꾸중과 원망을 받아 삼켰다. 술을 끊자 머리가 맑아졌다. 힘이 남아도니 골목에 나가 비질을 하고 쓰레기를 주웠다. 그러다 늦은 밤, 흑복을 입은 희연과 마주쳤다. 멈칫한 희연에게 해방은 수고 많았네, 작은 목소리로 응원했다. 해방은 진심으로 희연을 존경하게 되었다. 술기운에, 홧김에, 상대가 착하고 유순한 아내여서 폭주했던 그날 밤, 희연이 찾아오지 않았다면 해방은 살인자가 되었을지 몰랐다. 그녀 덕에 범죄자가 되지 않았다. 미자의 늙은 얼굴이 실은 또래보다 무척 곱고 사랑스러운 축이라는 걸 알게 되었다. 선량한 사람이 되자 선량한 사람들과 어울리고 싶어졌다. 해방은 노인정 막내로 들어가 거기서 주워들은 마을 소식을 미자가 잠들 때까지 소곤소곤 말해주는 새로운 낙이 생겼다.

"미자 씨, 우리 할망구. 설거지는 내가 할게."

해방은 미자의 휠체어를 밀어 침실로 들여보냈다.

수겸은 빗소리에 눈을 떴다. 핸드폰에 경기도와 도담시에서 보낸 재난문자가 여러 통 쌓여 있었다. 당근마켓 알림도 있었다. 며칠 전 사만 원 짜리 가을 점퍼를 흥정하던 메시지 알림이었다. 그는 앱을 열고 들어가 거래가 결렬되었다는 걸 확인했다. 그러다 문득 동네 생활 탭에 올라온 인기 글 하나가 눈에 들어왔다. 제목은 '도담산 옹벽에서 이상한 소리가 나요'였다. 출렁대는 소리랑 삐걱거리는 소리가 들리는데 무너지는 거 아니죠? 새벽 5시에 올라온 글인데 벌써 댓글이 수십 개였다. 바로 아래 하이파크 아파트 단지 사람들이었다. 옹벽이 무너지면 1단지인 101동부터 105동 저층은 토사를 피할 수 없을 터였다. 수겸은 양치와 세수만으로 출근 준비를 하고 여분의 속옷과 양말을 챙겨 고시원을 나섰다.

버스에 앉자마자 민원팀장에게 전화가 왔다.

"수겸 씨, 나 맹장염으로 응급수술 들어가게 됐어. 내 업무는 이 계장이 대리할 건데, 그 깐돌이가 미덥지 않아서 말야."

불행은 꼭 혼자 온 적이 없었다.

"아무래도 옹벽이 붕괴할 거 같은데, 어쩌죠?"

책임 질 일이 생기면 꼭 꽁무니를 뺐다가 얼추 일이 마무리될 즈음에야 돌아오는 이 계장은 민원팀장의 말마따나 미덥지 않았다.

"근거가 있어?"

민원팀장이 앓는 소리를 섞어가며 물었다.

"온라인 커뮤니티에 심각한 글이 올라왔어요. 보고 들은 사람도 많고요."

"아이고, 여긴 물난리인데 옆에 시흥시에선 가스 폭발로 25층짜리 오피스텔이 활활 타고 있대. 도담소방서도 차출 갔고. 재앙이 겹겹이네."

"대피하라고 재난문자 보낼까요? 1단지 저층이 위험해 보여요."

"인근 학교랑 공공기관은 어제 대피한 이재민으로 수용이 어려울 텐데. 어떻게 할지는 이 계장하고 상의해봐. 난 지금 배 째러 들어가야 해."

수겸을 실은 버스가 와이퍼로 빗물을 훑으며 도담행복센터로 내달렸다.

"네, 알겠습니다."

"수겸 씨, 내가 당신을 잘 알아서 하는 말인데. 적당히 해. 이 계장도 젊어서는 수겸 씨 같았어. 예스맨이었다고. 악성 민원인들은 관상만으로도 예스맨을 알아보잖아. 그래서 유독 지독스럽게 당했어. 멱살 잡히기 싫어서 라운드 티셔츠만 입고, 머리끄덩이 잡히기 싫어 스포츠머리만 하는 거야. 그러다 거절하는 법을 깨닫고 회피하는 꼼수를 알아차린 거지. 자기도 살아야겠으니까. 위험한 상황에서 당신 몸 갈아 넣지 말라고."

수겸은 네, 짧게 대답했다. 노인들과 휴먼북에도 가야 하는데, 당장은 수해 복구가 급선무였다. 수겸은 기린 모자의 신통력을 확신할 수 없었다. 하지만 기린 모자가 아침 지하철에서 사라진 뒤 도담시는 몸살을 앓고 있었다. 만에 하나 민기와 라현의 말대로 기린 모자가 영물이라면, 어떻게든 되찾아야 했다.

그 시각 민기도 깨어 있었다. 저렴하게 내놓은 가을 점퍼를 말도 안 되는 값에 후려친 사람에게 거절 메시지를 보냈다. 오늘이 휴먼북으로 출근하는 마지막 날이었다. 기린 모자를 되찾는 대신 직업을 잃게 되었지만 미련은 없었다. 하늘이 뚫린 듯 휘몰아치는 비를 일분일초라도 빨리 멈추고 싶을 뿐이었다. 조금 아쉽다면 장미경의 소설을 더는 윤색할 수 없다는 사실 하나였다. 그건 어젯밤까지만 해도 가장 후련한 일에 속했는데, 새벽에 눈을 떴을 때 생각이 바뀌었다. 민기는 휴먼북에 근무한 삼 년 동안, 일 년에 두 편씩 꼬박꼬박 장미경의 신작을 고치고 다듬고 풀어 헤쳤다 재조립해왔다. 그 일이 정말 괴롭고 지겨웠다면 거절하거나 그만두면 그만이었다. 하지만 민기는 성심을 다해 읽고 고치고 또 읽기를 반복했다. 그의 생각과 손가락이 머문 자리에 제법 근사한 문장이 돋아나고, 독자 리뷰엔 장미경의 소설을 필사하고 싶다는 글이 종종 올라왔다.

민기는 형편없는 작가 장미경이 있어 쓰임새가 완성되었다. 그녀가 소재와 플롯을 제공하고 자신이 그걸 책으로 만드는 공동 작가였다. 물론 한때는 민기도 소설 습작을 해봤다. 하지만 그의 글은 지나치게 무겁고 염세적이었으며 메시지에 천착해 재미라곤 조금도 찾아볼 수 없었다. 자신이 있어 장미경이 존재했고, 장미경이 있어 자신이 할 일이 생겼다는 게 오늘 새벽 내린 결론이었다. 마음이 먹먹했다.

민기는 안방 커튼을 걷었다. 어제보다 빗줄기는 억세졌다. 6시가 넘었는데 한밤처럼 암흑이었다. 민기는 욕실로 들어가 샤워를 하려다, 문득 어제 2G 폰으로 엿들은 신고 전화가 생각났다.

경찰 아저씨, 오늘도 까마귀 보내주시면 안 돼요? 엄마가 나만 두고 여행 가버렸어요. 혼자 있기 무서워요.

수겸에게 윤지의 정체가 들킬까 전전긍긍하느라 잊고 있었는데, 전화를 건 아이가 걱정스러웠다. 민기는 헐벗은 몸으로 윤지에게 전화를 걸었다.

"뭐, 여자애? 이름은 말 안 하고?"

윤지는 잠기운을 떨치고 전화를 받았다.

"행복센터 공무원이 옆에 있어서 거기까지만 들었어."

민기가 시무룩하게 대답했다.

"아마 온유일 거야. 내가 까마귀인 걸 아는 유일, 아니다. 이젠 유일까진 아니고 소수의 사람이니까."

윤지는 계속 학대할 수 없으니 아예 집을 떠나버린 애 엄마의 새초롬한 얼굴이 떠올랐다.

"너 위태로워 보여."

민기가 어렵게 속내를 드러냈다. 피해자에게 정체를 들켰고 그게 아이라면 경찰에게 발각되는 건 시간문제였다. 어쩌면 어제 자신이 전화를 끊어버린 후에 온유는 뭔가 더 명확한 힌트를 던져주었을지 몰랐다.

"내 알리바이라면 옆집 해방 어르신이 알아서 만들어주실 거야. 커스텀도 바꿀 때가 됐지. 오늘 들어가서 후드티 태워

버릴게."

"오빠로서 해줄 말은…… 누구보다 네가 안전해야 한다는 거야. 재수 없으면 가짜 까마귀들의 죄까지 뒤집어쓸 수도 있으니까."

도담시의 까마귀는 윤지 한 사람뿐이 아니었다. 비슷한 복색을 하고 취객의 주머니를 털거나 빈집 털이를 다니는 가짜들도 모두 까마귀라 불렸다. 윤지가 검거되면 가짜들이 저지른 범죄까지 옴팡 뒤집어쓸 것이 분명했다.

"그 생각은 안 해봤네."

윤지는 가슴 안에 커다란 풍선이 부풀어 오르는 것만 같았다. 숨쉬기조차 버거운 내부의 압력이었다. 남의 죄를 자신이 뒤집어쓰게 될 것이 두려운 게 아니었다. 새로 온 환자 이산호가 생각나서였다. 윤지의 증언 한마디면 산호는 누명을 벗고, 진범을 찾기 위한 재수사가 시작될 것이다. 그러다 보면 자연히 엄마 희연을 찾아낼지도. 하다못해 시신이라도 좋으니, 다시 가족의 품으로 돌아올 기회였다. 윤지는 내부의 압력을 낮추려 심호흡하며, 민기에게 희소식을 전하기로 했다.

"오빠가 어제 장미경 찾았잖아."

"내가 그랬나?"

"어, 오랜만에 회로가 엉켰구나."

민기는 당황하면 생각의 회로가 엉켰다. 수능을 본 날엔 말끝마다 담임의 이름이 튀어나왔고 군 입대 직전엔 훈련병 축 민기라고 중얼거렸었다.

"그랬을지도 모르겠네. 어젠 장미경 씨가 간절했거든, 그런데 이제 괜찮아. 오빠 출근 준비할게."

"끊지 마."

끊으려는 민기를 윤지가 만류했다.

"나 장미경 찾은 거 같아."

"그게 가능한 일일까?"

속으론 펄쩍 놀랐지만, 가만 생각해보니 불가능한 일이었다. 장미경은 사인회나 기자간담회에도 참석하지 않았고, 사진조차 공개된 적이 없었다. 그런데 선배 집에서 하룻밤 자고 온다던 동생이 장미경을 무슨 수로 찾는단 말일까.

"오빠 동생 완윤지 똑순이인 거 몰라? 찾았어. 확실해."

"장미경이 본명이긴 해?"

민기는 동생 윤지가 사막이나 밀림에 던져놓아도 자기 왕국을 만들 사람이라는 걸 알았다. 하지만 숨기로 작정한 사람을 찾는 건 또 다른 능력과 영역이었다.

"예명이라고 할 수 있지. 대리인이 동생인데 이름이 장미경이야. 우리 선배가 장미경 씨의 딸이고. 이렇게 말하니 되게 복잡해지네. 그니까 우리 선배 이모가 장미경 본체라고."

윤지는 아침이 밝으면 장미경과 직접 통화해 민기의 상황을 설명하려 했다. 그런데 민기에게 먼저 전화가 걸려온 참이었다.

"그런다고 뭐가 달라질 것 같진 않아. 장미경 작가가 내 편이 되어줘도 난 휴먼북을 떠날 거야. 다시는 기린 모자를 잃지 않아."

민기는 원고로만 만나던 장미경이 어딘가 실존하는 누군가라는 게 새삼스러웠다.

"그랬구나. 아무튼 선배가 이모한테 연락해본다고 했어. 그 사람한테도 오빠는 소중한 파트너일 테니까 알고는 있어야지."

장미경을 실제로 만날 수 있을 거라곤 상상해본 적 없었다. 그녀의 소설에 클리셰처럼 등장하는 실크 원피스에 하이힐을 신은 모습이 연상되었다. 민기는 불경스러운 생각에 고개를 흔들었다.

"나 근무 바꾸고, 온유 데리러 갈 거야. 정 오갈 데 없으면 우리 집에서라도 며칠 보호하고 싶은데 괜찮지?"

"이제 내가 집에 있으니까 괜찮지. 잘 놀아줄 자신은 없지만."

민기의 대답에 윤지는 전화를 끊었다. 그녀는 침대 옆자리에서 자고 있는 유랑을 흔들어 깨웠다. 숨결에서 아직 술 냄새가 풍기는 유랑이 부스스 눈을 떴다.

"선배, 어제 말한 대로 장미경 씨한테 연락해줘요. 나 먼저 씻고 나갈게."

"아직 새벽인데 어디 가?"

유랑이 침대 옆 협탁에서 안경을 가져다 쓰며 물었다.

"배고픈 애 밥 먹이러."

윤지는 찬물에 몸을 벅벅 씻고, 가방에서 보디로션과 에센스를 꺼내 토닥토닥 발랐다. 그러고는 뭐라도 먹고 나가라는 유랑을 뿌리치고 하이파크를 향해 차를 몰았다. 윤지는 병원에 전화를 걸었다.

"저 완윤지인데요, 김남우 환자 병실 밖으로 불러서 뭐 아는 거 있는지 물어봐주실래요?"

자신이 생각해도 이상한 질문이었지만 달리 표현할 문장이 떠오르지 않았다.

"그냥 뭐 아는 거 있는지 물으라고요?"

근무자도 의아해했다.

"네, 알아들을 거예요."

"그래요. 물어보고 문자 줄게요."

윤지는 남우가 간밤에 산호의 아들 이름을 알아냈을지 궁금했다. 오죽 아버지가 미웠으면 면회 한 번, 전화 한 통 오지 않는 걸까. 산호의 아들을 찾으면 아버지가 무고하다는 사실을 고백하고 싶었다. 필요하다면 증언대에 설 것이고, 자신이 벌인 일과 가짜들이 벌인 일을 명확히 나누어 소상히 밝힐 계획이었다. 그로 인해 처벌이 따른다 해도 죄 없는 노인을 살인자로 만들 수는 없었다. 결정을 내리고 나니 마음이 한결 가벼웠다. 좋은 변호사를 선임하고 해방이나 유랑, 가정폭력 범들에게 시달린 가족들이 탄원해준다면 수형 기간이 그리 길 것 같지 않았다. 그 다음엔 살 좀 빼서 스키니한 백조로 활동하면 되지 않을까.

윤지의 차가 하이파크에 가까워지자 승용차들이 도로로 줄줄이 쏟아져 나왔다. 시청이나 도청의 지시 때문이 아니었다. 불안한 입주민들이 자발적으로 차를 주차장에서 빼내고, 차가 없는 사람들은 택시를 잡으러 나온 거였다. 오로지 윤지의 검은색 니로만이 하이파크를 향해 다가가는 중이었다.

"각이 안 나오네."

차선은 모두 아파트에서 나오는 차량으로 막혀 있었다. 윤지는 큰길 건너에 차를 세우고 맨몸으로 아파트를 향해 걸어갔다. 행여 온유가 피난객 사이에 섞여 있진 않을까 곁눈질을 하며 1단지로 접어들었다.

"어째 대피 방송 못 들으셨어? 우리 경비들도 행복센터로 갈 거예요. 귀 뚫린 사람들은 다 떠나서 비었어."

우비 안에 군청색 모자를 쓴 경비원이 경광봉을 들고 윤지를 막아섰다.

"놓고 온 게 있어서요. 근데 대비는 왜 해요?"

윤지의 물음에 경비원은 답답하다는 듯 하, 한숨을 쉬었다.

"옹벽이 무너지게 생겼다니까. 어제도 전문가가 와서 한참 들여다보고 갔는데 아무 문제 없다고, 큰소리쳤단 말야. 근데 웬걸. 옹벽 돌 틈으로 흙이 비질비질 새는 거야. 시청이랑 구청, 행복센터에 다 전화 넣어봤는데 담당자가 출근해야 대책을 마련한다잖어. 놓고 온 게 사람 목숨이 아니거든 그냥 가셔."

윤지는 고개를 들어 1단지 뒤에 병풍처럼 펼쳐진 도담산을 바라봤다. 산은 배고픈 짐승의 복명처럼 울부짖고 있었다. 십수 년의 장마와 태풍에도 건재했기에, 불과 몇 시간 전까지만 해도 주민들은 별 걱정 없이 잠들어 있었다. 하지만 상황은 긴박하게 흘러갔다. 윤지의 입장에서 옹벽 붕괴는 인재였다. 안일한 전문가와 소극적인 공무원, 그리고 기린 모자를 분실한 민기의 쓰리 콤보. 민기가 기린 모자를 쓰지 않은 지난 일주일과 어제 그리고 오늘, 고작 구 일이지만 도담시의 좀비 영혼들에겐 너무 긴 시간이었다. 그들은 우울과 분노, 좌절감으로 내일이 없길 염원하며 출근길에 올랐을 터였다. 감정의 토네이도가 하늘을 찢고 산을 갈라놓을 지경이었다.

"정말 중요한 거라서, 죄송해요."

윤지는 경비원을 뿌리치고 103동으로 뛰어갔다. 놓고 온

게 어린 아이의 목숨인 탓이었다.

"저, 저, 저……."

경비원이 혀를 차는 동안 윤지는 한 번에 두 칸 씩 계단을 밟았다. 온유가 이웃이나 친척, 경찰에게 전화를 걸어 이미 대피했길 바랐다. 우르릉, 산이 포효했다. 배포 좋은 윤지의 걸음도 멈추게 하는 굉음이었다.

수겸도 굉음을 들었다. 그가 행복센터에 출근했을 때, 이 계장은 자리에 없었다. 민원팀장을 대신해 재난 대책 본부가 있는 시청으로 넘어갔으리라, 수겸은 예상했다. 시공사에 전화를 걸어도 받질 않았다. 아침 7시 10분, 출근을 하기엔 이른 시간이었다. 불안한 시민들은 행복센터로 전화를 걸었다. 여기, 하이파크인데요. 입주민끼리 긴급 대책 회의 열었고 대피하기로 했어요. 주차장에 물이 차서 차도 빼고 있고요. 저희 어디로 가면 됩니까? 수겸은 입이 얼어붙었다. 관내의 초중고는 이미 이재민들이 사용 중이었다. 자리를 좁히면 오백 명 정도까진 더 피신할 수 있지만 수겸 혼자 내릴 결정이 아니었다. 그는 죄송하지만 금방 다시 전화를 드리겠다고 전화를 끊어냈다. 누적 강우량이 1000밀리미터에 달했다. 계류가 형성됐으니 지금 당장 토사가 흘러내린다 해도 이상할 것이 없었다. 비슷한 사건을 뉴스로 본 적이 있었다. 서울의 우면산 산사태였다.

수겸은 재난 대책 본부에 전화를 걸었다. 하지만 대부분의 책임자들이 길고 답 없는 회의에 들어가 통화가 어렵다는 말단의 대답만 얻었다. 소방서는 화재 진압으로 차출되었고, 유일하게 경찰서만이 희망적인 답을 내놨다. 취약 지역 순찰을 늘렸고 군부대에 협조 요청을 했다는 요지였다. 문제는 임시 대피소의 증원 문제는 시장이 결정할 일이라는 거였다. 9급 공무원인 수겸이 할 수 있는 건 마음을 졸이며 2급 공무원의 답을 기다리는 것뿐이었다.

"수겸 씨, 캄캄한 데서 무슨 땀을 그렇게 흘려요?"

라현이 출근했다. 그는 사무실 조명을 켜고 멍하니 서 있는 수겸을 바라봤다. 그의 머리와 얼굴에서 흐른 땀이 턱에 맺혀 있었다.

"도담산에 산사태가 예상돼요. 하이파크 입주민들을 임시 대피소로 옮겨야 해요. 그런데, 난 그걸 결정할 권한이 없어요."

수겸은 무력한 자신에게 화가 났다. 최근 들어 뭐 하나 자기 뜻대로 되는 일이 없었다. 밥 인심은 후하지만 CCTV 설치 얘기만 하면 차갑게 변하는 해방. 아침엔 기린 모자를 쓰고 밤엔 까마귀로 활동하는 민기. 독사처럼 앙심을 품고 달려드는 입분 카르텔. 그리고 떠올리지 않으려 애쓰지만 지척으로 이감된 아버지 산호까지 수겸의 정신을 구타했다. 그는 땀에 섞여 잘 보이지 않는 눈물을 흘렸다.

"이 계장님한테 여쭤보면 되죠. 팀장님이 핫라인 연락처 주고 입원하셨을 텐데."

라현은 감히 뜨거운 김을 뿜으며 땀 흘리는 수겸 곁에 다가서지 못했다. 그녀에게 수겸은 좀처럼 감정을 드러낼 줄 모르는 사람이었다. 마치 세절기와 프린터처럼 뭔가를 집어넣으면 정직한 결과물을 만들어내는 사무기기 같았다. 그래서 이따금 미소 짓거나 입술을 비쭉 내미는 순간이 좋았다. 그 순간만큼은 인간 이수겸으로 보였으니까. 라현은 그가 무슨 생각을 하고 어떤 고민을 할지 들여다보고 싶어서 더 치근거렸는지 몰랐다.

"재난 대책 본부로 넘어가셨을 거예요. 본부로 전화하니 모두 회의 중이라 했고요."

수겸이 티슈를 뽑아 얼굴에 흐른 땀을 닦았다.

"아닌데, 본부는 조 주임님이 들어가셨어요. 이 계장님은 어제 수해 복구 나갔다 발목 접질렸다고 한의원 들러 출근하신댔어요. 늦어도 10시까진 온다고."

라현은 뒷말을 얼버무렸다. 수겸의 안색이 순식간에 흙빛으로 변한 탓이었다.

"사람인데, 그래도 되는 걸까요?"

수겸이 몸을 떨며 물었다.

"안 되죠."

라현은 이 계장의 너부데데한 얼굴을 떠올리며, 속으로 개새끼라 욕했다. 수겸이 사무실 전화기 대신 자신의 핸드폰으로 이 계장에게 전화를 걸었다. 신호가 끊기기 직전에야 이 계장이 낮게 가라앉은 목소리로 전화를 받았다.

"왜요?"

여보세요, 무슨 일 있어요? 미안하게 됐어요, 같은 말로 전화를 받을 줄 알았던 수겸은 헛웃음이 나왔다.

"하이파크 입주민 대피시켜야 합니다. 곧 옹벽이 무너지고 산사태가 날 겁니다."

수겸은 뜨거운 무언가를 삼키며 통화를 이어갔다.

"그렇잖아도 방금 조 주임한테 전화받았어요. 우리끼리 티키타카 잘 맞추고 있으니까, 이수겸 씨랑 금라현 씨는 어제처럼 복구 지원 나가세요."

"그걸 왜 지금 말씀하십니까? 집에 누워 여유 부릴 상황은 아닌 것 같습니다만."

"나도 방금 연락 받았다니까. 입주민들도 알아서 빠져나가는 모양이더라고. 그리고 내가 신도 아닌데 나가서 칼춤 춘다고 재앙이 막아집니까? 솔직히 산사태 나봐야 1단지 저층만 피해 볼 거예요. 건물 동강나면 시행사가 배상할 거고, 우린 우리 몫만 하면 되잖아요. 아이 씨, 그러고 보니 이수겸 씨 말투가 왜 이래? 나한테 악감정 있습니까?”

이 계장은 뭔가를 마시는지 후룩거리는 소리를 냈다.

“악감정 있습니다. 당신 같은 쓰레기 새끼 때문에 엄마가 돌아가셨거든요. 도담이 시 승격하면서 도로 많이 생겼죠. 그때 저희 집도 토지 수용됐어요. 근데 담당 공무원이 찾아와서 무슨 서류가 누락됐다, 신청서 서류에 도장이 반만 찍혀 안 된다, 보상금 수령을 포기하면 임대아파트 1순위로 넣어주겠다, 개 헛소리를 한 겁니다. 네, 순진한 우리 부모님은 헌 집 주고 새집 살고 싶은 마음에 보상금을 포기했습니다. 한참 뒤에 알았어요. 담당자가 토지 수용 신청서 제출을 미루다 보상금이 누락된 걸요. 소송 걸리면 모가지 날아가게 생겼으니, 아예 보상금을 포기하게 만들었습니다.”

수겸은 씨근거렸다. 그의 가족이 도담시민아파트에 입주하기까진 사 년이 더 걸렸다. 애당초 1순위로 넣어주겠다는 건 거짓 회유책이었다. 수겸네 가족은 그 사 년 동안 여인숙에 살았다. 언제 이사 들어갈지 모르니 짐을 풀지 말자며 방 안에 가득 쌓아놓고 살았다. 엄마는 여인숙 청소와 빨래를 해주며 돈을 벌었다. 고작 한 달 방세에 불과한 소액이었지만 소득이 인정되어 기초생활수급자에서 털려났다. 엄마는 오래 앓았다. 목구멍이 막힌 것 같아 음식을 삼키지 못하겠다고도 했고, 등이 뜨거워 잠을 못 자겠다고도 했다. 그러다 수겸이 등교한 사이 자살했다.

"이수겸 씨, 내가 그랬습니까? 원망할 거면 그 새끼를 잡아다 족쳐야지, 왜 애먼 사람 머리끄덩이를 잡아? 이 친구 내가 좋게 봤는데 본색을 드러내네."

뭔가를 마시다 사레 든 이 계장이 켁켁거렸다.

"이제 본색대로 살 겁니다. 엄마 한 풀어주려고 공무원이 됐고, 못난 아빠 때문에 유능한 공무원으로 승승장구하고 싶었습니다. 악성 민원인, 난데없는 물난리 다 견디고 이겨낼 수 있지만, 무책임한 동료와는 계속 싸우겠습니다."

수겸의 등 뒤로 따뜻한 무언가가 살포시 붙었다. 그의 허리에 회색 스웨터 입은 팔이 감겼다. 등이 축축해졌다. 욕설을 하는 이 계장의 전화를 끊고 수겸이 뒤를 돌아보았다. 라현이 그를 포옹하고 흐느껴 울었다.

"금라현 씨?"

"장하다, 이수겸."

라현은 그를 힘껏 끌어안았다.

"제가 뭘요?"

수겸은 낯이 뜨거웠다. 너무 오랜만에 누군가에게 성을 냈고, 그걸 동료에게 들켰기 때문이었다. 불우했던 어린 시절을 이렇게 요약 전달해본 적도 처음이었다. 그걸 곁에서 들은 사람이 라현이라는 게 부끄러웠다.

"잘 컸잖아요. 단정하고 단호하고 단단하게. 내가 수겸 씨를 좋아하는 이유가 이렇게 또 늘어버렸네."

처음엔 그의 얇은 옷과 낡은 구두에 마음이 쓰였다. 그러다 기계처럼 조직에 헌신하는 믿음직한 사람이라 끌렸다. 이젠 수겸의 모든 것이 좋았다. 그러면 퍼붓는 빗속에서도 물기를 움켜쥐고 끝까지 버텨낼 산처럼 느껴졌다.

"저를 좋아하세요? 금라현 씨 같은 사람이?"

"내가 뭐라고요. 수겸 씨가 저보다 훨씬 근사한 사람이에요. 술도 안 마시지, 담배도 안 피우지, 패스트패션 소비 안 하는 환경운동가지. 이런 보배가 어딨어요? 민기 오빠를 넘어섰어."

라현이 팔을 풀고 손가락을 곱으며 웃었다.

"라현 씨, 저 까마귀의 정체를 알아낸 거 같아요."

"예? 아니 우리 로맨틱 무드 아니었나요? 나 혼자 바보된 거예요?"

라현이 눈썹을 늘어뜨렸다.

"아뇨. 로맨스 그거, 재앙 넘긴 뒤에 다시 시작하면 안 될까요? 지금은 상황이 상황인지라."

사실 수겸의 마음도 근질거렸다. 황폐한 땅 위에 촉촉한 봄비가 내리고 천 년 전에 심어놓은 씨앗 하나가 이제 막 발아하는 것만 같았다. 하지만 보드라운 감정에 의식을 맡겼다간이 재앙을 이 계장처럼 마냥 관조해버릴 것 같아 미뤄두기로 했다.

"아빠한테 제보해달라는 거죠?"

"네."

수겸은 해방이 민기의 후원자일 거라 추측했다. 기린 모자 때문에 직장을 그만두겠다는 것만 봐도 정신이 온전하지 않을 수도 있었다. 아버지 산호처럼 뇌를 앓고 있는 사람은 아닐까. 라현이 민기를 친형제처럼 잘 따르는 게 마음에 걸리지만, 수겸은 자신의 민원도 해결해야 했고 정의도 바로 세우고 싶었다.

"근데 벌써 용의자 특정하고 미행 시작했다는데요. 계속 제보 전화가 왔대요."

"그럴 리가 없는데……."

용의자가 민기라면 라현이 이처럼 태평할 수 없었다.

"왜 그럴 리 없다고 생각해요?"

"저도 알고 라현 씨도 아는 사람이라서요."

라현이 고개를 갸웃하다, 퍼뜩 놀라 책상에 몸을 기댔다.

"설마 내가 생각하는 그 사람? 체격 좋고 정의심 넘치고……!"

그 순간 라현과 수겸의 핸드폰으로 재난 알림 문자가 도착했다. 도담산이 무너지고 있었다.

어제 아침, 순경은 마지막 제보 전화를 받았다.

"왜 아직도 까마귀 못 잡아요?"

제보자는 처음부터 시비조였다.

"꾸준히 수사하고 있습니다. 혹시 도움 주실 말씀 있으신가요?"

순경이 볼펜 꼭지를 누르며 물었다.

"꾸준하기만 하지 기동력이 없잖아요. 아싸리 내가 이름 알려주면 잡을 겁니까?"

"범인을 확신하십니까?"

"내가 농담할 거 같아요? 아침부터 부지런하게 장난 전화질할 놈 같냐고."

"그저 신중해야 해서 드리는 말씀입니다. 이름 알려주시면 저희가 만나보겠습니다."

제보자는 이제야 말이 좀 통한다며 실실 웃었다.

"성은 모르고 이름은 윤지. 덩치가 남자보다 더 커요. 내가 키가 큰데도 거진 비슷한 정도야. 어깨가 떡 벌어진 게 중량깨나 치는 몸입니다."

순경이 눈을 부릅뜨고 빠른 속도로 메모를 이어갔다.

"좀 더 구체적으로 표현해주실 수 있습니까? 선생님을 기준으로 어느 정도 사이즈인가요?"

"아, 그게. 내가 190센티미터에 78킬로그램인데 까마귀는 키가 183? 184? 그 정도 됩디다. 겉보기엔 한 80킬로그램은 나가 보이고, 근육질이니 실제론 그보다 많이 나갈 거 같아요. 귀가 복귀 스타일 알죠? 부처처럼 둥그렇게 늘어졌는데 액세서리는 안 했습디다. 주짓수나 유도 수련도 된 거 같고."

"이름은 어쩌다 알게 됐습니까?"

순경이 조심스럽게 질문했다.

"그냥 어쩌다 들었어요. 중요합니까?"

제보자의 목소리가 눅어 들어갔다.

"작은 정보라도 도움이 되죠. 선생님은 까마귀를 아주 근거리에서 목격하셨겠네요. 혹시 피해자이신가요?"

"피해자면 뭐 보상이라도 해줍니까?"

"그건 제가 판단할 문제가 아닌 것 같습니다."

"그럼 내가 왜 대답을 해. 형사들 어슬렁거리는 거 싫으니까 적당히 좀 하세요."

"형사가 많이 불편하신가요?"

긴장한 순경이 입안이 바짝 말랐다.

"아씨, 꼭 나를 취조하는 거 같네. 짜증나게."

제보자가 세게 콧바람을 불고 전화를 끊었다.

순경은 윤지라 쓴 이름에 동그라미를 여러 번 그렸다. 그러고는 점심도 거르며 그간 자신이 정리해온 용의자의 특징을 정리했다.

"출근 잘했지? 아니 그거 묻자고 전화한 건 아니고. 그쪽으로 팩스 하나 보냈어. 용의자 전화번호도 적어놨으니 위치 추적해줘. 끝나긴 뭐가 끝나. 이제 시작인데. 뭐? 확실하냐니. 내가 농담할 거 같아? 장난 전화 아니라니까. 그럼 부탁할게. 나도 용의자 얼굴 보러 갈게. 고마워요, 오케이."

순경은 OK 형사로 저장된 전화를 끊었다. 그러곤 경찰서 뒤 흡연장으로 걸어 나갔다. 담배를 끊은 지 오래 됐지만 오늘만큼은 냄새라도 맡고 싶었다. 그는 부루퉁 내민 입술로 펜스에 몸을 기대고 혼잣말 했다. 괜찮아, 난 내 할 일을 하는 것뿐이니까.

윤지도 제 할 일에 최선을 다했다. 그녀는 302호 앞에 당도했다. 가방에서 도어록 개방 장치를 꺼내려는데 들고 다니는 짐이 많아 한 번에 잡히지 않았다. 가방을 바닥에 내려놓고 입구를 넓게 벌려 헤집는 사이, 건물이 흔들렸다. 굉음과 유리 깨지는 소리, 새시가 우그러지며 내는 비명처럼 섬뜩하고 기괴한 소리가 고막을 찢어놓을 듯했다. 도담산을 둘러친 옹벽이 무너지며 토사가 아파트 지하와 1층으로 밀려든 탓이었다. 뒤늦게 대피하던 사람들은 자신의 소중한 보금자리가 휘청거리는 모습을 보며 비명을 질렀다. 112와 119로 신고 전화가 빗발쳤다. 도담소방서장도 차출을 철회하고 외려 이웃 도시에 도움을 요청했다. 재난 대책 본부는 상황실에 모여 CCTV를 보다 질겁하고 재난문자를 열 통 넘게 발송했다.

윤지는 온유의 우렁찬 비명을 들었다. 이대로 버티다 보면 곧 3층까지 토사가 차오를 것이다. 윤지는 침착을 되찾고 배터리와 코일을 연결한 도어록 개방 장치를 꺼냈다. 하지만 방전된 배터리는 스파크를 일으키지 않았다. 몇 번을 반복해도 소득이 없었다. 초인종을 누르고 현관문을 두들겼다.

"온유야, 까마귀 언니야. 문 열어. 우리…… 살자!"

우리 살자, 라고 말한 건 오래 전의 희연이었다. 아가, 우리 살자. 같이 살자. 피투성이에 눈두덩이는 보라색 멍이 번진 희연 손은 폭력에 달궈져 뜨끈했다. 그 손을 잡고 나오며 윤지는 돌아보지 않았다. 처참하게 무너진 아빠에겐 조금의 동정심도 들지 않았다. 후두둑 뜨거운 땀을 떨어뜨리며 자신을 번쩍 치켜올려 아기처럼 안아주는 희연과 영원히 함께 살고 싶었다. 윤지도 온유에게 그런 사람이길 바랐다.

"집이 흔들려요. 온유 많이 무서워요."

온유는 문 안쪽 현관 바닥에 엎드려 있었다. 겁이 나서 엎드린 게 아니라 건물이 휘청거리며 고꾸라진 터였다.

"안전한 데로 가자. 언니네 집에 가서 라면 네 개 끓이고 계란 두 개 넣어 먹자. 온유야, 문 열어."

다시 한번 아파트가 흔들렸다. 도담산의 나무가 부러지고 뽑히며 기이한 소리를 냈고 진흙이 2층 비상계단으로 차올랐다. 이제 탈출로가 사라졌다. 고층으로 올라가 구조를 기다리는 수밖에 없었다. 그마저도 건물이 붕괴되면 사라질 희망이었다.

"언니, 온유 안 갈래요."

"그게 무슨 소리야?"

윤지는 온유의 목소리를 잘 들으려 귀를 현관문에 붙였다.

"온유는 아빠 딸이니까 갈 수 없어요. 가면 안 돼요."

온유는 울음을 잘 참는 아이였다. 윤지나 바깥 사람들의 눈엔 초등학교 저학년 정도로 보이지만, 엄연히 여섯 살이었다. 아직 현실감을 갖기 어렸고, 엄마도 없는 세상에 아빠마저 등을 돌리면 어쩌나 속이 탔다.

"아빠가 온유 더 사랑해, 아니면 온유가 아빠를 더 사랑해?"

온유는 혼란스러웠다. 아빠는 한 달 건너 한 번 씩 입원하는 엄마를 돌보지 않았다. 바쁘고 피곤하다는 이유로 면회를 미룬 탓에 온유는 엄마 얼굴을 제대로 본 적도 없었다. 어린이집에서 돌아오면 씻어 나온 쌀에 물을 부어 밥솥 취사 버튼을 눌렀다. 오늘은 아빠가 곧장 집으로 퇴근해 함께 먹을 수 있다는 희망 때문이었다. 하지만 기대는 번번이 무너졌다. 온유는 스팸 깡통을 열어 굽지도 않은 채 기름진 가공육을 숟가락으로 떠먹었다. 사놓은 생수가 떨어지면 수돗물을 마셨다. 아빠는 이삼 일에 한 번 돌아오지만 새벽에 퇴근해, 술이 덜 깬 채 출근했다. 새엄마의 말로는 아빠의 카톡 프로필 사진은 늘 온유이고, 사랑해와 하트가 붙어 있다고 했다. 온유는 자신이 없는 세상에서만 아빠의 사랑을 받는 게 너무 이상했다.

"모든 아이들은 온 힘을 다 해 부모를 사랑해. 내가 그랬어. 우리 오빠도 그랬고. 그 마음이 온유 발목을 잡는 거야. 아빠의 딸이라는 역할을 버리면 돼. 더 사랑받고 존중받을 수 있는 곳에 네 진짜 가족이 있을지 모르잖아. 갈 수 있어. 내가 가봤으니까 알아."

온유는 윤지의 말을 다 이해하지 못했다. 존중의 뜻도 몰랐고, 진짜 가족이 있다면 가짜 가족도 있다는 건데 자신과 아빠 사이가 가짜라는 건지 가늠하지 못했다. 하지만 윤지에게 문을 열어주기로 했다. 아빠만큼이나 기다린 사람은 까마귀 언니가 처음이었으니까. 온유는 도어록 해제 버튼을 누르고 손잡이를 돌려 현관문을 열었다.

"들어와요."

온유는 땀에 푹 젖은 윤지에게 손짓을 했다.

"안 돼, 나가야 해. 뒷산이 무너지고 있어."

윤지가 손을 뻗어 온유를 잡으려 했지만 아이는 한 발짝 뒤로 물러섰다.

"핸드폰 챙겨야 해요. 그래야 나중에 아빠랑 전화할 수 있단 말예요."

여유 부릴 시간이 없었지만, 윤지는 온유의 부탁을 거절할 수 없었다. 그녀가 현관으로 들어서서 핸드폰만 가지고 나오라고 말했다. 온유는 덩치와 어울리지 않게 몸이 날렵했다. 포르르 달려 자신의 방으로 뛰어 들어갔다. 아이를 기다리며 윤지는 창문이 깨진 베란다를 바라봤다. 온유가 웅크리고 있던 켄넬이 사라져 있었다. 아이 엄마는 범죄의 증거를 열심히 처분하고 집을 떠났다. 빗줄기는 여전히 굵었다. 거실 TV 앞에 놓인 곰 모양 키 링을 바라보았다. 홈 캠이라고 속였지만 누가 믿을까 싶었던 작고 초라한 인형이었다. 하지만 애 엄마는 곰인형의 깨알 같은 가짜 눈동자도 두려웠던 거였다. 차마 그걸 치울 자신은 없고, 마음껏 온유를 야단치고 굶기고 가둘 수도 없으니 지켜보는 눈이 없는 곳으로 거처를 옮겼던 것이다. 인간은 고쳐 쓸 수 없다는 사실이 윤지는 새삼스러웠다.

"어, 아빠! 온유 집에 있지. 뭐어? 지금 데리러 온다고? 진짜야? 알았어, 기다릴게. 어디 안 가고 집에 있을게. 꼭 와, 아빠."

어린이집 가방에 야무지게 속옷과 양말을 담아 등에 짊어진 온유는 아빠의 전화에 흥분했다. 혼자만 아빠를 사랑하는 게 아니라 아빠도 자신을 똑같이 사랑한다는 사실이 기쁘고 마음 벅찼다. 까마귀 언니에겐 미안하지만, 아빠와의 약속이 우선이라고 생각했다.

"온유야……!"

통화를 엿들은 윤지가 넋 나간 표정을 지었다. 온유의 아빠란 새끼가 말도 안 되는 헛소리로 아이의 발목을 붙잡았다는 걸 깨달았다. 이참에 새 아내의 심기를 긁어놓는 자신의 핏덩이를 없애려는 계획일지도 몰랐다. 밖에선 대피를 보채는 사이렌이 울렸다. 경찰, 소방대, 군부대도 하이파크 아파트에 접근하지 못했다. 운이 나쁘면 1단지 아파트들이 동강나버릴 것이고 운이 좋아봐야 토사물에 휩쓸려 시체가 될 터였다.

"언니랑은 다음에 놀아야겠어요."

온유가 배시시 웃으며 핸드폰을 가방에 넣었다. 윤지는 TV 옆에 놓인 곰인형 키 링을 집어 들었다. 그러곤 온유의 어린 이집 가방 지퍼에 채웠다. 붕괴가 되든 쓸려나가든, 시신이 온전치 않으면 누군가 이 키 링과 가방으로 온유를 알아보길 바랐다. 물론 그렇게 되지 않도록 발버둥 칠 계획이었다. 윤지는 아빠와의 통화로 잔뜩 신이 난 온유를 덥석 끌어안았다.

"이러지 마요, 언니!"

"온유야, 세상 무엇도 자기 생명보다 귀하진 않아. 살아남으면 알게 될 거야."

윤지는 바둥거리는 온유를 어깨에 짊어지고 현관문을 열었다. 틈 사이로 거친 토사가 밀려들었다. 불과 십여 분 만에 103동의 절반 가까이가 토사와 흙탕물로 매몰되었다. 이제 탈출로는 베란다 한 곳 뿐이었다. 윤지는 거실을 가로질러 베란다로 향했다. 2층 절반까지 토사가 차올랐고 건물 외벽에서 엠블럼과 건축자재가 텀벙텀벙 떨어져 가라앉고 있었다. 윤지는 아파트가 균형을 잃고 기우는 것을 느꼈다. 붕괴냐, 매몰이냐. 결국 순서만 다를 뿐 같은 결괏값이었다. 윤지는 토사에 휩쓸리지 않고 탈출할 도구를 찾기로 했다.


도담이 몸살을 앓는 동안, 입분도 기신기신 외출 준비를 했다. 수겸이 괘씸해 민원을 넣었는데 그게 뜻대로 굴러가지 않아 민기가 기린 모자를 잃었다. 아무에게도 말하지 않았지만 모자를 지키는 건 입분의 책무였다. 돈과 복수심에 눈이 멀어 책임을 미뤄둔 자신이 원망스러웠다. 입분은 창고로 쓰는 방문을 열었다. 어둑한 방 안에서도 달항아리는 보얗게 빛났다. 그 곁에 소가죽으로 만든 갓신과 비단에 싸놓은 쓰개치마, 궁중에서도 귀했다던 자개장, 방짜유기 등이 먼지 한 톨 없이 정갈하게 놓여 있었다.

입분은 조선의 마지막 공주가 아니었다. 다만 그녀의 모친이 마지막 궁녀였다. 창고 방에 있는 귀한 물건들은 모친이 출궁하던 날 당시로선 큰돈인 오십 원을 주고 지게꾼 여럿을 고용해 빼낸 것이었다. 그중 하나가 기린 모자였다. 입분 모친에 따르면 임금의 사명을 받은 관리가 기린 모자를 머리에 쓰고 지금의 종로인 한양 견평방을 거닐며 일종의 의식을 치렀다고 했다. 관리는 일평생 한양의 안녕을 기원하며 기린 모자에 액을 쓸어 담고 돌아와 몸을 닦아내는 일에만 전담했다.

대를 이어 기린 모자는 계승되었지만, 국운이 기울 즈음 게으르고 무책임한 관리의 아들 손에 기린 모자가 넘어갔다. 그는 주색을 밝혔으며, 아내는 사치를 즐기는 데다, 장모는 사위의 권세를 등에 업고 뇌물을 덥석덥석 받아먹었다. 관리는 기린 모자를 쓰고 견평방을 걷는 짓이 바보 같다 생각했다. 행위가 중요하다면 쓰는 놈이 누구든 무슨 상관이랴 싶어, 푼

돈에 대리인을 구했다. 그러나 대개의 비극이 그렇듯 대리인은 자기 잇속만 챙기고 약속한 날 나타나지 않았다. 기린 모자는 창고 안에서 빛을 잃어갔다. 태평의 시대가 저물었다. 을미사변이 터지고, 황후가 도륙되었으며, 나라는 벌집이 되었다.

사가로 기린 모자를 가져온 입분의 모친은 새 주인 물색을 시작했다. 그녀가 듣기로 기린 모자의 관리는 남자여야 하며, 학식과 덕망 그리고 희성稀姓을 가진 자여야 했다. 그런 인물을 찾지 못해 일제강점기가 흘러갔고, 한국전쟁이 발발했다. 그 무렵에서야 입분의 모친은 축씨 성을 가진 대학생 축설산을 찾아냈다. 설산은 고학생으로 신문 배달을 했는데, 수년을 지켜보아도 신문이 늦거나 거르는 일이 없었다. 기린 모자의 관리인으로 완벽한 청년이었다.

"어머니, 이년이 잘못했어요. 삿된 마음에 본분을 잊었어요, 어머니."

입분은 달항아리를 내려다보며 말했다. 항아리 안엔 입분 모친의 유골이 들어 있었다. 그녀는 고개를 내려 달항아리 속 유골함을 들여다보았다. 삼나무로 만든 소박한 유골함 위에 낡은 전대 하나가 놓여 있었다.

"이런 쥐정신!"

입분은 전대를 집어 들었다. 지퍼를 열자, 돈다발이 드러났다. 장롱 안에 있다고 믿어 의심치 않았던 쌈짓돈 이천사백이십일만사천 원이었다. 입분이 수겸을 괴롭힌 원흉은 돈이 아니라 괘씸이었다. 돈 벌 날 많은 청춘이 노인네의 쌈짓돈을 집어 먹고 입을 싹 닦은 것이 얄미워 용심을 부렸는데, 수겸의 무고가 밝혀진 거였다.

딸 내외가 자꾸 요양원 이야기를 꺼내는 것도 억지는 아니었다. 입분은 근래 자꾸 중요한 걸 잊었다. 축협에 계좌를 만들어놓고 농협에 가서 내 돈 내놓으라 호통을 쳤다. 지난여름엔 콩국물을 들고 찾아온 손녀를 알아보지 못해, 누구냐고 물었다. 손바닥보다 빤한 도담 시장에서 길을 잃은 뒤론 티타늄에 딸 전화번호를 새긴 목걸이를 얻게 되었다. 이젠 가족이 보채기 전에 스스로 보듬요양병원에 들어갈 때였다. 보듬요양원 원장의 증조부 허 씨는 내의원이었다. 왕조가 무너지고 입분의 어머니처럼 출궁한 내의원은 도담시에 한의원을 냈다. 그의 아들은 국가고시를 치러 한의사가 되었고, 또 그의 아들은 양의사가 되어 내과를 운영하다 요양병원을 개원했다.

입분과 아버지 허 씨는 막역했다. 그의 아들인 허 원장 또한 입분을 대모님이라고 부르며 따랐다. 그러니 인생 말년을 맡겨도 껄끄러울 것이 없었다. 그 전에 매듭지어야 할 일이 있었다. 입분은 자신과 민기의 손에 도담시뿐 아니라 국운이 쥐어졌다고 믿었다. 그러니 만나야 할 사람에게 얕보여선 안 되었다. 입분은 옥색 치마저고리를 꺼내 동정을 새로 달고 머리도 기름을 발라넘긴 뒤 감태나무 지팡이를 손에 쥐었다.

"여사님, 준비되셨어요?"

정철이 초인종을 눌렀다.

"나가네."

입분이 현관문을 열었다. 정철은 날도 궂은데 미제 선글라스와 먹색 두루마기를 걸치고 있었다. 오늘의 드레스코드가 한복인 탓이었다. 도담시민아파트 앞엔 정철이 끌고 온 스타렉스가 서 있었다.

"자네랑 나랑 지하철 타면 될 것을."

입분은 정철의 정성을 알면서도 타고난 성정이 깔깔한 탓에 한마디를 보탰다.

"본부장도 가겠대요. 손주들 현장체험학습 갔다고. 이 씨랑 이 씨 마누라도 태워 가야 하고요."

"이 씨면, 이해방이?"

"네, 아무래도 축 씨네 이우제니까."

정철이 아파트 입구를 나서며 골프 우산을 펼쳤다.

"그래, 감세."

입분도 우산 속으로 들어가 스타렉스로 향했다.

"어서 오세요, 성님. 아니, 여사님."

본부장 직함의 김 할머니가 뒷좌석 문을 열고 인사를 했다.

딸 시집 보낼 때 맞춘 꽃분홍색 한복 차림이었다.

"날이 이런데 손주들이 소풍을 갔담서?"

"서울로 간 걸요."

본부장은 가방을 열어 인절미가 든 봉지를 꺼냈다.

"안 먹어. 틀니인 거 알면서도."

입분이 거절하자, 인절미는 운전석의 정철에게 넘어갔다. 온통 진창길이었다. 숫제 물이 넘쳐 길이 끊어진 곳도 많았다. 노인들의 핸드폰으로 수십 개의 재난문자가 쏟아졌다.

"제가 오면서 AI한테 물어봤는데요."

본부장이 태블릿을 꺼내고 콧등에 돋보기를 걸쳤다.

"그게 누구야? 외국인인가?"

입분이 물었다.

"네, 똑똑하고 한국말 잘하는 외국인이요. AI 말이 무조건 법대로 하래요. 잃어버린 물건을 불법으로 점유한 거니까, 경찰 부르기 전에 내놔라, 이런 식으로."

본부장의 말에 정철은 고개를 끄덕거렸다. 하지만 입분은 달랐다. 법이나 관이란 게 끼어들면 자동으로 시간이 늘어지기 마련이었다. 오늘 안에 모든 걸 원상복구해야 했다.

"나한테 이 지팡이만 있는 줄 아는가?"

입분의 가느다란 눈이 번뜩 빛났다. 기실 그녀의 속바지 주머니 안엔 은장도 한 자루가 숨겨져 있었다. 여차하면 소동을 일으켜 강제로 기린 모자를 되찾을 심산이었다. 그리고 재작년에 요양 등급도 받아놨고, 실제 치매기가 있으니 어렵지 않게 빠져나올 수 있을 테다. 스타렉스는 해방과 미자를 싣고, 지대가 높은 골목을 이리저리 달려 도담시를 벗어났다. 서울로 들어서자 샤워기 꼭지를 내린 것처럼 비가 멈추었다. 하늘은 높고 구름 한 점 없었으며, 은행나무 가로수가 황금빛이었다.

"하이고야, 여기는 딴 세상이네."

정철은 폭우가 쏟아지는 도담시에선 부득부득 쓰고 있던 선글라스를 벗고 감탄했다.

"재앙이 건너오고 있어. 잘 보시게."

미자가 사이드 미러에 비친 하늘을 가리켰다. 도담시에서 시작한 시커먼 비구름이 시 경계를 꾸물꾸물 넘고 있었다.

"서울도 비오면 우리 강아지들 큰일이네. 서둘러요. 정 영감님, 여기서 좌회전해서 에스오일 골목으로 들어가면 휴먼북이래요."

본부장이 태블릿으로 내비게이션을 바라보며 길잡이를 했다. 노인들은 등 뒤를 바짝 따라잡는 구름을 떨쳐내고 휴먼북으로 달려갔다.

그 시각 민기는 회의실에서 주간과 면담 중이었다. 그가 내민 사직서를 주간은 열어보지 않았다. 주간은 금연 공간인 걸 무시하고 전자 담배를 꺼내 입에 물었다.

"축 팀장, 나도 젊었을 땐 혈기를 감당 못해 한강을 수영으로 횡단한 적이 있어. 상상도 안 되겠지만 시 쓴답시고 허리까지 머리를 기르고 다니던 시절도 있었고. 누구나 일탈의 시기가 있지. 그래서 이해하네."

주간은 바나나 향이 나는 증기를 뿜으며 희끗한 눈썹을 꿈틀거렸다. 민기의 시선이 창가 덕트 위에 올려놓은 기린 모자로 향했다. 전용 케이스까지 마련해 귀중하게 보관해왔건만, 현대식 건물에서 주인 잃고 덩그러니 놓인 모습은 낡고 초라했다. 아버지 대영의 추측에 의하면, 기린 모자는 여러 종류의 동물과 인간의 머리카락으로 직조해 햇볕에 오래 노출하면 빛이 바라고 내구성이 떨어질 거라고 했다. 민기는 주간이 무슨 이야기를 할지 모르지만, 한시라도 빨리 기린 모자를 되찾고 싶을 뿐이었다.

"저는 모자만 돌려주시면 됩니다."

민기는 이미 일어설 채비를 했다. 의자에서 엉덩이를 살짝 떼고 팔걸이를 손으로 잡았다.

"앉아봐."

"말씀 끝나신 거 아닙니까?"

주간은 쉽게 놓아주지 않았다.

"대표님이 저 모자를 어디선가 본 기억이 있대."

"아버지가 삼십 년 넘게 쓰셨으니 보셨을 겁니다. 어제 다 말씀 드린 것 같은데."

주간은 두 손을 모아 턱을 짚고 오목한 눈으로 민기를 빤히 바라봤다.

"엘리자베스 밀러의 화집에서 보셨다는군."

엘리자베스 밀러는 조선말 선교사로 조선에 들어와 이 년 간 40점의 풍속화를 그린 것으로 유명했다. 2000년대 초 휴 먼북에서 상당한 로열티를 내고 출판권을 사 와 출간한 걸 민기도 알고 있었다. 아마 주간의 사무실 책장 어딘가에 그 책이 꽂혀 있을 것이다.

"그게 무슨 말씀인지 이해가……."

"관복을 입은 남자가 저 모자를 쓰고 종로의 어느 골목에 서 있는 그림이 있어. 제목이 아마 〈성스러운 산책〉이었을 거야. 이제 무슨 뜻인지 이해하겠나? 모자는 자네 집안 물건이 아니야. 축 팀장 증조부가 어디선가 주웠거나 사셨겠지. 문화재청에 알리는 게 옳지 않을까?"

민기는 할 말을 잃었다. 심플하게 사직서와 기린 모자를 교환할 계획이었는데 걷잡을 수 없게 어그러지고 있었다. 주간은 책장에서 엘리자베스 밀러의 〈명상의 나라 조선〉을 꺼내와 중간쯤을 펼쳐놓았다. 거긴 마치 자신처럼 키가 크고 살집 좋은 남자가 진청색 관복에 갓 대신 기린 모자를 쓰고 서 있었다. 물독을 머리에 인 여자, 물건을 지게에 진 남자, 아랫도리를 벗은 사내아이가 남자를 향해 공손하면서도 친근한 미소를 짓고 있었다. 제목 그대로 성스러운 산책의 한순간이었다.

"박물관에 보관하면 안 됩니다. 이 그림처럼 누군가는 반드시 쓰고 걸어야 효능이 생기는데, 구경거리로 남길 수 없습니다."

민기는 혼란스러웠지만, 대원칙을 잊지 않았다. 그는 자리에서 일어나 덕트 위에 올려놓은 기린 모자를 잡았다. 그러자 울음소리가 들렸다. 주간이나 민기의 울음이 아니었다. 모자에 달린 기린이 흐느끼듯 파르르 떨리며 울었다. 그걸 들을 수 있는 사람은 모자의 주인인 민기뿐이었다. 그가 눈을 감았다. 웅성거리는 사람소리가 들렸다. '대감마님은 지게꾼 흉내만 내면 된다 하셨는데, 진짜 소금을 한 가마니나 실으면 어찌 하란 겁니까.' 소금 가마니가 든 지게를 어깨에 걸머진 청년이 툴툴댔다. 뽀얀 얼굴에 예쁘장하게 생긴 사내는 아침을 굶었는지 배에서 꼬르륵 복명이 났다. '관노가 말이 많구나. 부정 타지 말라고 소금을 실은 것이니 군말 말거라.' 어여머리에 비단 치마저고리를 입은 노년의 나인이 근엄히 명했다. '마님, 제가 앞장서겠습니다.' 이번엔 변성기의 소년이 다가와 민기 앞에 섰다. '모자 대감 납시오, 모자 대감 납시오.' 시내에 나서자 소년은 인파를 헤치고 길을 텄다. 패랭이를 쓴 소년의 얼굴은 여자처럼 고왔다. 가늘고 산뜻하게 올라선 눈썹산과 쌍꺼풀 없이 길고 큰 눈, 야무진 코와 도톰한 입술이 낯익었다. 어디서 봤더라, 생각하다 민기는 중학생 시절 라현의 얼굴이 떠올랐다. 난전과 시전을 지나는 동안 상인들은 민기를 향해 고개를 조아렸다. 팽이 치던 아이들 중 몇은 그의 뒤를 따르며 모자 대감 납시오, 목청을 돋웠다. '록만 준다면 저 대감보다 내가 더 잘하겠다.' 쑥덕거리는 사람도 있었다. '모가지 빳빳하게 세우고 두 식경, 세 식경 걷는 게 어디 쉬우려고? 아무나 하는 일이 아니야.' 민기의 노고를 알아주는 젊은 어멈도. '기린 모자 말일세. 왜국에 팔면 집채만 한 은을 준다더구먼. 저걸 어찌 훔친다.' 모자를 노리는 중늙은이도. 그 소리를 들은 지게꾼이 소년의 귀에 무어라 속닥거렸다. 소년이 허리에 차고 있던 종을 꺼내 댕강댕강 소리를 냈다. 그러자 골목 어귀에서 시커먼 옷차림 탓에 가마괴라 불리는 커다란 사람이 '네 이놈!' 고함을 치며 뛰어나왔다.

　민기는 이 모든 게 현실처럼 생생하게 느껴졌다. 모자 대감의 하루가 끝나자 이번엔 마치 여러 장의 사진을 보듯 기린 모자의 행로가 머리에 그려졌다. 모자 대감이라 불리던 전 주인들의 모습과 옛 종로 거리, 그리고 끔찍한 비명들이었다. 모자는 궁녀의 품에 안겨 오막살이로 옮겨졌고, 그녀에게 남편과 딸이 생기는 동안 줄곧 장롱 안에 갇혀 지냈다. 비로소 모자를 둘러싼 세상이 환해졌을 때 젊은 날의 설산이 나타났다.

"축 팀장, 우리 휴머니스트들이잖나."

주간의 목소리에 민기는 다시 현실로 돌아왔다. 휴머니스트? 퍽이나. 편집자, 반 토막 월급 주던 인턴 기간만 끝나면 깨 볶듯 사람을 달달 볶아 사표를 받아내고야 마는 회사가 인간적이긴 한가. 당신이 발표한 시들이 브라질과 페루, 베트남의 무명 시인들 작품을 교묘히 표절한 걸 모를 줄 아는가. 이런 유물은 문화재청에 갖다주는 게 맞다고 꼬드기지만, 실은 골동품 좋아하는 대표가 이제야 값어치를 깨닫고 눈 뒤집힌 게 아니고? 민기는 하고 싶은 말이 목구멍 끝까지 올라왔지만, 성정대로 발화하지 못했다.

"저 쪼끄만 영감이 너네 대가리냐?"

발칵 문이 열리며 정철이 들어왔다. 비록 한쪽 다리를 절긴 했지만 젊은 시절 한가닥했던 기세는 남아 있었다. 큰 키에 뼈대가 굵고 틀니 덕에 유독 앞니가 새하얀 정철이 주간을 내려다봤다.

"에이, 아니에요. 무슨 대가리 방이 이러려구. 일을 안 해야 진짜 대가리죠. 여긴 딱 봐도 머슴방이네. 저, 저 서류 쌓인 거 봐."

본부장의 말에 주간이 공연히 파마로 부풀린 숱 없는 머리를 넘겼다.

"민기야, 회사가 생각보다 작구나. 너네 늙은 머슴처럼."

뒤이어 온 해방이 이기죽거리자 미자가 주책없는 소리에 눈을 흘겼다.

"저 이 출판사 주간 이영필입니다. 어르신들은 누구십니까?"

주간의 물음에 진짜 주인공 입분이 방으로 들어섰다. 그녀의 눈동자가 주간과 민기를 거쳐 기린 모자에 길게 닿았다.

"나 이입분. 팔십여섯 살. 이씨 조선의 마지막 공주지."

입분은 주간 책상 맞은편, 민기가 앉았던 의자에 앉았다.

"아무렴."

정철이 추임새를 넣었다.

"저희가 밖에서 좀 듣다 들어왔는데, 주간님 말씀대로면 기린 모자는 우리 이 여사님 소유예요. 축 씨들한테 임대한 거라고 봐야죠."

본부장도 한마디 보탰다.

"정가 말이 맞지. 긴말 할 거 없이 그만 내놓으쇼. 우리 다 무릎 시원찮은 사람들이야. 어서 끝내자고. 시마이."

해방은 민기에게 기린 모자를 들게 한 뒤 방 밖으로 슬슬 잡아끌었다.

"이러시는 거 영업 방해입니다."

주간은 입분이 조선의 마지막 공주라는 말을 믿지 않았다.

"영업 시작하긴 아직 이르지."

입분이 지팡이로 바닥을 쿵 소리 나게 치더니 주간에게 말했다.

"회사와 축민기 팀장이 협의할 일이에요. 원만히 답을 찾으면 축 팀장의 사직서도 반려할 겁니다."

주간은 잔뜩 성이 났지만, 노인들과 싸워 얻을 것이 없다는 것도 알았다.

"난 협상 같은 거 안 해. 모자 내놓으면 모두가 무사할 거야."

입분은 지팡이로 주간의 가랑이 사이를 치는 게 좋을까 가슴팍을 밀치는 게 나을까, 아예 자존심을 박살내려면 뺨따귀에 문지르는 게 낫지 않을까 고민했다.

"지금 절 협박하는 겁니까? 경찰 부르겠습니다."

입분의 지팡이가 주간의 몸 곳곳을 겨냥하자, 스스로를 진보적인 지식인이라고 믿어 의심치 않던 그도 언성을 높였다. 하지만 입분은 중년 사내의 호통은 대수롭지 않았다. 어디 감히 평민이 나랏일에 배 놔라 감 놔라 하나. 하찮기만 했다. 그녀는 엉덩이를 들썩이며 치마를 걷어 올린 뒤 속바지 주머니에서 은장도를 꺼냈다.

"경찰 오기 전에 끝나는 수가 있다네."

입분은 짚으로 닦아 반들반들 새것처럼 빛나는 은장도의 칼집을 뽑아냈다. 이 역시 왕실에서 가져온 어머니의 유품 중

하나였다. 처음엔 사과 껍질도 벗기지 못할 만큼 무딘 칼날이었지만, 입분이 잘 길들이고 벼린 덕에 이젠 귀기가 흐를 만큼 예리해졌다.

"시방 그건 아닌데."

정철이 움찔했다. 지팡이를 휘두르는 선에서 마무리될 줄 알았는데 느닷없이 흉기를 꺼내 드니 난처했다. 정철은 아직 요양 등급이 나오지 않았다. 불상사가 벌어지면 핑계로 내세울 묘수가 없었다.

"난 빠질래요. 밖에 비 오네. 손주들 잘 도착했으려나."

호기로웠던 본부장도 발을 뺐다. 잘못하면 사학연금도 날아가는 게 아닌가 싶어 찔끔했다.

"야, 너는 지금 그냥 줄행랑쳐라. 여사님은 우리가 잘 구슬려 모셔 갈게."

해방이 꼭 잡고 있던 민기의 옷자락을 놓아주며 속삭였다. 주간이 핸드폰을 꺼내 112를 눌렀다.

"저, 이영필 주간님."

모두가 긴장한 그 순간, 미자가 입을 열었다. 그녀는 휠체어를 굴려 주간 앞에 다가섰다.

"제가 장미경이에요."

주간은 통화 버튼을 누르려던 손가락을 멈췄다. 치과 치료를 받고 마취가 덜 풀린 사람처럼 입을 조금 벌린 채 무거운 혀를 들어 올리지 못했다.

"본명은 장미자이고 필명이 장미경이죠. 처음 인사드려
요."

미자는 두 손을 모으고 고개 숙여 인사했다. 사실이었다.
미자는 칠십 세부터 매년 한 권 씩 소설을 써왔다. 사람들은
로맨스라 규정했지만, 미자에겐 한 번도 겪어본 적 없는 감정
과 관계를 담은 자신의 작품이 판타지라 생각했다. 언니, 이
거 우리 돈 내서라도 출간해볼래? 동생인 미경은 일생 가부
장적이고 독선적인 형부 해방으로부터 언니를 해방시켜주고
싶었다. 처음엔 오백만 원을 내고 천 부를 출간했다. 입소문
은 느리게 터졌다. 그녀가 세 번째 책까지 출간한 후에야 비
로소 자비가 아닌, 원고료를 받는 작가가 되었다. 그리고 민
기가 원고를 윤문한 삼 년 전부터 베스트셀러 작가 반열에 올
랐다. 그의 수고에 보답하고 싶었지만 파파 할머니가 남사스
러운 소설을 쓴다고 소문나면 낯부끄러워 신작을 쓰지 못할
것 같았다. 그래서 미자는 남편과 함께 매일 희연의 실종자
전단을 뿌리며 무사 귀가를 빌었다.

"제가 그 말씀을 믿겠습니까?"

주간은 피식 웃었다. 자신의 어머니 벌 노인이 야하고 능청
스러우며 얄미울 정도로 영악한 캐릭터를 만들어 조종하는
손가락일 리 없었다. 그건 멀찍이서 상황을 지켜보던 민기도

마찬가지였다. 그에게 미자는 감자전을 기막히게 잘 부치는 할머니였다. 다리가 불편해 자주 만나진 못했지만, 엄마 희연 편에 생일, 졸업, 입학 때마다 용돈을 보내고 봉투에 서툰 글씨로 네네 행복하세요, 라고 써 보내는 상냥한 노인……!

"네네?"

민기는 온몸에 소름이 돋았다. 장미경의 소설에는 계속이라는 표현이 늘 '내내'가 아닌 '네네'로 적혀 있었다. 이런 쉬운 단어의 맞춤법조차 모르면서 어떻게 소설 쓸 생각을 하는 건지 한심하게 여겼었다.

"나도 오늘 새벽에 알았어. 우리 할멈이 허구한 날 골방에 틀어박혀 끼적대는 게 소설책이란 것을. 너한테 은혜 갚는다고 기어이 여길 따라온 거야."

아무리 옆구리를 찔러도 민기가 도망치지 않자, 해방도 마음을 내려놓았다. 미자는 이른 아침 조카인 유랑으로부터 전화를 받았다. 처음엔 정체를 밝히기 싫어 마다하고 끊어버렸다. 이웃의 윤지가 그렇듯 미자에게도 지속해야 하는 삶이 있고 남몰래 끌고 가야 할 숙명이 있었다. 그러다 미자가 마음을 바꾼 건 옆에서 드렁드렁 코를 골다 깨어난 남편 해방 덕이었다. 자는 척, 통화를 훔쳐 들은 그는 아내에게 말했다. 미자야, 비는 멈추고 봐야 하지 않어? 한마디였다.

"이 주간님이 안 믿으셔도 상관없어요. 축민기 없으면 나도 절필합니다. 저 사람 아니면 누가 내 낙서를 책으로 만들어주나요? 모든 작품 절판 요청합니다. 〈황홀한 키스〉도 해약할래요."

미자의 말에 주간은 핸드폰을 내려놓았다. 장미경의 다음 작품 가제가 〈황홀한 키스〉라는 건 담당 편집자인 민기도 모르는 사실이었다. 그는 꽃무늬 블라우스에 갈색 조끼를 걸친 자그마한 노인이 장미경이라는 걸 인정했다.

"선생님, 해약이라뇨?"

이제 대화의 주도권은 미자에게 넘어갔다. 머쓱한 입분도 슬그머니 은장도를 칼집에 끼워 넣었다. 앞이 막막했던 정철도 한숨 돌렸다. 해방은 선생님 소리를 듣는 아내가 근사해 괜스레 헛기침을 크게 했다.

"모자 돌려주면 절판은 안 할게요."

주간은 미간에 주름을 잡고 손으로 잠시 기다리시라는 시늉을 했다. 그러곤 핸드폰을 들고 자신의 방을 떠났다. 그는 골동품 좋아하는 대표에게 전화를 걸어 자신이 방금 겪은 일을 소상히 알렸다. 대표는 문학인 출신이 아니었다. 잇속 밝은 장사꾼이었고, 장미경이 매년 벌어다 주는 돈으로 골동품을 사러 유럽과 중국을 다니는 입장이었다. 그는 오래 고민하지 않고 답했다. 이 주간, 그걸 물어봐야 압니까? 장미경 선생님 책 없으면 그대들 월급이 어디서 나오나요?

주간이 통화를 하는 사이 서울의 하늘빛은 먹색으로 바뀌었다. 사분사분 내리던 빗줄기가 굵어졌다. 입분은 자리에서 일어서 멀뚱히 서 있는 민기를 바라봤다.

"모자 대감 앞장서시오."

민기는 모자와 사명을 되찾았다. 누가 말해주지 않아도 알 수 있는 뜨거운 확신이 들었다.

"그래, 아직 출근 시간 안 지났어. 쓰고 지하철 타면 되겠다."

정철의 말에 모두가 고개를 주억거렸다. 민기는 자신을 위해 모인 노인들, 특히 미자에게 깊은 감사와 존경을 표했다. 물론 말주변이 없는 터라 마음뿐이었지만 모두가 민기의 편이었고 그 속을 빤히 아는 어른들이었다.

"다녀오겠습니다."

민기는 되찾은 기린 모자를 머리에 얹었다. 그리고 단단히 벨크로를 당겨 묶은 뒤 비상구로 향했다. 사무실 모퉁이에서 통화 중이던 주간이 민기 씨, 내일 꼭 출근해요. 오늘은 연차 처리할게, 하고 외쳤다.

"저 그런데……."

계단을 내려가려던 민기가 돌아서서 입분을 바라봤다.

"왜, 뭐?"

입분이 대꾸했다.

"어머니가 궁녀셨죠? 궐에서 모자 갖고 나오셨잖아요."

민기의 물음에 입분은 입을 꾹 다물었다. 지금껏 공주로 허세란 허세는 다 부렸는데, 궁녀의 딸인 게 까발려지면 노인정에 나갈 면이 안 섰다.

"인마, 넌 눈치가 없냐. 승은 몰라? 사극 좀 봐라."

정철이 말에 칼을 달아 민기의 의문을 잘라냈다. 노인들은 알면서도 모르는 척 허허실실 웃었다.

"하따, 그런데 지금 행복센터 이수겸은 어찌 되었을고. 정가야, 우리 다시 도담으로 넘어가자."

그 와중에도 해방은 수겸 걱정을 했다. 재난문자 대로면 지금 도담시는 그야말로 물 지옥이었다. 도담산이 무너지며 그 앞에 지은 아파트 세 동이 붕괴 직전이었다. 해방은 가냘픈 몸으로 이리 뛰고 저리 뛰고 있을 수겸이 눈에 선했다.

기옥은 하이파크 아파트 단지 앞에 서 있었다. 우산 대신 우비를 입었고, 손엔 바나나 우유를 들고 있었다. 순경의 전화번호부에 저장된 OK 형사는 아내 기옥이었다. 그녀는 수술 자국을 가리느라 목에 둘렀던 보라색 트윌리를 풀었다. 몸을 써야 하는 순간에 주도권을 빼앗기면 장신구는 무기가 되곤 했다.

"오케이, 벌써 와 있었네?"

금순경이 간만에 근무복을 벗고 가죽점퍼 차림으로 기옥 옆에 섰다.

"자기가 준 제보가 사실이면 일이 좀 커지겠더라."

기옥은 작년 가을 선배 형사였던 최귀태가 진급해 서울청으로 떠나며 강력팀 팀장 자리를 맡았다. 병가를 내고 갑상선 암 수술을 할 수 있었지만, 굳이 휴직을 택한 건 귀태가 넘긴 의자가 꼴도 보기 싫어서였다.

"많이 껄끄럽지?"

순경이 물었다. 그럴 만했다. 남편의 보고서에 담긴 내용 대로라면 용의자는 단순한 폭행범이 아니었다. 귀태를 한 계급 특진시킨 도담시민아파트 연속 살해 사건의 범인이기도 했다. 사건 현장의 목격자는 없었고, 피해자의 시신과 피의 자 이산호의 혈흔, 족적, 지문밖에 발견되지 않았다. 그런데 순경은 진범이 따로 있다고 확신했다. 현관문 경첩에서 발견 된 DNA의 신원이 파악되지 않았다. 땀으로 추정되는 체액 은 확보했지만, 이산호의 이웃, 아들, 직장 동료 누구와도 일 치하지 않았다. 거의 모든 증거가 이산호를 범인으로 몰았다. 그는 법정 구속되었다 정신병력을 호소해 법무병원으로 이 송되었다. 진범을 찾아 재심을 청구하는 일은 영전한 최귀태 팀장의 정복에 오수를 붓는 격이나 다름없었다.

"괜찮잖아. 나 이미 미친년, 꼴통 소리 듣는 데 이골 났잖 아."

현장에 나온 소방대원은 대장격인 중년 남자와 아직 이십 대처럼 보이는 청년 둘이 전부였다. 다른 인원들은 이미 붕괴 해 사람 여럿이 깔린 재래시장으로 달려간 참이었다. 소방대가 확성기로 아파트에 아직 머물고 있는 세대가 있다면 전등을 껐다 켰다 해서 신호를 보내달라고 소리쳤다. 비교적 안전한 2단지와 3단지에서 다섯 가구가 신호를 보냈고, 토사로 2층까지 완전히 잠긴 1단지 3층도 조명이 껌뻑거렸다. 윤지와 온유가 있는 302호였다.

"팀장님, 범인은 빠져나가지 않았을까요? 구백 세대 중에 여섯 가구 남은 건데 확률적으로 너무 낮잖아요."

파트너 박 형사는 운전석 창문을 열고 기옥과 순경에게 목소리를 높였다.

"나는 촉이 별로거든. 아들인 줄 알았는데 딸 낳았고, 여군 되려다 형사 됐고, 똥 꿈, 돼지 꿈 꾸고 로또 사도 어떻게 숫자 한 개가 안 맞는 사람이지. 줄곧 그랬어. 근데 우리 금순경 씨는 촉이 무당 저리 가라야. 같이 살아보니 그렇더라고. 나는 통계보다 촉 좋은 우리 남편 믿고 여기 있는 거야."

빗소리가 기옥의 목소리를 잡아먹었다.

"놈은 저 여섯 가구 중 한 집에 있어. 기지국이 바뀌질 않잖아."

순경이 말했고 기옥도 동의했다. 문제는 위치였다. 재수 없게 1단지 302호에 숨었으면 일이 복잡해졌다. 일단 산 채로 잡아야 진술도 듣고, 유전자도 채취할 수 있었다. 기옥은 악인이 피해자로 죽는 꼴만큼은 보고 싶지 않았다. 그녀는 토사를 긁어내며 진입하는 소방대원들을 안쓰럽게 바라봤다. 긁어내면 긁어낸 만큼 토사가 쌓이는 중이었다.

"헬기 같은 거 못 띄웁니까?"

기옥은 하나 둘, 하나 둘 기합으로 작업 리듬을 만들고 있는 소방대장에게 찾아가 넌지시 물었다.

"쉽게 승인 안 나와요. 기상이 안 좋잖습니까. 안에 가족 있는 주민이세요?"

아파트 앞엔 구경 좋아하는 주민 수십 명이 모여 마치 붕괴를 기다리듯 1단지를 향해 목을 뺐다.

"형사입니다. 안에 용의자가 있어서요."

기옥은 일단 1단지는 아닐 거라고 생각했다. 베란다에 미끄럼틀과 눈썰매가 대충 쌓여 있었다. 그녀가 아는 한 용의자는 미혼이었다.

"2단지랑 3단지는 공원 샛길하고 연결돼서 들어갈 수 있을 겁니다만, 위험해서 별로 권하고 싶진 않습니다. 비 그치고 이삼 일 기다리세요. 어디 도망갈 데가 없잖습니까."

소방대장은 다시 하나 둘, 하나 둘 기합을 이어갔다. 기옥은 쓴웃음을 지었다. 평범한 사람들은 범죄자가 얼마나 기상천외한 계략을 짜고 행동으로 옮기는지 상상도 못할 것이다. 그녀가 아는 전과자 중엔 위기의 순간에 자신의 노모를 인질로 잡은 놈도 있었다. 자해를 해 내장을 흔들며 다가오는 놈도, 감방 대신 지옥을 택한 놈들도 허다했다. 예상치 못하는 순간에 들이닥쳐 수갑을 지르지 않으면 도망치거나 자살해 버리기 십상이었다. 그때 비와 땀으로 쫄딱 젖은 수겸이 소방대장 옆으로 다가왔다. 도담시민아파트 연속 살해 사건 피의자의 아들이었다. 여러 번 경찰서에서 마주쳤지만 수겸은 기옥을 알아보지 못했다. 그도 그럴 것이 늘 수겸을 상대하는 건 귀태였다. 기옥은 만일 사건 당일에 수겸이 집에 있었다면 아버지 산호 대신 용의자로 몰렸을지 모른다고 생각했다. 핸들을 쥔 귀태의 의지만 있었다면.

"헬기 같은 거 못 띄우나요?"

수겸의 질문에 기옥이 빙그레 웃으며 조금 전 소방대장의 대답을 대신 해주었다.

"아, 아뇨. 저는 행복센터에서 나온 이수겸입니다. 안에 사람이 있다고요?"

기옥은 아버지 없이도 열심히 사는 수겸이 안쓰럽고도 대견해 어깨를 다독여주었다. 옆에 서 있던 순경도 고개를 돌려 수겸을 바라보았다. 행복센터에 근무하는 이수겸이라면 딸 라현이 짝사랑하는 청년이었다. 혼자 달아오르고 혼자 식어버리겠지. 내심 야속하게 여긴 그 청년을 여기서 만날 줄은 몰랐다.

"여보, 라현이가 좋아하는 그 사람 맞지?"

순경이 기옥의 귀에 속삭였다.

"응, 미남이지?"

기옥은 라현이 이수겸이라는 이름을 꺼냈을 때 알아차렸다. 산호는 행복센터에 근무하는 성실하고 착한 아들 자랑을 여러 번 했다. 걔는 나 안 닮았어요. 우리 같은 지랄병은 어려서부터 티가 좀 나거든요. 수겸이는 제 엄마를 닮아 온전한 애예요. 학원 한 번 안 보내고 헌책 사서 공부해 두 번 만에 공무원시험에 합격했으니 좀 효자인가요.

여느 엄마라면 딸을 쥐 잡듯 잡아 포기하게 만들었을 터였다. 정신병력이 있는 무기수의 아들은 이 사회에서 불가촉천민과 다를 바 없었다. 하지만 기옥은 간섭하지 않았다. 산호가 무고한 피해자일 수 있다는 걸 믿었기 때문이었다.

"미남은 무슨."

순경이 수겸을 힐끔거렸다. 사내 치고 너무 야리야리하다 싶은 체형에 화장한 것처럼 뽀얗고 고운 얼굴은 요즘 인기 있는 남자 스타일이었다. 사내라면 골기도 어느 정도 있어야 하고 수염이나 눈썹도 거친 맛이 돌아야 믿음직한데, 어째 라현보다 더 예쁘장한 모습이 순경의 눈에 차지 않았다. 그래도 사고 현장에 나타난 첫 행정공무원이 수겸이었다. 사명감과 책임감 정도는 인정해주기로 했다.

"네, 안에 사람 있어요. 다 해서 여섯 가구요. 한 가구 빼고는

2단지랑 3단지에 몰렸는데 샛길로 들어갈 수 있나 봅니다. 나랑 내 파트너가 탐문하면서 구조할 거예요. 아, 도담경찰서 강력팀 신기옥입니다."

기옥이 남은 바나나 우유를 달게 마시며 인사했다. 수겸에게 형사는 귀태의 이미지만 선명했다. 먹으로 칠해놓은 것처럼 진한 눈썹에 미간 사이엔 굵은 주름이 흐르고 안녕하세요, 인사 뒤론 줄곧 반말로 응대하는 중년의 남자였다. 그래서 기옥이 형사라는 게 신기했다. 꼭 윤리나 사회 교사처럼 보였기 때문이었다.

"그럼 저는 1단지로 가봐야겠네요."

수겸은 형사들이 포기한 1단지로 갈 셈이었다.

"지금 우리한테 유언한 겁니까?"

기옥이 받아쳤다. 잔여 세대가 없는 102동은 마주 보고 있는 107동 방향으로 15도쯤 기울어갔다. 붕괴는 시간문제였다. 잔여 세대가 있는 103동은 사방이 토사로 둘러싸여 접근이 불가능했다. 그런데 1단지로 향한다? 자살행위나 다름없었다. 라현이 알면 기함할 일을 뜯어말려야 했다.

"이수겸 씨, 진정하고 어디 가서 따뜻한 음료라도 마셔요."

순경은 점잖은 말로 수겸을 돌려세우려 했다.

"아뇨. 진입할 공간이 있어요. 보세요."

수겸이 핸드폰을 내밀었다. 드론으로 찍은 도담산과 1단지의 항공 영상이었다. 드론을 조종하는 사람은 구경꾼들에게 밀려 큰길 가장자리에 서 있는 라현이었다.

"내 눈엔 안 보이는데? 어디로 들어가겠단 거예요? 길이 있으면 구조대가 들어가야죠."

기옥의 말에 수겸은 도담산을 둘러싸던 옹벽 잔해를 가리켰다.

"옹벽이 밀려 나오면서 돌다리처럼 길을 냈어요. 토사에 막혀 아파트 안으로 들어갈 수는 없지만 구조 매트리스는 펼쳐볼 만하지 않나요?"

기옥과 순경은 펼쳐볼 만하지 않냐는 질문에 않다, 절대 안 된다, 라고 대답해주고 싶었다. 하지만 수겸은 이미 소방대장에게 드론 영상을 보여주고 있었다.

"엄마, 아빠 거기서 뭐해?"

드론을 조종하던 라현이 순경과 기옥을 발견했다.

"너야말로 왜 여기 있어?"

순경은 남자에 혼이 빠져 이 위험한 곳까지 제 발로 찾아온 라현이 한심했다. 취미로 시작하더니 자격증까지 딴 드론 조종 실력을 이런 데서 사용할 줄이야.

"일하지. 아빠 안 바쁘면 내 부탁 하나 들어주라."

라현은 드론을 조종하느라 순경을 짧게 끊어 바라봤다.

"무슨 부탁? 아빠도 일 있어서 온 거야."

"일은 엄마가 알아서 잘하겠지. 형사팀 에이스잖아. 아빠는 우리 수겸 씨 도와서 에어 매트 좀 옮겨줘. 난 여기서 드론 보면서 내비게이션 해줄게."

수겸은 소방대장에게 에어 매트를 쓰게 해달라고 졸랐다. 하지만 소방대장은 그거 일반인이 펼치기 힘들어요. 무거워서 거기까지 들고 가지도 못하고요. 우리도 인원이 있으면 어떻게든 해볼 텐데, 보시다시피 나 빼고 둘입니다. 쟤들 현장 경험 없어요. 거절당했다.

수겸은 물러섰다. 하지만 포기한 건 아니었다. 분명, 잘만 하면 아무도 다치는 이 없이 구조에 성공할 거라는 근거 없는 확신이 생겼다. 그건 오늘 아침 라현으로부터 이식받은 밝은 영혼의 힘이었다. 누군가로부터 사랑받고 있다는 사실 하나로도 수겸의 좀비 영혼에 생기가 돌았다. 그는 돌아서는 척 소방 구조 공작 트럭 반대편으로 향했다. 잠금장치 다섯 개를 재빨리 풀어낸 수겸은 셔터처럼 생긴 문을 들어 올렸다. 안에는 여러 개의 선반이 있었다. 소방호스, 장갑, 방독면, 도끼, 해머, 빠루, 절단기 등이 보였다. 그는 선반 좌측 긴 공간에 납작하게 압축해놓은 에어 매트를 발견했다. 30킬로그램이 훌쩍 넘는 무게였다.

"장갑 껴요. 손 다칠라."

어느새 나타난 순경은 딸에게 하지 못한 말을 구시렁거렸다. 어떻게 딸이 아빠보다 딴 남자를 더 걱정해. 처음 드론 사달라고 할 때 잘랐어야 했는데, 어휴. 이제 와서 무슨 소용일까.

"저랑 통화한, 금라현 주사 아버님이시죠?"

"인사는 다음에 해요, 우리. 오늘은 그냥 목숨 걸고 일이나 해봅시다. 들 수 있으려나 모르겠네."

둘은 소방대원들의 눈을 피해, 아파트 옆, 토사가 덜 쏟아진 산책로로 올라갔다. 물러진 흙에 수겸과 순경의 신발이 걸음을 옮길 때마다 하나씩 사라졌다. 둘은 허탈하게 웃으며 라현의 통화에 귀를 기울였다.

"거기서 살짝 오른쪽으로 바위 끼고 돌아요. 직진하면 웅덩이 있거든요. 우회한 다음에 벤치 나오면 다시 직진."

라현의 손에도 진땀이 맺혔다.

"박 형사, 우리도 움직이자. 너 언제까지 차에서 몸 사릴래?"

기옥이 우비를 벗고 스트레칭 했다.

"진짜 올라가시게요? 그 촉이란 것만 믿고?"

박은 내키지 않았지만 기옥을 이길 재간도 없었다. 그가 삼단 우산을 펼치고 운전석에서 나왔다.

"내가 2단지 세 가구 돌 거야. 넌 3단지 두 가구 돌아. 용의자 몽타주 잘 기억해."

기옥이 앞장섰다.

"영장 타령하면요?"

"그럼 그놈이 범인이지. 하늘이 이 지랄 났는데 사람이 찾아왔으면 감사합니다, 하는 게 정상 아니야? 임의동행 요구해. 거절하면 나한테 전화하고."

박도 하는 수 없이 터덜터덜 3단지로 향했다. 힐끗 본 103동은 3층까지 토사에 잡아먹혀 있었다. 사는 곳이 무덤이 되는 사람도 있구나, 박의 마음도 심란했다.

윤지는 덕테이프로 온유를 자신의 몸에 꽉 붙였다. 아빠 기다려야 한다고 발을 동동 구르던 아이는 베란다 창으로 토사가 밀려들자 말문을 닫았다. 3층이 완전히 매몰되기 전에 더 높은 곳으로 이동해야 했다. 윤지는 토사가 쏟아지는 베란다 난간을 밟고 외벽의 가스 배관으로 팔을 뻗었다. 몸은 무겁고 발도 미끄러운 데다 쏟아지는 비 탓에 시야가 자꾸 흐려졌다. 윤지는 고개를 숙여 눈을 꼭 감고 있는 온유의 정수리를 내려다봤다. 송골송골 두피에 땀이 차 있었다. 그래도 아직 아기 티가 나니까 삼신할머니가 돌봐주진 않을까, 엉뚱한 희망을 담아 가스 배관 쪽으로 몸을 기울였다.

윤지는 가까스로 가스 배관을 붙잡았다. 김영록을 협박하느라 손에 낸 상처가 벌어져 화끈거렸다. 다행이라면, 배관을 타고 도둑이 들까 봐 미끈거리는 약품 처리를 해두진 않았다는 점이었다. 오랜만에 흰 블라우스에 샤스커트로 멋을 냈는데, 안 하던 짓을 괜히 했구나 후회했다. 윤지는 외벽의 요철에 발을 딛고 살짝 무릎을 굽혔다 뛰어올라 배관 위쪽을 붙잡았다. 풀업 스무 개는 무난했던 몸이지만, 최소 30킬로그램은 나가 보이는 온유까지 감당하려니 근육에 경련이 일었다. 하지만 멈출 수 없었다. 아파트는 기울고 토사와 흙탕물은 무서운 속도로 그들의 발끝을 따라잡고 있었다.

"언니는 왜 온유 도와주는 거예요?"

윤지가 4층에 다다랐을 때, 온유가 큰 잘못이라도 저지른 아이처럼 고개 숙인 채 물었다.

"돕지 않을 때는 이유가 있지만 도울 땐 이유가 없어. 그냥 하는 거지. 우리 엄마가 그랬거든."

"언니는 엄마 있어요?"

윤지는 다시 심호흡을 하고 배관을 단단히 붙잡았다.

"이상한 얘기지만 있는데 없어. 아마 돌아가셨을 거야. 그래서 시신이라도 찾고 싶어. 그럼 없는 게 아니라 있는데 떠나보내는 게 되잖아."

발을 구르며 5층을 향해 몸을 꿈틀거렸다. 단단하게 고정한다고 덕테이프를 여러 번 감았는데, 온유는 윤지의 짐작보다 무거웠다. 테이프가 헐거워지기 시작했다. 내복과 어린이집 가방은 여전히 테이프가 붙잡고 있었지만 온유의 몸이 흘러내렸다. 윗도리가 벗겨지는 순간 추락할 터였다.

"언니, 온유 미끄러져요."

"알아. 이제부턴 네 힘이 필요해. 내 허리를 꽉 끌어안아. 힘 놓는 순간 우린 떨어지는 거야. 할 수 있지?"

온유는 대답 대신 윤지의 굵은 허리를 꽉 붙잡고 그녀의 골반에 다리를 걸쳤다.

"둘이었는데, 이제 하나다."

온유는 위기의 순간에서도 아이답게 천진했다.

"요즘은 유치원 다닌 거야? 급식 맛있어?"

윤지는 온유의 긴장을 덜어주려 화제를 만들었다.

"온유는 어린이집 다녀요. 6살이라 유치원 가야 하는데 거긴 종일반 없다고 아직 어린이집 가래요."

처음 듣지만 윤지에겐 너무나 익숙한 성장기였다. 그녀도 항상 또래보다 머리 하나는 컸고 10킬로그램은 더 나갔다. 신발과 옷은 한 계절만 지나도 훌쩍 작아졌다. 밥과 국도 한 공기로는 부족했다. 집에 먹을 게 없으면 맹물에 설탕을 타 홀짝홀짝 마시곤 했다. 입양 전까지 윤지는 어른이 되면 서커스단에서 일해야 하는 줄 알았다. 윤지야, 한 2미터까지 자라는 거 아니지? 너 같은 거인은 서커스단에 취직하면 돈 많이 벌겠다, 하고 아빠가 말했으니까. 윤지는 코끼리를 강아지처럼 다루는 자신의 모습을 상상했었다. 난쟁이를 어깨에 얹고 드럼통을 훌딱훌딱 넘으며, 관객이 던져주는 바나나를 받아먹는 거대한 여자였다.

"큰 건 뭐든 좋은 거야. 우리엄마는 내 발을 보고 기뻐했어. 엄청나게 근사한 아가씨가 될 거라고 했지. 온유도 크면 언니처럼 멋진 여자가 될 거야."

결합이 단단해지자 윤지는 다시 기운이 났다. 아까보다 조금 멀리 팔을 뻗어 배관을 잡았다. 그때 극심한 통증이 팔뚝을 마비시켰다. 쥐였다. 운동을 하다가도 과부하가 걸리면 오른 팔뚝에 경련과 통증을 동반한 쥐가 나곤 했다. 평소라면 스트레칭을 하며 저절로 경련이 멈추길 기다리겠지만, 지금은 두 목숨이 이 팔 하나에 달려 있었다. 윤지는 중심을 잃지 않으려 애썼다.

기옥은 3단지, 그 중에서도 잔류 인원이 남은 301동 601호로 향했다. 물비린내와 곰팡이 냄새가 입구부터 진동했다. 황급히 떠난 사람들이 흘린 마스크, 슬리퍼, 동전 지갑과 열쇠고리가 계단마다 한두 개씩 떨어져 있었다. 십사 개월 전 도담시민아파트 연속 살해 사건이 벌어진 날도 이랬다. 경찰이 출동하자, 관리실에서 대피방송을 했다. 이유도 모른 채 사람들은 잠자리에서 일어나 집을 떠났다.

귀태는 기옥에게 현장 통제를 맡겼다. 그는 구급대원들을 들여보내고 대체 뭔 일이냐고 묻는 입주민에게 폭행 사고가

있었다고 둘러댔다. 이윽고 구급대원들은 세 개의 들것에 시
신 한 구씩을 실어 날랐다. 지켜보던 입주민들은 눈에 보이게
몸을 떨었다. 누구야? 어머, 저거 604호 할머니네. 염주 봐,
맞지? 신원을 알아본 입주민 몇이 비명을 질렀다. 기옥은 폴
리스 라인을 치고 사건 현장인 6층으로 향했다. 복도식 아파
트 다섯 가구 중 한 가구만 문이 닫혀 있었다. 그 앞에 귀태가
서 있었다.

"문 여세요. 계속 버티시면 강제 개방합니다."

문 앞에는 크기가 작은 축에 속하는 회칼이 놓여 있었다.

"범구죠?"

회칼 끝에는 핏자국이 번져 있었다.

"미안합니다. 해치지 마세요. 잘못했습니다."

문 안에서 중년 남자의 음성이 들렸다.

"오케이, 너도 들었지? 이거 자백 나왔네."

귀태가 흐뭇하게 웃었다.

"자백이라고 보긴 어렵고, 그냥 겁먹은 거 아닙니까?"

기옥이 듣기에 중년 남자는 죄를 고한다기보다 지금 나갈
테니 해코지하지 말아달라는 부탁 같았다.

"정황 증거는 안 살피냐? 어? 피해자가 602호 영감님,
604호 할머니, 605호 장애인 청년이야. 603호 노인네들은 요
양원 들어가서 집이 비었고. 핏자국이 멈춘 데가 601호야. 다

른 층 사람들은 모두 대피했는데, 왜 집 구석에 틀어박혔을까?"

"사정이 있겠죠. 일단 꺼내보시죠. 증거 찾을 때까지 심문해보겠습니다."

기옥의 말에 귀태의 눈빛이 험악하게 구겨졌다.

"심문을 왜 네가 해, 내가 해야지. 넌 콩고물이나 받아먹어. 나 승천하면 그다음 이무기는 너잖냐. 여자 치고 크게 출세하는 거다."

귀태는 자신만만했다. 그가 주먹으로 현관문을 세차게 두드렸다. 이윽고 잘칵, 잠금장치 열리는 소리가 들리고 이목구비가 흐릿한 육십대 남자 산호가 검은색 트레이닝 복장으로 문을 열었다.

"경찰서로 동행하시죠."

귀태는 아직 혐의점이 없는 산호에게 수갑을 채울 수 없었다.

"범인 잡았어요? 그 껑다리죠?"

산호는 주위를 두리번거리며 귀태의 팔에 이끌렸다.

"껑다리가 어딨어요? 6층은 다 독거노인들이고만."

귀태의 말에 산호는 다리를 뻗댔다.

"아닌데, 껑다리에 비듬 많은 놈도 우리 층에 살았는데…….
설마 제가 범인이라는 거예요? 난 아무 기억이 없어요."

그때 기옥의 눈에 증거가 보였다. 산호가 걸음을 옮길 때마다 바닥에 찍히는 피 발자국이었다. 그는 몸을 돌려 산호가 빠져나온 집 안을 들여다봤다. 문과 문손잡이에 요란스러운 핏자국이 번져 있었다. 방 한 칸에 거실 겸 부엌 하나의 공간은 깔끔했다. 누군가 곧 집에 돌아와 아침을 먹을 셈인지 부엌 한가운데 차려놓은 밥상 위에 놓인 갈치 한 토막이 아직 따뜻해 보였다.

산호의 유죄를 입증할 증거는 많았다. 하지만 무죄의 증거는 없었다. 그가 진범이라고 떠드는 비듬 많은 껀다리는 어디에서도 발견되지 않았다. 산호는 귀태에게 제발 도담정신의학과 완희연 간호사를 불러달라고 요청했다.

귀태는 그 일을 기옥에게 넘겼다. 하지만 기옥이 도담정신의학과를 찾아갔을 때, 완희연은 사건 당일 이후로 출근한 적이 없다고 했다. 기옥은 산호의 의료기록 사본만 받아와 귀태에게 넘겼다. 귀태는 상품권 몇 장을 받고 기자에게 수사 정보를 넘겼다. 그날 밤, 뉴스에선 조현병 환자가 이웃 세 명을 살해했다는 보도가 쏟아졌다. 또한 평소 친분을 가졌던 간호사가 실종된 것 또한 동일범의 소행일 가능성이 높다는 추측성 기사도 터졌다. 산호의 아들은 아파트 보증금과 대출을 끌어와 변호사를 고용했다. 그리고 몇 주 전, 비싼 변호사 덕에 산호는 법무병원으로 이감되었다.

기옥은 내내 산호가 신경 쓰였다. 공공근로를 함께하던 동료들은 산호를 온순하고 친절한 사람으로 기억했다. 그가 정신병을 앓고 있단 사실은 아무도 눈치 채지 못했다. 주치의 역시 산호는 약으로 충분히 일상생활을 할 수 있는 분류군이라며 의아해했다. 결국 동기는 찾지 못했다. 다만 기옥이 이상하게 생각하는 두 가지가 있었다. 사망자들과 산호 모두 핸드폰을 갖고 있지 않았다는 것. 노인이라해도 2G 폰 하나씩은 갖고 있을 법한데, 그들 집에선 충전선 하나 찾지 못했다. 그런데 그들 명의로 개통된 번호는 한 사람당 두 대 씩 있었다. 수사가 종료될 때까지 피해자들의 핸드폰은 찾지 못했다. 또 하나는 5층 아주머니가 들은 여자의 비명이었다. 아냐, 할머니 소리가 아니라 젊은이 비명이었다니까. 누군지 몰라도 죽었을 거야. 아유. 기옥은 범인이 여자일 수도 있다고 판단했다. 이 사실을 귀태에게 털어놓았지만 그는 실큼하게 웃으며 정복을 갖춰 입고 승진의 단맛을 보러 떠났다.

"계십니까?"

기옥은 601호 앞에 다다라 초인종을 눌렀다.

"누구세요?"

걸걸한 남자 목소리가 들렸다. 기옥이 긴장을 끌어올렸다.

"소방관입니다. 탈출로가 확보돼서 알려드리러 왔습니다."

조금 후 현관문이 열렸다. 하얀색 반팔 러닝 차림에 반바지를 입은 보통 체구의 이십대 남자였다.

"저 대피 안 할 건데요."

남자의 손에는 1.2리터짜리 콜라가 들려 있었다. 머리는 언제 감았는지 모르게 떡이 져 있었고, 턱수염도 덥수룩했다.

"왜죠?"

기옥은 짧지만 예리하게 남자의 집 안을 훑었다. 가족과 함께 사는 모양인지 여러 연령대와 성별의 신발이 보였다. 옅게 끼치는 김치찌개 냄새, 섬유유연제 냄새를 맡았다.

"혹시 엄마가 보냈어요? 잘 대피하신 거죠? 전 몇 판만 더하고 나간다고 전해주세요. 어차피 여긴 안전해요. 102동이 방파제 역할해주잖아요."

기옥은 고개를 끄덕였다. 남자는 그저 흔해빠진 게임 중독자였다. 범죄자들은 눈빛부터 희번덕거렸다. 그 찰나의 순간을 귀신처럼 잡아내는 게 기옥의 특기였다.

"그럼 적당히 하고 나오세요."

기옥이 현관문을 닫았다. 이 집의 재앙은 산사태뿐이 아니라 나이가 차고도 기저귀를 벗지 못한 아들일지 몰랐다. 기옥은 혀를 차며 계단을 올랐다. 801호와 802호, 둘 중 한 집이었다. 신중을 기하기 위해 파트너 박에게 전화를 걸었다.

"네, 팀장님."

"2단지는 어때?"

"한 가구는 아내분이 알츠하이머라 영감님이 못 떠나고 계셨어요. 가시자고 했더니 죽으면 말지, 싫으시대요."

"다른 한 가구는?"

"방금 만났는데 대신 보살이랬나 대신 할머니랬나, 굉장히 왜소한 할머니 무당이에요. 곧 끝난다, 다 왔다, 너무 애쓰지 마라, 그러면서 복채 내놓으래요."

2단지의 두 가구 모두 수상한 사람이나 용의자는 없었다. 그럼 기옥이 서 있는 8층 두 집 중 한 가구였다.

"알았다. 밖에서 대기해."

기옥은 먼저 탐문할 한 집을 골라야 했다. 하지만 용의자와 엇물리면 도망칠 기회를 주는 꼴이었다. 오로지 느낌만으로 용의자의 집을 찍어야 했다.

"촉, 이 놈의 촉."

기옥은 자신의 촉을 믿지 않았다. 남편 순경에게 전화를 걸었다. 여보세요, 대신 헉헉거리는 숨소리가 먼저 들렸다.

"나 죽겠다, 여보야."

순경은 지금 밀려나온 옹벽의 돌을 수겸과 하나 둘, 합을 맞춰 건너뛰는 중이었다. 그들의 위치는 1단지의 중간 정도로 높아졌다. 저 멀리 가스 배관을 타고 아슬아슬하게 서 있는 두 사람이 거미처럼 보였다. 그 밑에 에어 매트를 던져야 하는데 거리가 50미터는 족히 넘으니 구출은 거의 불가능한 상황이었다.

"숫자 1과 2 중에 하나만 골라봐. 꼬름한 쪽으로."

"나 초능력 쓰면 바로 기절할지도 모르는데?"

순경은 당이 떨어져 식은땀이 줄줄 흐르고 몸이 뜨거웠다.

"씨, 그럼 운에 맡기라고? 자기 때문에 뺑이 치는데 그럼 되냐?"

기옥이 목소리를 낮춰 역정을 냈다.

"1. 못 먹어도 고. 됐지? 우리 딸이 뭐 시킨다. 끊자."

순경이 일방적으로 전화를 끊었다. 기옥은 자신의 촉도 1번을 향한다는 데에 절망했다. 늘 틀리던 자신, 그리고 늘 들어맞던 순경. 둘 다 801호에 꽂혔으니 더 혼란스러웠다.

"저기요, 혹시 구조하러 오신 거면 사양할게요. 조금만 조용히 해주시겠어요?"

802호 현관문이 열리며 작게 여자 목소리가 났다.

"네?"

기옥도 덩달아 목소리를 낮췄다.

"제가 은둔형이라 못 나가요. 애기들도 많고."

비상계단 쪽에 있던 기옥이 큰 걸음으로 다가가 열린 문틈을 힘주어 벌렸다. 고약한 악취가 풍겼다. 고양이 한 마리를 품에 안은 삼십대 초반 입주자는 수면 잠옷을 입고 울상을 지었다. 집 안은 택배 상자와 컵라면 그릇, 고양이 장난감으로 가득했다. 문 밖으로 불쑥불쑥 고개를 내미는 고양이들을 여자의 발이 정확하게 막아섰다.

"문 닫을게요. 애기들이 놀라서요."

이제 한 집 남았다. 기옥은 801호 앞으로 다가갔다. 그리고 문에 귀를 바짝 붙였다. 들리는 건 고른 숨소리뿐이었다. 그 소리가 자신의 숨소리는 아니란 건 호흡이 엇박자를 탄 다음이었다. 그랬다. 기옥과 입주자는 문 하나를 사이에 두고 서로 귀를 붙인 채 서 있었다. 그걸 깨달은 기옥은 허리춤에 찬 권총과 삼단 봉을 손으로 더듬었다.

"계십니까?"

기옥이 나직하지만 또렷한 목소리로 물었다.

"네, 무슨 일이시죠?"

상대는 무료하던 참인데 누가 왔네, 하는 심상한 말투였다.

"소방관인데 탈출로를 확보했습니다. 구조 돕겠습니다."

집 안의 남자는 유유히 걸음을 돌려 베란다로 향했다. 그리고 쌍안경을 쓰고 소방관의 머릿수를 세었다. 세 명. 새벽부터 지금까지 하이파크 아파트 앞엔 그 세 명이 늘지도 줄지도 않았다. 그는 걸음을 돌려 다시 현관으로 나갔다.

"아유, 수고 많으시네요. 근데 걱정하지 마세요. 저는 모든 걸 운명에 맡겼거든요. 그럼 고생하십쇼."

남자가 한쪽 입꼬리를 끌어올려 웃었다.

"키 크고……."

문밖에 선 기옥은 놈을 놓아줄 생각이 없었다.

"네?"

"머리가 길면 자주 감아야 비듬이 없지."

기옥은 놈이 독 안에 든 쥐라고 생각했다. 물론 창밖으로 뛰어내리거나 넥타이에 목이라도 맬지 몰랐다. 그래서 계속 말을 걸며 어떻게든 탈출이나 자살을 막아야 했다.

"소방관님이 별걸 다 아시네요."

남자의 목소리는 심상했다.

"안에 대포 폰 많죠?"

기옥의 말마따나 남자의 집 거실엔 수십 개의 대포 폰이 충전 중이었다. 저마다 알림음이 울리고 어떤 것은 전화벨 소리를 냈다.

"그런 거 없는데요."

기옥은 겹치는 알림음과 벨 소리를 듣고 확신했다. 그녀는 문을 등지고 다리에 힘을 줘 용의자가 뛰쳐나가지 못하게 막았다.

"근데 소방관님 바쁘지 않으세요? 왜 우리 집만 걱정하시나요? 뒷 동은 무너지게 생겼어요. 뭐야, 저쪽 긴박한데 안 궁금하세요?"

남자는 산사태로 절반 가까이 토사에 잠긴 103동을 바라보며 말했다.

"부서가 달라요. 그건 뭐 알아서들 하겠죠. 동료가 거기 가 있습니다. 늘 운이 좋았던 사람이라 걱정 안 합니다. 어떻게든 살아남아 곰 같은 마누라와 호랑이 같은 고양이에게 돌아갈 겁니다. 이상하게 빵잽이들은 자기보다 남 걱정을 더 하……."

기옥을 말을 하다 말고 입을 틀어막았다. 빵잽이는 수시로 교도소를 드나드는 범죄자라는 뜻의 은어였다. 상대가 전과자라면 충분히 알아들었을 법한 말이었다.

"그냥 까고 말할게. 당신 구린 일 많이 했지? 나와. 나도 대책 없이 온 거 아니야. 문 부수기 전에 네 발로 나오라고!"

가끔 기옥은 범죄자들을 심문하는 일이 구마 의식 같다고 느꼈다. 주먹으로 책상을 치거나 거친 말로 자백을 요구하면 용의자는 마치 한 대 얻어맞기라도 한 것처럼 바닥을 나뒹굴었다. 상냥하게 설렁탕도 시켜주고 커피도 타다 주며 비위를 맞출 때면 난 검사하고 얘기할 거야, 시건방을 떨었다. 성경도 성수도 없는 기옥은 자신 앞의 마귀를 어떻게 퇴치해야 할지 암담했다.

"아이고, 무서워라. 저번에 차로 입간판 들이받고 도망친 게 걸린 건가. 뭐 그런 일로 강제 개방이에요? 그냥 두면 내일쯤 내 발로 경찰서 출두할게요. 성함이……?"

남자는 이제야 숨통이 트인다는 듯, 이야기를 털어냈다.

"신기옥 형사다. 난 빵잽이 말 안 믿어."

기옥은 힘주어 어금니를 깨물었다.

"나는 여자 말 잘 안 믿는데. 신 형사님. 아직 내 이름도 모르죠? 나이 알아요? 내 직업은요? 솔직히 내가 무슨 죄 지었는지 알고는 있어요? 뭐라도 하나 답을 해야 나도 맞장구를 쳐주죠."

남자의 말을 들은 기옥은 뜨끔했다. 기옥이 출동한 건 오로지 순경의 첩보 때문이었다. 범인은 삼십대 초중반의 남성이며, 왜인지 까마귀의 정보를 흘리는 지능범이자 사이코패스였다. 그가 사용한 전화번호는 총 네 개로 모두 기초연금이나 기초생활수급비를 받는 노인 또는 취약계층의 명의였다. 통화에서 사용한 어휘를 바탕으로 수감 경험이 있으나 단순 폭행이나 사기일 가능성이 높고 지능도 평균 이상일 것으로 추측했다. 순경은 보고서 마지막에 한 줄 의견으로 도담시민아파트 6층에서 사망한 노인이나 혹은 요양원에 입원한 602호 지인 중 한 명일 것이라고 적어두었다.

"김상. 605호 자폐증 환자의 형이지. 직업은 물리치료사. 그날 야근을 했더군."

남자가 흐흐, 웃음을 터트렸다.

"윤정곤, 604호 할머니의 외손자. 오토바이 절도 전과가 있지만 지금은 공익근무요원. 살인을 저지르기엔 몸이 너무 무거운 친구지.”

남자는 자신의 입을 손으로 막으며 웃음을 참았다.

“602호의 손자는 일본에서 잡지 회사에 다니더군. 통화해보니 자기 할아버지 성함도 몰랐어.”

603호를 건너뛰자 남자의 입가에서 미소가 사라졌다.

“김현수, 온라인 도박에 미친 폐륜아. 캄보디아 가서 다 털어먹고 빚내서 마카오로 날아갔다 빚에 빚만 보태고, 부모가 문전박대하니 딱 떠오르는 집이 하나 있었지? 예전에 살림해주던 도우미 할머니네 집.”

이건 어디까지나 순경의 도움 없이 기옥의 발품으로 알아낸 정보였다. 그는 노부부와 연결점이 있는 모든 사람들과 통화하고 전과기록을 조회했으며 알리바이를 확인했다. 유일하게 연락이 닿지 않는 인물이 과거 할머니가 가사도우미로 일했던 집 외아들 김현수였다. 기옥은 놈의 출입국 기록과 부채 내역을 확인했다. 저 안에 숨은 놈이 김현수가 아니면 체포할 명분도 사라졌다. 정직이나 감봉 같은 징계도 각오해야 했다. 기옥은 그만큼 자신 있었다. 노인들에겐 처음부터 핸드폰이 없었던 게 아니라, 이웃의 껑다리 청년 김현수에게 매달 돈을 받고 빌려줬다는 걸. 그 핸드폰으로 도박을 해 빚을 남기고, 항의하는 자들은 깡그리 죽여 없앤 자가 저 문 안에 있다고 믿었다. 만약 아니라면, 하찮은 촉을 믿고 깝죽댄 대가로 배달 음식 라이더나 할 생각이었다.

"형사님, 그냥 가요. 좋게 말하니까 좆같이 듣죠? 이럴 시간에 나 같으면 까마귀를 잡겠어. 저기, 103동에 까마귀 매달린 거 모르죠? 재부터 수갑 지르세요. 네?"

그간 까마귀의 정체를 제보한 사람은 현수였다. 그날, 그의 얼굴을 본 사람은 거의 목숨을 잃었다. 두 명의 노인과 한 명의 장애인이 그랬다. 하지만 실패한 사람도 있었다. 산호, 희연 그리고 윤지였다. 현수는 그날 일을 떠올릴 때마다 짜릿한 쾌감과 함께 하찮은 중년 남자와 계집년 둘의 목숨을 붙여놓은 게 찜찜했다. 그때마다 현수에게 누구도 너를 잡을 수 없다고 용기를 북돋워준 사람이 있었다. 강력팀 팀장 귀태였다. 한때 지능범죄 수사팀에서 근무했던 귀태는 사건을 파헤치다 도박의 맛을 알아버린 형사였다. 현수가 끌어모은 돈은 귀태가 개설한 온라인 도박 사이트로 흘러들어갔다. 둘은 살기 위해 서로를 이용하는 사이가 되었다.

"까마귀가 누구인지 모르는 형사가 있을 거 같냐? 안 잡는 거지 못 잡는 게 아니다, 머저리 새끼야."

현수는 기옥의 말이 허풍일 거라 생각했다. 버젓이 피해자가 있고 제보가 쇄도하는데도 까마귀를 체포하지 않을 이유가 없었다.

"뻥까 치지 마시고."

현수는 당황한 내색을 숨기고 답했다.

"까마귀는 아무도 죽이지 않았어. 죽도록 얻어맞았다고 신고한 작자들은 자기도 처자식을 죽도록 두들겨 팬 요주의 인물들이었고. 정말 CCTV에 까마귀가 제대로 찍힌 적이 없다고 믿어? 우린 암묵적인 약속을 한 거야. 이웃의 평화를 위해서. 왜 고담시에만 배트맨이 살 거라 생각하지? 도담시엔 까마귀가 필요해. 그래서 3동 16번 길에 CCTV 설치도 강제하지 않은 거고. 오히려 김현수 네가 제보라며 깝치다 위치와 신원을 드러냈지."

기옥의 서슬 퍼런 말에 현수는 입술을 씹었다.

"범죄자랑 한통속이시다?"

현수가 비아냥거렸다.

"김현수, 까마귀의 정체를 폭로한 이유가 뭐야?"

기옥이 다그쳤다.

"서울청 최귀태 불러줘요."

문을 두드리며 자신의 실체를 까발리는 형사에게 잡히고 싶지 않았다. 부모와는 의절했으니 변호사를 고용해줄 리 없었다. 지금 가장 유리한 선택은 부패한 형사 귀태뿐이었다.

민기는 기린 모자를 쓰고 휴먼북을 나섰다. 첫발을 내딛자마자 빗줄기가 잦아들기 시작했다. 그는 한 걸음 한 걸음 신중하게 발을 옮겼다. 수백 년 전의 모자 대감들이 그랬던 것처럼 오늘도 무사히, 범사에 감사를, 다행다복, 복덕원만을 기원했다.

그가 지하철 역사로 들어갔을 때 비는 완전히 그치고 언제 그랬냐는 듯 가을 답게 하늘은 높고 푸르렀다. 교통카드를 태그해 개찰구를 빠져나오자 민기의 의식은 깊은 트랜스 상태로 접어들었다. 주변의 소리가 들리지 않았고 그를 흘깃거리는 눈초리나 사진을 찍는 행인들도 보이지 않았다. 공기의 온도, 지하철 특유의 쾌쾌한 냄새도 느낄 수 없었다. 오직 도담시가 무사 무탈하기만을 기원하는 마음의 울림이 민기 그 자체였다. 대영이 수십 년을 모자 대감으로 살 수 있었던 것도 지금 민기와 같은 체험을 매일 해왔기 때문이었다. 어떤 상황에도 흔들리지 않는 평정심이야 말로 기린 모자의 축복이었다. 민기는 가느다랗게 실눈을 뜨고 이제 막 도착한 도담행 열차에 올랐다. 출근 시간을 지나 한산했지만, 승객들 대부분은 감흥 없이 살아가는 좀비 영혼이었다.

"여러분, 이 모자의 기린에 대해 말씀드리겠습니다. 용이냐, 아니오. 사슴이냐, 아니오. 사자냐, 아니오. 이것은 기린이올습니다. 제가 이 기린 모자를 쓰고 여러분 앞에 선 것은 이 땅에 진정한 성군이 태어나사 대한민국을 세계 1등 국가로 이끌어주시길 앙망하는 이유입니다. 기를 모아주세요. 서로 사랑해주세요. 정의를 실천하세요. 그래야 평화의 시대가 열립니다."

의도하지 않았지만 민기의 입에서 자연스레 아버지가 외치던 말이 터져 나왔다. 잠시나마 승객들의 시선에 생기가 올라오고 표정이 살아났다. 민기는 다음 칸을 향해 걸었다. 아니, 걷는 줄 몰랐지만 저절로 걸음이 떨어지고 손이 올라가 중간 문을 기운차게 열어젖혔다.

"여러분, 이 모자의 기린에 대해 말씀드리겠습니다. 용이냐, 아니오. 사슴이냐, 아니오. 사자냐, 아니오. 이것은 기린이

올습니다. 제가 이 기린 모자를 쓰고 여러분 앞에 선 것은 이 땅에 진정한 성군이 태어나사 대한민국을 세계 1등 국가로 이끌어주시길 앙망하는 이유입니다. 기를 모아주세요. 서로 사랑해주세요. 정의를 실천하세요. 그래야 평화의 시대가 열립니다."

말주변 없고 수줍음 타던 청년 민기는 어제까지였다. 그는 이제 어엿한 모자 대감으로 다시 태어났다. 민기의 목소리가 저음에서 고음으로 탁 트이는 순간이었다.

다시 태어나려고 노력하는 사람은 도담시 하이파크 아파트 외벽에도 있었다. 윤지는 팔의 경련이 멈추자 다시 가스 배관을 타기 시작했다. 꼼수 없이 키운 근육은 주인을 배신하지 않았다. 두 다리를 꼬아 가스관을 붙잡고 팔을 치켜들어 한 번에 40센티미터씩 전진했다. 갑작스레 비가 그치며 다 무너진 도담산 흙더미 위로 삼색 무지개가 떴다. 103동에서 제법 떨어진 돌무더기에 수겸과 순경이 서 있었다. 라현이 띄운 드론이 윤지와 엇비슷한 높이까지 따라붙었다.

"너 완윤지 맞지? 나 라현이 아빠다."

순경은 뒤따라온 소방대장으로부터 확성기를 건네받았다. 윤지는 가스 배관 옆 우수관에 기대 그들을 내려다봤다.

"아저씨?"

순경이라면 상황실에서 전화받기 바쁜 시간인데 여길 어

떻게 찾아왔을까, 윤지는 의아했다.

"저희가 구출 계획을 세우고 있습니다. 기상이 좋아져서 헬기를 띄울 수 있대요. 문제는 옥상까지 올라가셔야 탑승이 가능하다는 거예요."

수겸이 확성기를 가져다 목청을 높였다. 수겸과 순경은 에어 매트를 펼쳐봤지만 103동 앞, 그것도 윤지가 떨어질 가능성이 높은 위치로 보낼 방법을 찾지 못했다. 그러다 일순 비가 그쳤고, 토사 유출량도 줄어들었다. 소방대장은 재난 대책 본부에 전화를 걸었다. 도지사가 방문한 탓에 본부는 상황 브리핑 중이었다. 하는 수 없이 소방청 대응국 대응총괄과로 전화해 상황을 보고했다. 헬기 승인을 받는 데까지 걸린 시간은 삼십 분이 넘었다.

"완윤지 씨, 편하게 말씀하세요. 드론으로 지켜보고 있습니다. 많이 힘드시면 건물 안으로 들어가셔도 되는데, 그럼 헬기 구조는 어려워집니다. 저희가 직접 진입하는 데까진 시간이 꽤 소요될 겁니다."

소방대장은 확신이 없었다. 육안으로도 덩치 좋고 근육 많은 여자라는 건 알 수 있었다. 하지만 30층 아파트를 이제 겨우 17층 올랐을 뿐이었다. 국가대표급의 체력이 아니라면 버티기 힘든 극한상황이었다. 구조 전에 추락하거나 아파트의 붕괴와 함께 매몰될 가능성이 더 높았다.

"우리 머리 위에 헬기 띄워주세요. 이십육 분 정도 걸릴 거예요. 저 할 수 있어요."

윤지가 있는 힘껏 고함을 쳤다. 그녀의 계산은 단순했다. 한 층 오르는데 걸린 시간은 평균 이 분이었다. 남은 13층을 같은 속도로 오른다면 이십육 분이었다. 또 다시 근육경련이 올 테고 손이 미끄러지는 구간도 있을 테지만, 때로는 수월히 넘어가는 층도 있었고, 우수관 연결부위에 발을 지지해 근육을 쉴 수도 있었다. 윤지는 서둘러 가스 배관을 기어올랐다.

"언니, 아래 우리 아빠 왔어요?"

온유의 이마로 윤지가 흘린 땀방울이 뚝뚝 떨어졌다.

"아빠는 아니지만 우릴 구하러 온 사람들이 많아. 탈출할 수 있어."

윤지의 말에 온유는 참았던 울음을 터트렸다. 제대로 감지 않아 뭉친 머리, 작은 눈에 긴 속눈썹, 조금 들린 콧대와 체리색 입술이 파들거렸다. 얼결에 윤지의 손을 잡고 집을 탈출했지만 온유는 아빠가 데리러 올 거라는 말을 의심하지 않았다. 어른은 한숨으로 무너지고 아이는 온몸으로 무너지기 마련이었다. 온유가 몸을 뻗대기 시작했다. 이대로 몸부림치면 윤지와 온유는 추락을 면하기 힘들었다.

"온유야, 언니 힘들어. 계속 버둥거리면 우리 둘 다 죽는다고."

온유는 호흡이 엉켜 컥컥대다 흐느끼기를 반복했다.

"우리 엄마 희연 씨는 힘들 땐 힘들다고 말하랬어. 배고프면 밥 달라, 졸리면 재워달라, 외로우면 외롭다, 그렇게 말하지 않으면 아무도 돕지 않는다고 했지. 난 지금 배고프고 졸리고 힘이 빠지는 중이야. 네가 나를 도와야 해."

지금 윤지에겐 힘들고 배고프고 외로울 때 말할 수 있던 엄마가 절실했다. 온유가 아빠를 그리워하는 마음과 다를 것이 없었다.

"내가 어떻게요?"

온유의 눈에도 윤지는 지쳐 보였다. 입에서 단내가 풍겼고, 복스럽던 눈두덩이도 그늘져 보였다. 오지 않을 아빠가 서운해 엉엉 우는 것보다 곁에 있는 덩치 큰 언니를 돕는 게 나을지도 몰랐다. 마음처럼 울음이 멈추는 건 아니었지만 온유는 호흡을 되찾아갔다.

"이십육 분 동안 내 얘기 들어주면 돼. 아무한테도 하지 않은 비밀 얘기야. 온유랑 언니는 살면 같이 살고 죽어도 같이 죽는 사이잖아. 그러니까 다 말할 수 있어."

윤지에겐 투지가 필요했다. 십사 개월 전부터 가슴에 쌓인 토사가 목구멍을 끝까지 차올랐다. 그걸 한 호흡에 쏟아내 추진력으로 써야 했다.

괴롭고 슬프고 꿈만 같은 그날은 오늘처럼 비가 퍼붓던 지난해 여름이었다. 대영이 췌장암 판정을 받기 전날이기도 했다. 희연은 남편 대영을 병원에 하룻밤 입원시키고 부랴부랴 집으로 돌아왔다. 아마도 내일은 대영이 기린 모자를 쓰지 못하리란 걸 본능적으로 알아차렸다. 그럼에도 집으로 돌아온 건 아무래도 찜찜한 일이 머릿속을 맴돌아서였다.

"매실이 무르려고 해서 우리가 손질하고 있었어."

희연이 현관문을 열고 들어왔을 땐, 남매가 마주 앉아 며칠 전 사놓은 매실 꼭지를 따고 있었다.

"아빤 좀 어떠세요?"

가스레인지 위엔 커다란 유리병이 끓는 물에 열탕 소독 중이었다. 민기가 일어나 가스불을 껐다.

"결과 지켜봐야지. 주무시는 거 보고 왔어. 엄마 바람 쐬러 다녀올 테니까 설탕 켜켜이 넣어 베란다에 내놔줘."

희연은 서둘러 안방으로 종종걸음 쳤다. 윤지는 식탁 위에 놓아둔 엄마의 2G 폰을 바라봤다. 밤마실은 혼선 전화를 받을 때 급작스레 일어나는 이벤트였다. 종일 무음 상태로 식탁에 놓여 있던 2G 폰 혼선 전화를 엄마가 받았을 리 없었다.

"엄마, 무슨 일 있어? 전화 안 받았잖아."

윤지가 수상쩍은 마음, 걱정스러운 마음으로 남은 매실을 손질했다.

"답답해서 바람 쐬러 가는 거야. 기다리지 말고 먼저 자."

안방에서 희연이 소리쳤다. 하지만 윤지는 엄마가 평소와 뭔가 다르다는 걸 알아차렸다. 아빠에게 큰 병이 있을 거란 소견을 받았을 때도 엄마는 걱정과 실망을 드러내지 않았다. 고치면 되지, 의술이 좀 좋아? 씨익 웃으며 아빠를 위로했다. 그런데 방금 전 엄마는 누군가에게 명치를 가격당한 사람처럼 낯빛이 어둡고 눈에 띄게 손을 떨었다. 윤지는 하던 일을 멈추고 안방에서 들리는 소음에 귀를 기울였다. 찰캉거리는 쇳소리, 우드득 관절 푸는 소리, 드르륵 백팩 지퍼 닫는 소리가 들렸다. 정의를 구현하러 밤마실을 나갈 때와 같은 소리였다. 바람 쐬러 나간다는 건 거짓말이었다.

"밟아볼까?"

윤지는 엄마를 미행해 볼 셈으로 민기에게 물었다. 그는 어른들은 현명하니까 옳은 선택을 내릴 테니 괜한 걱정은 그만두렴, 이라는 대답을 한마디로 압축했다.

"굳이?"

윤지는 오빠가 동의하지 않았지만 이미 앞치마를 풀었다. 그녀 역시 방으로 들어가 검은색 후드티셔츠와 마스크를 챙겼다. 백팩을 메지 않은 건 순전히 엄마 때문이었다. 윤지에게 무슨 일이 생기면 상대가 누구든 가만두지 않을 테니 무기는 필요 없었다.

"민기야, 내일 아침에 아빠 대신 모자 써줄 수 있을까?"

희연은 방문 안에서 물었다. 아직 아빠가 큰 병에 걸렸는지 단순한 염증인지 알 수 없는데 벌써부터 역할을 빼앗아버리고 싶지 않다는 마음을 민기는 또 단순화 시켰다.

"아뇨."

"그래…… 알았다."

내색하지 않았지만 희연은 실망했다. 대영의 말이 떠올라 서였다. 여보, 기린 모자 의식 말야. 실은 전날 밤부터 시작돼. 내일도 열심히 뛰어보겠습니다, 결심하는 순간 하늘과 약속을 맺게 되는 거지. 그 약속을 담보로 자정 넘어 다음 날 내 출근 시간까지 도담시에선 아무 일도 벌어지지 않는 거야. 당신이라도 알고 있어야 할 것 같아. 통증이 심상치 않거든. 대영의 말이 사실이라면 민기는 하늘이 격노할 대답을 내놓은 거였다.

희연은 민기가 설탕 포대를 가지러 베란다로 나갔을 때 안방을 빠져나왔다. 그녀는 신발장에서 워커를 꺼내 들고 살그머니 집을 나섰다. 마당에서 한 짝씩 발을 꿰고 끈을 당겨 단단히 묶은 다음엔 전속력을 다해 골목을 달려 나갔다. 발소리가 멀어지는 걸 엿들은 윤지도 뒤를 밟았다. 문틈으로 본 엄마는 분명 산책이 아니라 밤마실 복장이었다. 새삼 가족에게 숨길 일도 아닌데, 왜 거짓말을 한 건지 이해할 수 없었다.

희연은 길보다는 외나무다리처럼 좁은 담벼락을 타 올라

목적지를 향해 직선거리로 달렸다. 윤지도 달리기엔 자신이 있었지만 담 타기는 아직 서툴렀다. 그녀는 엄마의 그림자를 지표 삼아 골목을 누비고 지붕 낮은 주택을 타 넘었다. 부슬비에 옷과 머리가 젖고 물 먹은 군화도 점점 무겁게 느껴졌다. 날랜 희연은 벌써 구시가지로 접어들었다. 그녀가 향한 방향을 따라 윤지는 걷다 뛰기를 반복했다. 그러다 다다른 곳이 도담시민아파트였다. 아파트는 따개비를 뒤집어쓴 고래처럼 크고 흉물스러웠다. 우범지대인 탓에 아파트 주변엔 24시 편의점도 일찍 문을 닫았다. 엄마 빼곤 세상 무서울 것이 없는 윤지조차도 주눅이 드는 거리였다.

윤지가 단지 입구로 들어섰을 때 경비실의 경비원은 '순찰 중' 팻말을 걸어두고 단잠에 빠져 있었다. 좁은 화단에선 시궁창 냄새와 고양이 분변 냄새, 젖은 흙냄새가 풍겨 코가 아렸다. 알뜰한 노인과 가난한 이주노동자들이 주로 사는 아파트 단지는 어둡고 적막했다. 희연보다 십 분가량 늦게 도착한 윤지는 마음이 조급했다. 일껏 뒤를 밟았는데 소득 없이 돌아갈지도 모른다는 생각이 들었다. 그녀는 고개를 들어 한 동 한 동 센서 등이 켜진 라인을 더듬었다. 그러다 맨 마지막인 102동 6층 라인에서 고개가 멈추었다.

다섯 가구의 대문 중 세 곳이 열려 있었다. 노란 센서 등 아래에 피를 흠뻑 뒤집어쓴 키 큰 남자가 살기어린 눈을 번뜩이며 닫힌 601호로 걸음을 옮겼다. 그의 손에 예리한 칼 한 자루가 들려 있었다. 이미 누군가를 찌르고 지나온 모양새였다. 손바닥 한 뼘은 너끈한 저 칼이라면 심장도 터트렸을 텐데, 누굴까, 엄마는 어디 있는 걸까. 윤지가 불안한 마음으로 6층 복도 전체를 훑었다. 천장 조명이 꺼져 나가 상대적으로 어둑한 라인 끄트머리에 시커먼 사람이 비척대고 있었다. 뒷목과 헤어라인으로 쏟아진 피는 어둠 속에서도 젖은 광택을 냈다. 희연이었다. 반쯤 벗겨진 후드 안으로 굽실한 단발 파마머리가 보였다. 가죽 장갑 낀 손으로 벽을 짚은 그녀는 느리게 무너져 내리고 있었다. 입과 코에서 검붉은 피가 쏟아졌다.

엄마, 나 지금 울고 싶어. 아무 것도 하기 싫어. 괜찮아야 해. 알았지?

윤지는 희연이 곁에 있다면 하고 싶은 말을 뇌까리며 102동으로 달려갔다. 비상계단 앞에 선 그녀는 발소리를 죽이느라 군화를 벗어 내려놓았다. 희연은 일주일에 한두 번 밤마실을 나갔다. 거기서 듣고 본 폭력과 욕설, 핏자국 들을 털어놓은 건 윤지가 간호대를 졸업할 무렵이었다. 너만 괜찮다면, 네가 내 다음이 되면 좋겠어. 아직 먼 얘기지만.

윤지도 그런 곳에서 구출되었으니 어렴풋이 알 것 같은 상황과 풍경, 전개들이 머리를 스쳐갔다. 희연은 늘 싸움 마무리쯤에 뛰어들었다. 대개 만취한 남자나 화가 머리끝까지 오른 여자들이 가족 앞에서 추태를 보이는 현장이었다. 한 번도 젊은 남자가 칼을 들고 공격했다는 애길 들은 적이 없었다. 불길한 생각에 윤지는 자꾸 헛발을 디뎠다. 발목이 접질려 걸음이 느려졌다. 한두 층 위에서 젊은 남자 음성이 들렸다.

"어르신, 깨워서 죄송해요. 저번에 빨리 달라고 말씀하신 돈 가져왔어요. 삼백만 원 맞죠?"

살인자의 목소리는 상냥하고 다감했다. 문 안에 든 사람이 누구인지 알 길이 없었지만, 손잡이를 돌리는 순간 돈 대신 칼이 날아들 것은 분명해 보였다. 이건 가정폭력이 아니었다. 연속적이고 계획적인 살인이었다.

"열지 마세요! 절대, 열지 마!"

윤지는 계단을 오르며 소리쳤다.

"오지 마, 윤지야!"

목소리에 답을 한 건 살인자나 601호 집주인이 아니었다. 출혈 과다와 경추 골절로 죽어가는 희연이었다. 그녀는 삶과 죽음의 경계선을 아슬아슬하게 붙잡은 채 마지막 한 방울의 힘까지 쥐어짜 딸에게 경고했다. 하지만 엄마의 목소리를 들은 이상 윤지도 멈출 수 없었다. 다리를 절름거리며 계단을 기어올랐다. 이윽고 윤지가 6층에 다다랐을 땐 지옥도가 펼쳐져 있었다. 603호, 604호, 605호의 앞에 각각 시신 한 구씩이 놓여 있었다. 목이나 가슴, 배 한 가운데에 커다란 자상을 입은 사람들이 쇳내 나는 피를 뿜어냈다.

"이름이 윤지냐?"

601호 앞에 서 있던 남자가 윤지를 향해 몸을 돌렸다. 조명이 만든 음영 탓에 이목구비가 기괴하게 일그러졌다.

"냄새 좋네. 저 아줌마랑 네가 까마귀지?"

남자의 칼끝이 윤지의 목덜미를 가리켰다. 그때 누군가 나타나 남자의 등허리를 끌어안았다. 601호의 문을 열고 나온 산호였다.

"제발 관둬. 하지 말아요. 나 삼백만 원 없어도 돼요. 그러니까 더 죄짓지 말아요. 말 안 들으면 나도 내가 어떻게 될지 몰라."

얼어붙은 윤지는 남자가 아니라 그의 허리에 매달린 산호의 얼굴만 바라봤다. 반 토막뿐인 눈썹에 주름이 많은 얼굴이었다. 이는 거의 빠져서 나이를 분간하기 어려웠다. 산호는 혼신을 다해 남자를 품었다.

"우리 어르신, 지금 뭐라 그랬어요?"

남자가 윤지에게 칼을 겨눈 채 산호에게 물었다.

"나도…… 무슨 짓을 할지 모른다고. 내가 좀 아픈 늙은이라 그래요. 약 먹고 자면 오늘 일은 까맣게 잊을 거랍니다. 경찰이 물어도 난 아무것도 못 봤다 할 거야. 무서운 일을 겪으면 진짜 기억이 사라져요. 그러니 관두고 가요. 어서!"

그때까지만 해도 윤지는 산호가 조현병 환자인 걸 몰랐다. 그래서 듣기 좋은 말로 둘러대고 피해를 막아보려는 얕은 속 셈이라고만 생각했다. 하지만 산호는 몇 시간 후 경찰이 현관문을 두드릴 때까지도 평소와 다름없이 새벽밥을 지었다. 청주로 연수간 아들이 벌써 돌아왔나 싶어 웃는 낯으로.

윤지가 의식을 되찾은 건 시민아파트에서 제법 떨어진 해룡천 천변이었다. 그녀의 곁에는 희연의 백팩과 피에 젖은 옷가지가 놓여 있었다. 다급히 희연에게 전화를 걸었지만 전원이 꺼져 있다는 메시지가 돌아왔다. 뉴스채널은 도담시민아파트 연속 살해 사건 보도로 뜨거웠다. 현장에선 용의자 66세 A씨의 족적과 지문, DNA가 검출 되었고 자택에서 긴급체포 되었다는 소식이 올라왔다. 어디에도 키가 유난히 큰 이십대 남자와 파마머리를 한 오십대 여성의 행방을 다루지 않았다. 아빠는 췌장암 확진을 받았고 윤지는 이혼 재판 기일 때문에 자리를 비운 유랑을 대신해 비번 없이 일했다.

"누가 언니를 옮긴 거예요? 이렇게 코끼리만 한 사람을."

윤지가 25층까지 기어올랐을 때 온유의 이마엔 땀보다 눈물이 더 많이 떨어졌다.

"우리 엄마 아닐까?"

말이 되지 않는다는 건 윤지도 잘 알았다. 한눈에 봐도 출혈량이 많았고 몸도 제대로 가누지 못했다. 하지만 엄마라면,

한때 나의 언니 완희연이라면 아예 불가능한 일은 아닐 것 같았다. 간혹 극한으로 자신을 몰아붙여 위기에 빠진다면 어디선가 엄마가 한달음에 뛰어와 업히라고 등을 내밀지도 모른다고 생각했다.

"좋겠다, 엄마 있어서."

"나한테 자랑할 게 그것뿐이네. 근데 십 분 후엔 내 인생에 업적 하나가 생길 거야. 그거면 충분해. 엄마 앞에 자랑스러운 딸이니까."

멀리서 점만큼 작은 헬기가 하이파크를 향해 다가왔다. 윤지가 훅훅 숨을 내뿜고 더 높은 배관을 향해 손을 뻗었다. 온유는 아빠가 없어서, 너무 높아 눈앞이 빙빙 돌아서, 차마 제대로 바라보지 못한 바닥으로 시선을 내렸다. 아래엔 나뭇가지와 쓰레기 섞인 진흙, 그리고 주황색 옷의 소방관과 우비 차림의 아저씨들이 손을 흔들고 있었다.

"사람들이 우리한테 손 흔들고 있어요."

온유의 얼굴에서 울음기가 쏙 사라졌다.

"계속 저러고 있었어. 네가 보지 않았을 때도 보고 있을 때도. 그래서 언니가 포기할 수 없었던 거지. 나 약간 관종 기질이 있나 봐."

윤지가 우수관에 한 발을 걸치고 도움닫기를 하느라 체중을 실어 무릎을 굽혔다. 그 순간 몸이 외벽에서 멀어졌다. 우수관을 지지했던 마감재가 폭우에 헐거워져 떨어진 거였다. 재빨리 가스 배관으로 발을 옮겼지만 몸의 중심축이 흔들리며 위태롭게 유지되었던 균형이 깨졌다. 윤지는 죽을힘을 다해 기어올랐던 배관에서 밀려 흘러내리고 있었다. 아무리 팔과 손에 힘을 주고 다리를 모아도 살갗이 벗겨지기만 할 뿐 하강을 멈출 수 없었다.

"온유야, 언니가 미안해. 정말…… 미안해."

윤지가 소리쳤다.

민기가 트랜스 상태에서 빠져나온 건 지하철역에서 올라온 후였다. 가로수가 흔들리며 오후의 따뜻한 햇볕이 보도블록 위로 레이스처럼 깔렸다. 몸도 마음도 가뿐했다. 비로소 인간 축민기로 돌아온 그는 무음으로 설정해놓은 핸드폰을 꺼냈다. 라현으로부터 스물일곱 통, 모르는 번호로 열다섯 통의 부재중 전화가 와 있었다. 민기는 라현에게 전화를 걸었다.

"미안. 회사 일 마무리 짓고 돌아오느라 못 받았다."

민기의 말에 라현은 대답 대신 한참 흐느꼈다.

"왜, 무슨 일인데?"

"오빠. 윤지……. 윤지가아……."

라현은 말을 잇지 못했다. 민기는 윤지와 나눈 마지막 통화를 떠올렸다. 장미경 얘기를 잔뜩 했고 말미에 밤마실에서 만난 여자애를 구하러 간다는 통화였다.

"괜찮아. 편하게 말해."

"지금 아파트 벽에 매달려 있어. 어떤 여자애를 안고. 하이파크야."

민기는 믿어지지 않았다. 그가 기린 모자를 쓰고 지하철에 올라 도담시의 안녕을 기원했다. 분명 비가 그쳤다. 아침만 해도 거리 곳곳이 물웅덩이였는데 지금은 도로와 보도블록 모두 걸을 만해졌다. 모든 게 정상으로 돌아왔어야 했다.

"그리로 갈게. 오 분이면 돼."

민기는 전화를 끊고 고개를 들어 하이파크를 바라봤다. 진입로에 소방차와 구급차, 경찰차가 보였다. 자신이 간다고 윤지의 운명이 바뀌지 않으리란 건 알았다. 그러나 비극이든 희극이든 가족으로서 무언가 해주고 싶었다. 울거나 웃거나 흔들거나 끌어안거나. 그의 머리 위로 헬기가 낮게 날았다. 하이파크 방향이었다.

윤지는 10층까지 미끄러졌을 때 간신히 중심을 잡았다. 고개를 들어보니 하얀 가스 배관이 손바닥에서 난 피로 번들거렸다. 난이도가 더 올라갔다. 성치 않은 손으로 미끄러운 배관을 기어오르려면 두어 배는 더 고통스러울 터였다. 가장 힘을 많이 끌어다 쓴 광배근이 욱신거렸고 이두근마저 파열돼 팔을 뻗을 때마다 예리한 통증이 가슴까지 뻗쳤다. 다행이라면 그 와중에도 온유가 단단히 매달려 있다는 거였다.

"언니, 미안해하지 마세요. 엄마도 온유한테 자꾸 미안하다고 하다 멀리 갔단 말이에요."

온유가 윤지의 가슴에 얼굴을 묻고 비볐다.

"그래, 미안해하지 않을게. 이제 한 세트를 마친 거야. 너 세트가 뭐냐고 물을 거지?"

"네!"

"커다란 아령을 들고 몸을 굽혔다 일어나는 움직임을 여러 개 묶은 게 한 세트야. 언니가 언니 엄마한테 운동 배울 때 몇 세트를 해야 끝나는 거냐고 물은 적이 있거든,"

윤지는 심호흡을 하고 다시 팔을 뻗었다. 마치 팔과 어깨에 충치가 있는 것처럼 강한 통증이 느껴져 몸이 움츠러들었다.

"엄마가 뭐라 그랬냐 하면, 도저히 할 수 없을 때 거기서 딱 한 번 더 해야 끝난다고 했어. 언니는 이제 한 세트 했고, 아직 도저히 할 수 없을 만큼 기운이 빠지지 않았다는 거야."

포기하고 싶을 때 딱 한 번만 더. 그건 엄마 그리고 윤지 자신과 한 약속이었다. 이젠 온유와도 해버렸으니 전진해야 했다. 손바닥이 얼얼하다 못해 타들어가는 것 같았다. 윤지는 어금니를 꽉 깨물고 손을 옮겼다. 가스 배관에 윤지의 손바닥 표피가 묻어났다. 타이어라 해도 이만큼 용을 쓰면 펑크가 날

만했다. 겉 피부가 벗겨져 속살이 빨갛게 드러난 손바닥을 물끄러미 바라봤다. 정말 약속을 지킬 수 있을까.

"윤지 씨, 저 이수겸입니다. 구조 방법을 수정했어요. 건물이 이미 30도 이상 기울어서 헬기가 옥상에 착륙할 수 없답니다. 대신 공중에서 케이블을 내릴 겁니다. 케이블 최대 길이가 76미터인데 지금 윤지 씨 위치까지는 고도를 낮출 수가 없대요. 딱 10미터만 더 올라가세요. 제발, 힘을 내주세요. 부탁합니다."

순경과 수겸, 두 사람의 목소리가 쉬어 갈라졌다. 그들이 할 수 있는 일이라곤 윤지와 온유를 향해 쉬지 않고 손을 흔들어주는 것, 절대 먼저 포기하진 않겠다는 의지를 보여주는 것뿐이었다. 수겸의 말에 윤지는 다시 움직였다.

"대단한 사람이네요. 간호사랬죠? 소방관 시켜야 할 인재인데."

소방대장이 망원경으로 윤지의 상태를 꼼꼼히 뜯어보았다. 배관이 난 핏자국으로 보아 손바닥은 이미 넝마가 되었을 게 분명했다. 보통 사람이라면 그냥 매달려 있는 것조차 기적 같은 상황이었다. 헬기가 103동 상공으로 다가왔다. 소방대장이 손을 흔들어 수신호를 보냈다.

"뭔들 못 할까, 천하장사 완윤지는 완희연 딸이니까."

순경은 그렁한 눈으로 윤지를 향해 더 세차게 손을 흔들었다. 그의 곁으로 라현이 다가섰다.

"아빠랑 엄마는 알고 있었지?"

라현은 드론을 조종하다 뜻밖의 비밀을 전해 들었다. 구조용 드론엔 마이크 기능이 있었다. 모터와 프로펠러 잡음 탓에 뚜렷하진 않지만 조난자의 입 모양을 유심히 보고 들으면 얼추 알아 들을만 했다.

"우리가 뭘 안다고 이래."

순경이 라현에게도 손을 흔들라며 팔을 끄집어 올렸다.

"윤지랑 아줌마가 해온 일."

그제야 순경이 웃음기를 거두고 팔을 내렸다.

"집에 가서 얘기하자."

라현은 순경의 옷자락을 끌고 옹벽 돌다리를 건넜다. 수겸과 소방관들로부터 멀어진 라현은 팔짱을 끼고 순경을 노려봤다.

"누가 이해 못 한대? 까마귀가 필요악인 거 모르는 도담 사람이 어딨어. 내가 묻고 싶은 건, 윤지네 아줌마야. 작년 여름에 아빠가 옷에 피 잔뜩 묻히고 돌아온 거 기억나. 오죽하면 엄마가 당신이 연속 살해 사건 진범 아니냐고 묻기까지 했으니까. 윤지를 해룡천으로 옮긴 사람 아빠 맞지? 오빠랑 윤지가 아줌마 찾는 거 알면서 왜 모른 척했어?"

순경은 반으로 꺾인 소나무에 엉덩이를 붙이고 앉았다. 수

령이 수십 년 된 소나무는 죽어서도 그윽한 향이 짙었다.

"그날 내가 거기 간 거 엄마는 몰라. 알았다면 최귀태와 크게 한 판 붙었겠지. 사실 아빠도 제대로 아는 건 없어. 완희연 씨의 문자를 받고 윤지를 데리러 간 게 전부야."

도담시민아파트 화단에 윤지가 있어요. 인적 드문 곳으로 옮겨주세요.

자정을 훌쩍 넘긴 시간이었다. 순경의 촉이 곤두섰다. 분명 뭔가 찜찜한 일이었다. 아내 기옥이 아니라 자신에게 연락한 걸 보면 형사의 개입을 원치 않는 사고가 발생했다고 생각했다. 순경은 잠든 아내 곁에서 빠져나와 차를 몰았다. 그믐인데다 비까지 내려 도담시민아파트는 무덤처럼 보였다. 순경은 화단 목련나무 아래에서 윤지를 발견했다.

"아줌마는 없었어. 전화도 받지 않았고."

그날 이후 희연은 종적을 감췄다.

"아빠 아파트에서 연속 살해가 일어난 줄 몰랐어. 모녀가 손잡고 밤마실 나왔다가 좀 쎈 놈을 만나 고전 중이라고 생각했지. 그래서 아줌마 부탁 대로 윤지를 옮겨놓은 거야."

이튿날 순경은 기함했다. 자신이 다녀간 도담시민아파트에서 세 명이 살해되고 기옥이 그 담당 형사인 탓이었다. 귀태는 사건의 흐름을 제멋대로 결정했다. 기옥이 여러 가능성을 제시하며 원점 수사를 촉구했지만 받아들여지지 않았다.

범행 도구에선 601호에 아들과 함께 살던 이산호의 유전자가 검출되었다.

"그때라도 엄마한테 털어놨어야지!"

라현은 이 지경이 되도록 일을 키운 아빠가 어리석다고 생각했다.

"아빠라고 고민 안 했겠니? 왜 네 엄마가 아닌 나에게 연락했을까, 엄마와 일하는 누군가를 경계하는 건 아닐까, 그 사람이 진범이거나 진범의 조력자라면 네 엄마도 위험해지는 건 아닐까."

라현이 단단히 끼고 있던 팔짱을 풀었다. 모든 걸 이해하고 받아들여서가 아니었다. 추측뿐인 아빠의 말에 힘이 빠진 거였다. 순경이 자리를 털고 일어섰다. 그의 시선은 라현이 아닌 좀 더 먼발치를 향했다.

"민기 왔구나."

순경의 말에 라현이 몸을 돌렸다. 크고 화려한 기린 모자를 쓴 민기가 다가왔다. 그는 고개를 숙일 수 없어 살짝 무릎은 굽혀 인사했다.

"부정한 기운이 하이파크 앞에 가득했어요."

민기는 하이파크 단지 입구에서 수십 명의 구경꾼을 목격했다.

103동에 웬 여자가 매달려 있대.

세상에 죽으려고 작정을 했네.

공권력 낭비하지 말고 그냥 뛰어내리는 게 낫지 않나? 어차피 죽을 거 사람들 목 빼게 하지 말아야지.

자기 자리에선 보여? 우리 좀 더 잘 보이는 쪽으로 옮길래?

입주민들 보상금은 나올까요? 천재지변은 보험 안 되죠?

살다 살다 별 희한한 걸 다 보네. 사람이야, 고릴라야.

민기는 그들 사이를 가르고 단지에 들어섰다. 구경꾼들의 시선이 일순 기린 모자로 향했다. 그는 벌겋게 충혈된 눈을 껌뻑이며 여러분, 이 모자의 기린에 대해 말씀드리겠습니다. 입을 열었다. 웃는 사람, 비키라며 민기를 떠미는 사람, 사진을 찍는 사람 모두 잠시나마 아파트 외벽에 매달린 여자를 잊고 악담을 멈추었다.

"오빠, 되찾았네."

라현은 맑게 갠 하늘과 민기를 번갈아 보았다.

"여러 사람 덕분에."

민기는 라현을 보고도 설레지 않는 자신에게 조금 놀랐다. 그녀를 짝사랑해온 시간이 얼마인데, 모자 대감이 된 지금은 씻어낸 듯 감정이 없었다. 민기는 자신과 얽힌 사람들, 그리고 그들에게 품은 감정까지도 미래를 내다본 기린 모자가 필요에 따라 하나 둘 배치한 것이 아닌가 싶었다. 라현을 짝사랑하는 감정이 없었다면, 기린 모자는 유품과 함께 소각되었을 테니까.

점처럼 보였던 헬기는 이제 잠자리만큼 커졌다. 타, 타, 타 프로펠러 소리를 내며 103동 상공에 자리를 잡았다.

"됐다, 네가 와서 됐어."

순경이 앞장서 103동으로 향하는 징검다리를 건넜다. 민기는 그의 걸음을 따라 껑충거리고 깡충거려 윤지가 보이는 언덕배기에 자리를 잡았다. 수겸이 그에게 확성기를 건넸다. 민기는 고요한 낯으로 확성기를 밀어냈다.

"집중하게 놔둘게요."

물론 민기가 하고 싶은 말은 더 길었다. 윤지는 희연과 같은 승부사였다. 한번 마음먹으면 반드시 이루고야 마는 차돌 같은 인간이었다. 고3으로 넘어가는 겨울방학, 윤지는 불현듯 엄마처럼 간호사가 되고 싶다고 선언했다. 유도에 전념하느라 성적은 4~5등급이었다. 근 이 년 간 수행평가와 시험을 망친 탓에 윤지는 정시를 노려야 했다. 그때부터 공부에 매진했다. 잠을 줄이고 인터넷강의와 문제집 풀이에 전념했다. 6월 모의고사 성적은 윤지의 성에 차지 않았다. 그래도 흔들리지 않고 공부에 몰두했다. 엉덩이에서 종기가 나고 간혹 코피를 쏟기도 했다. 민기의 눈엔 동생이 외줄을 타는 황소처럼 위태로워 보였다. 하지만 위로나 응원의 말은 건네지 않았다. 꽃잎이든 돌멩이든, 무언가 던지면 흔들리기 마련이니까. 윤지에겐 집중의 시간이 필요했다.

헬기에서 구조사가 허리에 케이블을 채우고 윤지를 향해 하강했다. 하지만 윤지는 아직 그의 손이 닿는 위치까지 다 다르지 못했다. 3미터 남짓, 고작 한 층 높이만 더 기어오르면 되었다. 윤지는 양 손바닥 모두 피부가 벗겨져나가고 양팔의 이두근도 파열되었다. 그녀를 끌어안은 온유의 팔과 다리에도 힘이 빠졌다. 이제 아이는 윤지의 몸통이 아닌 허벅지에 매달렸다.

"온유야, 저 위에 아저씨를 봐. 집중해. 딴생각하지 마. 헬리콥터랑 아저씨 손만 보는 거야. 우린 닿을 수 있어."

그건 자기 자신을 향한 다짐이기도 했다. 윤지는 과정의 고통을 잊고 결과의 환희만 떠올리기로 했다. 그녀가 구부러지는 허리에 힘을 주어 몸을 세웠다. 마지막 세트는 원래 하늘이 노래져야 끝이 났다. 윤지는 피부를 잃은 손바닥으로 가스관을 잡고 물집투성이인 발을 껑충 들어올렸다. 완벽히 몰입하자 프로펠러 소음이 들리지 않았다. 가스 배관이 사라지고 아파트도 보이지 않았다. 윤지와 온유 단 두 사람만이 허공에 붕 떠 있을 뿐이었다. 서늘한 바람이 기분 좋아 낮잠이라도 한숨 자고 싶은 기분이었다. 하지만 윤지는 눈을 붙일 수 없었다. 멍과 피로 울긋불긋한 손이 그녀를 향해 천천히 다가왔다. 아가, 우리 살자. 같이 살자. 입술이 아닌 손이 말했다. 손금을 따라 핏물이 검붉게 고인 희고 통통한 손이었다. 망설이지 마. 저 문만 지나면 새로운 세상이 기다리고 있어. 넘어설 수 있지? 아무것도 아니야.

윤지는 손을 향해 팔을 뻗었다. 팔을 따라 발도 옮겼다. 후우, 하는 숨결에 피 냄새와 옅은 커피 향이 풍겼다. 언니, 우리 아빠는요? 윤지가 손에게 물었다. 어린애는 어른 걱정하는 거 아니야. 손이 윤지를 끌어당겼다. 아마도 빨간색 민소매 티셔츠였던 것 같았다. 짧게 자른 머리, 밥풀 묻은 뺨, 팬티 바람의 어린 윤지는 커다란 손에 경도되었다. 그래, 그거면 충분해. 이제 천천히 걷는 거야. 조용히 멀어지는 거야, 뒤돌아보지 않는 거야. 윤지는 손과 가까워지기 위해 몸을 움쩍거렸다. 조금만, 조금만 더.

"고생하셨습니다."

윤지의 시야에서 커다란 손이 사라졌다. 대신 큰 키에 탄탄한 체구를 가진 구조사가 그녀의 허리와 가슴에 케이블을 채우고 커넥터를 연결했다.

"애가 있어요. 우리 애가…… 있었어요."

윤지의 몸이 천천히 헬기 본체를 향해 달려갔다.

"아이 먼저 올려달라고 하셨잖아요. 기억 안 나세요?"

구조사가 윤지 밑에서 소리쳤다.

"네? 뭐라고요?"

소음이 구조사의 목소리를 지웠다.

"안전하다고요!"

구조사의 말이 파편처럼 윤지의 귀에 튀었다. 그녀는 너무 빨라 오히려 느리게 움직이는 것처럼 보이는 프로펠러를 바라봤다. 높고 푸른 하늘에 눈이 시렸다. 어디에도 희연의 손은 보이지 않았다. 내내 가두고 있었던 울음이 터졌다. 살자, 같이 살자던 언니는 엄마가 되었고, 가정폭력범인 아빠를 걱정하던 아이는 누군가의 언니가 되었다. 나도 엄마 같은 엄마가 될 수 있을까, 묻고 싶었지만 희연이 없었다. 온유가 보는 앞에서까지 약한 모습을 보이기 싫었다. 윤지는 눈을 꾹 감아 눈물을 떨어내고 헬기로 올라섰다.

그 직후 지상에선 콰앙, 천지를 뒤흔드는 소음이 들렸다. 윤지와 온유가 달아나길 기다린 것처럼 하이파크 103동이 붕괴했다. 회갈색 시멘트 먼지가 상공 100미터를 훌쩍 넘은 헬기까지 퍼졌다. 붕괴의 조짐을 읽은 소방대는 수겸, 순경, 라현, 박 형사 그리고 민기를 끌고 질퍽한 뒷산으로 피신했다. 종아리까지 흙속에 묻힌 이들이 멀어지는 헬기를 바라보며 박수쳤다.

"다들 나오세요. 아직 붕괴가 다 끝난 거 아닙니다. 대피하셔야 합니다."

젊은 소방대원이 로프를 던져 진흙에 묻힌 사람들을 끄집어냈다. 체중이 무거워 가장 깊이 파묻힌 민기는 기린 모자를 떨어뜨릴 게 겁이 나 맨 마지막까지 엉금거렸다. 먼저 발을 뺀 수겸이 라현의 허리에 팔을 감고 가슴을 어깨로 떠받들어 안전하게 마른 길로 옮겨 놓았다. 그걸 바라보는 순경의 마음은 싱숭생숭했다. 수겸 나이쯤에 라현 나이의 아내를 만났다. 그때 자신도 수겸처럼 얼굴을 붉히고 수줍게 웃었다. 아내도 라현처럼 자신의 눈동자에 홀려 입이 벌어졌다. 이 낭만적인 광경이야 말로 불구경, 물 구경보다 보기 좋은데, 사람들의 시선은 무너진 아파트로만 향했다.

“놓쳤다는데요?”

터덜터덜 걷는 순경 옆으로 박 형사가 다가왔다.

“전화 왔어?”

“아까 강제 개방을 했는데, 없더래요. 가스 배관 타고 도주한 것 같습니다.”

순경은 맨발로 뛰었다. 깨진 병과 뾰족하게 꺾인 나무를 밟아 발바닥에서 피가 났지만 아픈 줄도 몰랐다. 한 달음에 2단지 앞에 다다랐다. 얼굴이 허옇게 질린 기옥이 바닥에 엎드려 화단을 살피고 있었다.

“여보, 일어나. 벌써 뜬 거 같아.”

순경은 김현수가 이미 단지를 벗어났다고 직감했다. 그의 말에 기옥이 흙탕물이 튄 입술을 혀로 핥아 퉤 뱉어내고 일어섰다.

"당신 발이 그게 뭐야."

만신창이가 된 순경에게 기옥이 자신의 운동화를 벗어주었다.

"마지막으로 김현수랑 나눈 대화가 뭐였어?"

순경이 물었다.

"최귀태 부르래. 자기랑 말 통하는 사람은 그 형사뿐이라고. 서울청 쪽으로 튀었을 거야. 아니면 최귀태의 자택이 있는 방이동일지도 모르고. 박 형사랑 두 방향으로 움직이려고. 여보, 신발 신어. 나 차에 스페어 있으니까 뒤축 구겨 신어, 좀."

현수는 도박 중독자였고 귀태는 한때 그걸 쫓는 맹렬 형사였다. 기옥은 현수와 귀태 사이가 이권으로 묶였다는 걸 짐작했다.

"어서 가봐. 난 여기서 CCTV 동선 따볼게."

순경의 촉이 다시 발동했다. 귀태와 현수가 얽혔을 가능성은 높았다. 하지만 놈도 형사들이 쉽게 짐작할 수 있는 빤한 길을 택하지 않았을 것 같았다. 근거리에 머물고 있을 가능성도 배제할 수 없었다. 셋은 서둘러 헤어졌다.

어느새 저녁이었다. 거의 이십사 시간을 굶은 윤지는 배가 고팠다. 그녀는 누워 앓는 사람들로 붐비는 응급실에서 유일하게 앉아 있는 환자였다. 드레싱을 한 양손이 글러브처럼 컸다. 크고 작게 피부에 남은 상처는 이미 꾸덕꾸덕 아물어갔다. 찢어진 근육이 재생되면 이전보다 훨씬 단단하고 두꺼운 팔뚝을 갖게 될 터였다.

"괜찮아?"

목에 출입증을 건 민기가 응급실로 들어왔다.

"그런 모자를 썼는데도 들여보내주네."

윤지가 기린 모자 쓴 민기를 보며 깔깔 웃었다.

"왜 혼자 있어? 애는?"

응급실엔 어른뿐이었다.

"병원에서 환자 등록하려고 애 아빠한테 연락했나 봐. 지금 제주도인데 당장 오늘은 못 올 거 같다고 온유 이모 연락처를 주더래. 그래서 이모한테 전화하니 그 사람도 제주도 산다네. 기막히지?"

부상이 경미한 온유는 일시 아동보호소로 옮겨졌다. 언니, 온유랑 같이 산다고 했잖아요. 보호소 직원 손을 잡은 온유가 칭얼댔다. 걱정 마. 곧 데리러 갈게. 온유 아빠 만나서 앞으로 언니가 대신 키워주겠다고 허락받은 다음에. 그제야 온유는 안심했다. 언니가 지켜보고 있어, 라는 말을 하자 온유가 곰 인형 키 링을 들어 보이며 웃었다.

"며칠 입원할 거지? 집에 가서 속옷이랑 양말 챙겨 올게. 아, 칫솔하고 폼클렌징하고……."

"퇴원해도 된대. 뼈에 이상 없다더라. 오빠가 수납하고 와. 나 지갑 잃어버렸어."

윤지는 아픈 손보다 주린 배가 더 고통스러웠다. 잘 튀긴 치킨이나 두꺼운 햄버거도 좋지만 오늘만큼은 집밥이 당겼다. 뜨끈한 밥에 꽁치가 든 김치찌개, 누릇누릇 조금 탄 김까지 얹어 몇 공기 해치워야 살 것 같았다. 계란말이, 멸치볶음, 제육볶음도 있으면 좋고. 입안에 침이 고였다. 그녀는 사흘 치 약 처방전을 받고 병원을 나섰다.

“나 전화랑 메시지 잔뜩 왔는데 오빠가 확인 좀 해주라. 손이 이래가.”

병원을 나서 택시에 오른 윤지가 붕대 감은 두 손을 들어 보였다.

“어.”

민기가 윤지의 허리춤에서 핸드폰을 꺼냈다. 뉴스를 본 지인들의 부재중 전화가 열아홉 통이었다. 민기가 전화번호 저장명을 읽어주었다.

“웃긴다, 오빠. 아파트에 매달려 있는 사람이 무슨 수로 전화를 받는다고.”

“메시지는 거의 완윤지 선생님 파이팅이고, 동창 이은하는 돌아오면 뷔페 쏘겠대. 그리고 조유나로 저장된 사람은 김남우 환자가 그러는데 행복센터 다니는 이수겸이래요, 라고 보냈네.”

윤지의 얼굴에서 웃음기가 사라졌다.

“왜?”

민기는 윤지야, 무슨 일로 안색이 변했어? 이수겸 씨면 아까 현장에 나왔던 공무원 이름인데, 무슨 문제라도 생긴 거니? 라는 의미를 담아 물었다.

“용기가 필요한 일이 있어. 일단 밥부터 먹고 설명할게. 배고프면 나 바보 되는 거 알잖아. 오빠, 해방 할아버지네 밥 있을까? 있겠지?"

민기도 윤지에게 해야 할 말이 있었다. 옆집 미자 할머니가 장미경이었다는 사실. 그녀와 입분 덕에 모자를 찾은 모험담이었다. 운명의 씨실과 날실은 기린 모자를 견고하게 감싼 동물과 인간의 터럭만큼이나 촘촘히 맞물려 있었다. 둘은 서로의 비밀을 털어놓을 준비를 하며 도담 3동 16번 길 입구에 다다랐다.

"거봐. 내가 당일 퇴원할 거라고 그랬지."

평상에 앉아 있던 해방이 반색을 하며 남매를 맞이했다. 같이 앉아 있던 미자가 두 손을 모아 쥐고 예수님께 감사의 기도를 했다.

"왜 나와 계셨어요? 오늘 퇴원 안 했으면 어쩌시려고."

윤지는 해방과 미자를 바라보며 웃었다.

"여사님이 찰밥 지어 오신대서 나와 있었어. 집에 있는 밥이랑 나물해서 먹인다고 했는데도 니들 양기 보충 해줘야 한다고."

넷은 작은 평상의 네 귀퉁이에 엉덩이를 붙이고 입분을 기다렸다.

"손으로 먹고 사는 사람이 이렇게 다쳐 어쩐대? 황소가 굽을 잃었네."

미자는 몸이 불편해 사고 현장엔 가보지 못했지만 조카 유랑이 유튜브 링크를 보내주어 윤지의 고군분투를 지켜봤다. 윤지의 붕대 감은 손이 측은했다.

"역시 다르시네요."

윤지 대신 민기가 대답했다.

"뭐이가 달라?"

미자 대신 해방이 물었다.

"윤지를 황소에 비유하고 손은 굽으로 표현하셨잖아요. 미자 어르신 원고도 그런 데가 많았어요. 제가 감히 건드릴 수 없는 섬세한 감정선과 비유 들이요."

민기는 오랜만에 속내를 드러냈다. 그는 장미경 원고를 읽을 때마다 기묘한 감정에 휩싸였다. 맞춤법이나 띄어쓰기도 형편없고 묘사도 성긴 데다 유치하거나 상스러운 대사를 읽을 때면 인상을 구겼다. 그는 삼 년 간 미자의 원고를 고치고 다시 쓰고 일일이 코멘트를 붙여 메일로 보냈다. 빠른 답장을 부탁했지만 장미경은 표지가 나오고 인쇄소 계약일이 다가오도록 감감무소식이었다. 연락처라곤 이메일이 전부였으니, 민기는 이메일 새로고침만 하며 속을 바짝 태우곤 했다. 그러다 포기할 즈음 장미경은 '선생님 말씀이 다 옳아요' 하고 답장을 보내왔다. 그 건조한 말투를 민기는 일종의 하대와 갑질로 해석했다. 그는 새 책이 베스트셀러가 되길 바라면서도 마음 한편으로는 장미경이 고꾸라지길 기다렸다. 오만하

고 무책임한 작가를 대신해 거의 절반은 자신이 쓴 작품이라
고 생각했으니까.

"우리 민기 선생님 없으면 난 아무것도 아니거든."

미자의 말에 민기는 느닷없이 눈물이 터졌다. 대영의 장례
식 후 영 말라붙은 줄 알았던 생리작용이었다. 선생님 말씀
이 다 옳아요, 라는 문장에선 분명 오만과 거만이 깔려 있었
는데 미자의 입에서 나온 말의 뉘앙스는 전혀 달랐다. 그녀는
자신이 부족하다는 걸 잘 알았고, 유능한 편집자가 있어 무사
히 작품을 출간할 수 있음에 감사했다. 나긋하고 따뜻한 대답
이 민기를 울렸다. 그는 장미경, 아니 미자의 입장을 상상했
다. 돋보기를 걸치고 파일을 다운받아 자신의 초고와 너무도
달라진 원고를 읽었을 때 그녀는 분명 당혹감과 수치심을 느
꼈을 터였다. 흐릿한 시야로 장편 한 권을 다 읽어내는 데 걸
렸을 시간, 마음의 상처 위에 꾸덕꾸덕 딱지가 앉기를 기다린
시간, 그리고 열 음절의 답신을 타이핑하는 시간 모두 고통스
러웠으리라.

"오빠, 울어?"

민기가 티셔츠 앞자락으로 눈가를 닦아냈다.

"제가 결례한 게 있다면 죄송합니다. 잘 만들고 싶었어요.
제 딴엔……."

민기가 말끝을 맺지 못했다. 미자는 말없이 호주머니에서

손수건을 꺼내 건넸다. 땀이 많은 민기에게 선물하려고 오래 전에 사놓은 선물이었다. 그걸 전하지 못한 건 자신의 책 맨 마지막 장에 편집자 축민기를 발견한 탓이었다. 이렇게 큰 신세를 져놓고 고작 손수건 한 장으로 때우는 게 미안해서였다. 그래도 옷을 갈아입을 때마다 손수건을 새 옷 주머니로 옮겼다. 민기에게 손수건이 필요한 계절이 오면 이웃 할머니 장미자로서 자연스레 건네줄 시기를 기다렸던 거였다.

"저, 오시네."

입분이 골목에 접어들었다. 해방이 평상에서 일어서며 허리 숙여 인사했다. 그녀의 뒤로 수겸이 바퀴 달린 장바구니를 끌고 따라왔다. 그걸 본 윤지가 발딱 일어섰다. 수겸에게 그날의 진실을 말해주어야 할 시간이 다가왔다.

"민원 넣은 거 다 취소하고 오느라 늦었네. 저기 이수겸이가 배웅하러 따라 나와설랑 내가 고만 퇴근하자고 데꼬 왔지. 애기들 배고프겠네. 밥 먹자."

수겸은 오늘 라현과 저녁 약속이 있었다. 온종일 진땀을 뺐으니 어디 가서 삼계탕이라도 한 뚝배기씩 먹자는 말에 자신도 모르게 히죽거리기까지 했다. 그런데 막상 퇴근 시간이 다가오자 라현은 집에 일이 있다며 약속을 취소했다.

"제가 끼어도 괜찮으세요?"

해방의 집 대문 앞에서 수겸이 민기에게 물었다. 그는 아직 민기의 정체가 까마귀라고 믿었다. 처음엔 의아했다. 아침엔 기린 모자를 쓰고 지하철에서 기행을 벌이다가 밤엔 남의 집에 쳐들어가 누군가를 흠씬 두들겨 패는 이유는 뭘까. 아버지 산호처럼 정신질환을 앓는 사람일지도 모른다고 생각했다. 그런데 이젠 두 행동이 하나의 맥락으로 이해되었다. 정말 민기가 기린 모자를 쓴 순간부터 도담시의 하늘이 맑게 개었다. 그리고 까마귀는 이유 없이 아무나 두들겨 패는 악한이 아니었다.

까마귀가 여럿 살렸죠. 하이파크 아파트 밑에서 윤지를 응원할 때, 옆에 있던 박 형사가 까마귀에 대해 설명해주었다. 그게 사실이라면 민기는 정의를 실천하고 서로 사랑하면 평화의 시대가 열린다던 외침처럼, 모자와 주먹으로 도담시를 지켜내는 중이었다. 연속 살해범의 아들인 자신이 여러 인명을 구한 민기와 한 집에 마주 앉아 밥 먹을 자격이 있는지 고개가 숙여졌다.

"그럼요, 같이 가세요."

해방이 현관문을 열었다. 민기가 장바구니를 번쩍 들어 끌어안고 계단을 올랐다.

"오빠, 나 옷 좀 갈아입고 올게. 먼저 먹고 있어라."

윤지는 비와 흙탕물, 피 그리고 땀으로 젖은 옷부터 갈아입기로 했다.

"어, 그렇게 해."

민기가 노인들을 이끌고 해방의 집으로 들어갔다. 윤지는 지저분한 샤스커트를 털며 자기 집 대문으로 들어섰다. 그러다 몇 발짝 떼고는 걸음을 멈추었다. 세탁실 창문 아래 여러 겹의 종이 상자가 쌓여 있었다. 집에서 나온 물건이 아니었다. 누군가 창문을 통해 침입한 흔적일지 모른다고 생각했다. 창문 바깥 면에 어른거리는 커다란 손바닥 자국이 심증을 굳혔다. 무엇보다 전신의 솜털이 일어섰다. 범죄를 감지하는 윤지의 능력이었다.

윤지는 머릿속으로 자신이 해야 할 일의 순서를 정했다. 지금 신고 있는 플랫슈즈는 싸움에 불리했다. 미리 신발을 벗고 있다 군화에 발을 끼워 넣어야 했다. 윤지는 앞니로 붕대 마감 테이프를 뜯어내면서 플랫슈즈를 벗었다. 어깨를 털고 가볍게 몸을 팅겨 몸을 데웠다.

드레싱을 벗겨낸 손바닥이 화끈거렸다. 움푹움푹 파인 상처에선 아직 피가 흘렀다. 경찰을 부르지 않은 이유는 단순했다. 범죄자라면 사이렌 소리에 민감할 것이고, 창문에 어른거리는 경광등만 봐도 내뺄 것이 자명했다. 비록 부상을 입었지만 윤지는 황소가 아닌 싸움소였다. 그녀는 호흡을 가다듬고 현관 도어록을 해제했다. 그러곤 조금 전 시뮬레이션 했던 대로 군화에 발을 끼워 넣었다. 커튼을 쳐 어둑한 실내에선 낮선 사람의 체취가 느껴졌다.

"나와. 지금 나오면 사지 멀쩡하게 경찰에 넘긴다."

윤지는 스탠드형 김치냉장고 옆에 바짝 붙어 있는 기다란 그림자를 발견했다. 거긴 아빠 대영의 자리였다. 그는 바쁜 희연 대신 요리를 전담했다. 메뉴는 항상 비슷했다. 카레, 김치찌개, 된장찌개, 미역국, 제육볶음, 콩나물무침. 가짓수는 적지만 대영은 어느 것 하나 대충 만드는 법이 없었다. 미역국엔 양지를 푹 삶아 결대로 쭉쭉 찢어 넣었고, 카레를 끓일 때도 가늘게 썬 양파가 갈색이 되도록 볶아 단맛이 우러났다. 비슷하지만 매번 특별한 음식을 먹고 윤지와 민기는 키가 크고 살이 붙었다. 아빠의 음식 솜씨, 아니 정성은 민기가 물려받았다. 하지만 장례식 후 그는 요리를 하지 않았다. 아빠만큼 잘할 자신이 없어서였다.

윤지는 아무렇지 않은 척 일상으로 돌아왔다. 하지만 마음 한편에선 무언가 계속 썩고 있었다. 희연이 좋아해 매년 심던 백합과 튤립 구근이 양파 망 안에서 썩고, 입분에게 한 단지 얻었다며 옥상에 올려두었던 고추장에 곰팡이가 피고, 현관문 고무 패킹이 삭았지만 못 본 척했다. 커다란 가방 안에 꾸역꾸역 물건들을 채웠던 건, 이 집에 대한 사랑이 식었기 때문이라고 생각했다. 그런데 불청객이 숨어들자 지키고 싶어졌다. 여긴 완과 축의 영역이었다. 허락 없이 들어와 추억을 짓밟게 내버려둘 수 없었다.

"나 칼 들었다. 네가 아무리 짐승 같은 년이라도 배때지 따이면 끝인 거야. 촬영한 폰만 넘기면 나도 그냥 갈게."

불청객, 김현수가 말했다. 그는 기옥과 입씨름을 하던 중 까마귀가 어디쯤에 사는지 알아차렸다. 가스 배관을 타고 내려온 현수는 도담 3동 16번 길로 내달렸다. 다섯 가구의 주택이 있었지만 윤지네를 찾는 건 어렵지 않았다. 세탁실에 널어놓은 검은색 후드티셔츠 덕이었다. 현수가 집에 숨어든 건 희연이 핸드폰으로 찍은 영상 때문이었다. 희연이 도담시민아파트에 도착했을 땐 이미 세 사람이 희생된 후였다.

최귀태, 저 사람들 당신 때문에 죽은 거야. 당신이, 형사 최귀태가! 확률을 극악으로 낮춰놔서 나 빚더미에 앉혔잖아. 그러니 뒤처리 정도는 해줘야지. 뭐 직업윤리? 그런 새끼가 온라인 도박 사이트를 운영하나? 여봐, 같이 죽을래요?

희연은 자신의 핸드폰으로 통화하는 모습을 녹화했다. 벽에 몸을 붙이고 숨소리마저 죽였지만, 촬영 신호음은 감출 수가 없었다. 통화를 멈춘 김현수가 주위를 두리번거렸다. 그는 누구야? 누가 나 찍었지? 안 나와? 김현수가 목에 핏대를 세웠다. 희연은 종합격투기 선수와 싸워서 이긴 전적이 있지만 이번만큼은 신중하기로 했다. 상대는 방금 세 명의 목숨을 앗은 살인귀였다. 그의 칼엔 아직 미지근한 핏물이 묻어 있었다. 하지만 경찰에 신고하자니 자신의 신분을 밝혀야 했고 모른 척하자니 양심의 가책이 들었다. 갈등하는 사이 김현수가 설렁설렁 걸어 희연 앞으로 다가섰다. 희연은 얼른 핸드폰을 백팩에 넣고 웅크렸다. 아줌마, 미쳤어? 폰 내놔.

미쳤냐는 말에 희연은 울컥했다. 도담정신의학과에서 간호사로 근무한 기간이 이십사 년이었다. 세상이 미친 사람이라고 손가락질하는 환자들은 대개 선량하고 내성적이었다. 산호도 그중 한 명이었다.

완 선생님, 저 요즘 이상한 소리가 들려요. 벽 너머에서 다 죽여버리겠다는 남자 목소리요. 주치의 선생님이 약을 바꿔주셨는데, 그것만 먹으면 맥을 못 추지 뭐예요. 전날 내가 뭘 했는지도 다 까먹어요. 오늘 아침엔 쓱쓱 칼 가는 소리도 들었어요. 내일이 니들 제삿날이다, 먹고 죽으래도 갚을 돈 없으니 니들이 대신 죽어라. 환청인 걸 아는데…… 알긴 아는데…… 진짜 누구한테 받을 돈이 있는 것 같기도 하고……. 저 다시 미쳐가는 게 맞지요?

산호는 매우 안정적인 조현병 환자였다. 정신질환자가 아니라는 전제로 바라보면, 산호의 목숨은 위험했다. 희연은 차라리 환청이길 빌며 밤마실을 나선 터였다. 그런데 도박에 미친 살인자가 한단 말이 아줌마 미쳤어, 였다.

김현수가 희연의 머리채를 잡았다. 그녀는 손을 뻗어 놈의 손목을 비틀고 일어섰다. 승산 없는 싸움이란 걸 알면서도 물러설 수 없었다. 희연이 한차례 김현수의 옆구리를 걸어찼지만 그게 전부였다. 잘 벼린 칼은 그녀의 팔과 허벅지로 파고들었다. 300밀리미터의 커다란 운동화가 어깨와 머리를 강타했다. 김현수는 희연을 복도 끝으로 몰아간 뒤 마구잡이로 칼을 휘둘렀다. 머리와 옆구리, 가슴과 목덜미에 십수 번 칼날이 박혔다 뽑혀 나가길 반복했다. 희연이 가망 없다 여긴 김현수는 자신이 만든 즐비한 시체를 바라보며 마지막 한 집인 산호네로 향했다. 그가 초인종을 눌렀다. 그때 열지 마세요! 절대, 열지 마! 윤지의 목소리가 들렸다.

"너 도담시민아파트 그 새끼지?"

윤지는 김현수의 목소리를 듣고 확신했다.

"이제 아셨어요? 뭐 대단한 퀴즈라고 어렵게 맞추냐. 너 지금 이 순간 가장 원망할 사람이 누군 줄 알아? 경찰 새끼들이야. 내가 시키는 대로 너를 잡아넣었으면 됐을 텐데, 말귀를 못 알아듣더라고. 얌전히 감방 들어가면 내가 슬그머니 그 아줌마 폰 찾아서 없애면 될 일이었어."

김현수가 상황실에 전화를 걸어 까마귀 제보를 한 건, 결정적인 증거물인 희연의 핸드폰을 탈취하려는 목적이었다. 까마귀 정도의 거물이 체포되면 SNS에 신상 정보가 뜨기 마련이니까.

“너 그날 우리 엄마 죽였니?”

윤지가 물었다.

“나야 모르지. 그 정신병자 영감한테 칼 쥐어주고 튀었으니까. 아마 죽었겠지?”

“개쓰레기 새끼!”

윤지의 인내심 쿨타임이 끝났다. 어둠 속에서 싸움에 유리한 쪽은 지형과 지물을 잘 아는 집주인이었다. 윤지는 식탁 의자를 집어 들어 현수의 가슴팍을 짓눌렀다. 예상치 못한 급습에 현수는 허공을 향해 칼을 휘둘렀다. 은갈치 같은 칼날이 어둠 속에서 선뜩하게 빛났다.

“너 눈 없냐?”

윤지는 군홧발로 현수의 손을 걷어찼다. 그가 들고 있던 부엌칼이 바닥으로 떨어졌다.

“무슨 눈 타령이야, 씨발년이!”

현수는 칼을 다시 잡으려 몸을 버둥거렸다. 의자 등받이를 잡은 윤지의 손이 자꾸 핏물로 미끄러졌다. 윤지가 이를 악물고 체중을 실어 찍어 눌렀지만 현수는 장신인 데다 살의로 몸이 달아오른 살인마였다. 그는 긴 다리를 뻗어 윤지의 무릎을 걷어찼다. 그러고는 부엌칼을 다시 쥐었다.

“모자란 새끼. 우리 집 칼은 엄마가 다 끄트러미 잘라놨어.”

윤지는 하얀 블라우스에 피를 닦아내며 김현수와 간격을

벌렸다. 상대가 조리 도구 거치대에서 바비큐용 대형 포크를 집어 든 탓이었다.

"돼지 같은 년아, 이건 무섭지? 수육처럼 푹 찍어서 패대기 쳐주마."

무기가 없었지만 윤지는 겁먹지 않았다. 그녀의 뒤엔 상반신 전체를 비출 만한 크기의 벽 거울이 있었다. 아침마다 집을 나서기 전 윤지네 가족들의 얼굴을 한번씩 품었던 물건이었다. 대영이 야자수 화분을 옮기다 부딪혀 실금이 갔지만 희연이 테이프를 붙이고 드라이기로 열기를 쐐 흠집 없이 보이게 만들었다. 벽 거울은 두 사람이 결혼해 경주로 신혼여행을 가 사 온 것이니 어느덧 삼십 년을 썼다. 이쯤에서 바꿀 때도 되었다고, 윤지는 생각했다. 그녀가 팔꿈치를 휘둘러 거울을 깨트렸다. 거실 바닥으로 칼처럼 예리한 거울 조각이 쏟아졌다. 그중 하나를 손아귀에 잡았다. 그러곤 김현수를 향해 기합도 없이 달려들었다. 장신인 만큼 팔도 긴 김현수는 여유로운 표정으로 흉기를 윤지의 가슴에 겨누었다. 두 사람이 부딪히는 데까지 걸린 시간은 불과 이 초였다. 서걱, 살 베이는 소리가 어둡고 조용한 윤지네 집에 울렸다.

윤지와 김현수는 동시에 고꾸라졌다. 황색 데코 타일 위로 핏물이 번지며 커다란 타원을 만들었다. 온몸에 힘이 빠진 윤지는 몸을 뒤채서 똑바로 누웠다. 그녀의 눈에 솟아올랐던 눈물이 관자놀이를 타고 흘렀다. 피 냄새는 생각보다 익숙했다. 어디서 맡았더라, 생각해보니 치킨에 달려오는 무피클 국물 냄새와 비슷했다. 이래서 엄마가 치킨 먹을 때 무피클엔 손도 대지 않았나 보다, 윤지는 길게 숨을 들이쉬며 생각했다.

"니 에미 전화기, 어딨어?"

김현수가 농발거미처럼 기다란 팔로 바닥을 짚고 몸을 일으켰다.

"그걸 알면 얼마나 좋을까. 폰만 켜져도 엄마를 찾을 수 있을 텐데, 아직 한 번도 켜진 적이 없어."

김현수는 식탁을 잡고 몸을 세웠다.

"가게? 뭐 얼마나 있었다고 벌써 가?"

윤지는 누운 채 김현수를 바라보며 물었다. 천연덕스러운 물음에 현수는 그녀의 배를 짓밟을 셈으로 다리를 들어올렸다. 그런데 놈의 하얀 운동화가 검붉게 젖어 있었다. 검은색 트레이닝 바지와 기능성 티셔츠가 따뜻한 액체에 젖어 몸에 휘감겼다. 김현수는 어리둥절했다. 분명 고기 포크에 찔린 건 윤지였는데, 왜 자신이 핏물을 뒤집어썼는지 모를 일이었다.

"너 보기보다 무디구나? 왼쪽 쇄골 한 번 만져봐."

어둠에 익숙해진 윤지의 눈이 현수의 왼쪽 쇄골에 박힌 유리 조각을 향했다. 고기 포크와 유리 조각의 대결에서 승자는 윤지였다. 김현수는 윤지의 가슴을 찌르려 상체를 숙였다. 덕분에 윤지의 유리 조각은 그의 동맥이 흐르는 쇄골에 닿을 수 있었다. 물론 윤지도 부상을 입었다. 고기 포크가 왼쪽 심장께를 파고들었지만 두툼한 살집과 근육은 심장을 내어주지 않았다. 윤지는 십사 개월 전의 트라우마를 폭력으로 극복했다.

"그거 뽑으면 너 십 분 안에 죽어. 그나마 유리 조각이 막고 있어서 출혈이 더딘 거지. 119 불러줄게."

윤지는 가슴에 꽂힌 고기 포크를 뽑아내고 일어섰다. 가슴에 붉은 작약 한 송이를 꽂은 것처럼 피가 번져나갔다. 통증이란 게 희한했다. 근육이 찢어진 통증은 손바닥 피부가 벗겨진 뒤로 희미해졌고, 가슴에 포크가 박히자 손바닥의 통증은 참을 만해졌다.

"감옥 안 가. 여기서 뒈지는 한이 있어도 다신 거기 안 가!"

김현수는 벽에 몸을 기대고 천천히 무릎을 쪼그렸다.

"그렇게 말하니까 더 보내주고 싶어지잖아."

윤지는 자신의 핸드폰을 찾다, 오빠에게 맡겼다는 걸 깨달았다. 그녀는 식탁 위의 2G 폰을 집어 들었다. 그러고는 119나 112가 아닌 희연의 전화번호를 눌렀다. 전원이 꺼져 있을 걸 알면서도, 엄마 딸 윤지가 원수를 갚게 되었다고 음성 메시지나마 남기고 싶었다. 그런데 신호음이 울렸다. 일 년 하고도 이 개월 육 일 동안 꺼져 있던 핸드폰이 부활한 거였다. 윤지는 덜덜 떨었다. 누군가 전화를 받아, 이거 산에서 주웠는데요 대답하는 건 아닐지. 어쩌면 부검대 밑 유류품 보관 상자에서 울리고 있는 건 아닌지, 불길한 마음이 앞섰다.

"네, 여보세요."

누군가 전화를 받았다. 윤지는 옅은 현기증에 풀썩 주저앉았다.

입분은 장바구니 안에서 원형 스테인리스 통을 꺼냈다. 마개를 열자 연잎으로 감싼 찰밥이 모락모락 김을 뿜어냈다. 그 아래 옻칠한 원형 나무 그릇엔 소라와 전복, 쇠고기, 석이버섯을 곱게 썰어 볶은 구절판이 들어 있었다. 두부를 양념해 고명을 얹은 두부선, 애호박과 손수 다진 등심을 볶아낸 월과채도 한 자리를 차지했다. 미자가 거들겠다고 나섰지만 입분이 정색을 하고 식탁 의자에 앉혔다.

"다 궁중 요리야. 마지막으로 재주 한번 부렸어. 고마운 줄 알면 남기지들 말고 들어."

입분은 접시를 꺼내 음식을 옮겨 담았다.

"왜 마지막이세요? 어르신 정정하시잖아요."

입분이 해방을 제쳐두고 수겸 앞에 연잎밥을 내려놓았다.

"미자는 몸이 저래도 정신은 말짱하니 작가 선생님 됐지? 그런데 나는 다 괜찮은데 머리가 곯았어. 요양병원에 오늘 자리가 하나 나왔대서 그리 들어가려고."

해방 내외, 수겸과 민기는 당혹스러운 마음에 입을 다물었다. 입분은 분주히 접시 전더구니에 묻은 양념을 행주로 닦아내고, 숨죽은 고명을 젓가락으로 풀어 모양냈다.

"왕년의 공주도 죽을 땐 거기로 가는구먼."

해방이 미자의 귀에 속삭였다.

입분은 마지막으로 반듯하게 썬 백김치를 식탁에 올리고 창가로 다가갔다.

"우리 라현이가 올 때 됐는데?"

해방이 젓가락으로 연잎을 펼치며 입술을 비죽거렸다. 주눅 들어 있던 수겸은 눈이 반짝, 귀가 번쩍했다.

"여사님은 뭐 하러 손님까지 부르셨어요? 윤지 먹을 것도 모자란데."

"적어도 노나 먹어야지. 내 후계자거든."

입분은 때마침 하얗게 켜진 가로등 아래에 멈춰 선 흰 스포티지를 발견했다. 주차를 마친 스포티지 운전석에서 라현이 내렸다. 그녀는 총총걸음으로 트렁크를 열어 바퀴 두 개가 달린 보행 보조기를 꺼냈다. 그러고는 보조석으로 다가가 문을 열고 안에 든 사람에게 어깨를 받쳤다.

"누가 더 계시네요?"

창밖을 내다보는 입분 옆에 수겸이 다가섰다.

"나한테 요양병원 자리 내준 사람이 왔어."

보조석에서 하얀 크록스가 내려와 바닥을 디뎠다. 통통한 손가락이 라현의 어깨를 짚고 보조기로 향했다.

"아는 분이셨어요?"

수겸의 말에 입분은 잇몸이 보이도록 웃었다.

"알다마다."

보조석에 앉은 사람이 마침내 보조기를 잡고 한 걸음 한 걸음 걷기 시작했다. 파마와 염색기가 10센티미터는 밀려난 중단발의 여자였다. 두상이 크고 이목구비도 큼직했다. 비가 내린 터라 기온이 쌀쌀했지만 여자는 반팔 티셔츠에 청바지 차림이었다. 그녀는 해방네 집 쪽으로 다가서다 말고 주머니에서 핸드폰을 꺼냈다.

"네, 여보세요?"

여자는 웃으며 울었다.

"왜 받냐니? 이제야 켜서 그렇지."

민기도 식탁 의자에서 일어서 창가로 갔다. 수겸의 눈엔 몸이 불편해 보이는 중년의 건장한 여자일 뿐이지만 민기에겐 많이 야윈 엄마 희연이었다.

"자해 못 하게 손발 묶어. 그리고 119 신고해. 엄마? 집 앞이야."

통화를 마친 희연은 방향을 바꿔 자신의 집으로 향했다. 그 뒤를 라현이 따랐다. 민기는 맨발로 해방의 집을 뛰쳐나갔다.

"다들 저 아주머니 아세요?"

수겸이 입분에게 물었다. 슬그머니 다가와 창밖을 본 해방도 부리나케 현관을 나섰다.

"저게 누구야, 윤지 엄마네! 우리 희연이네!"

휠체어를 밀고 온 미자가 손뼉을 치며 엉덩이를 들썩였다.

"들었지? 저이가 민기랑 윤지 어미네. 아이고, 후련해라. 내 할 도리는 다 했으니 오늘 죽어도 여한 없어."

입분은 영문 모른 채 서 있는 수겸의 손을 그러잡았다.

십사 개월 전, 입분은 현관문 통탕거리는 소리에 새벽잠을 놓쳤다. 그녀는 오밤중에 어느 잡놈이 술주정을 하나 싶어 외시경으로 바깥을 내다봤다. 사람은 보이지 않았다.

"여사님, 저 민기 엄마예요."

돌아서려는 찰나, 꺼져가는 목소리 한 가닥이 입분의 발목을 잡았다.

"어마, 민기 엄마 왜 이래?"

현관문을 연 입분은 피투성이의 희연을 보고 기함했다. 경추 골절로 하반신이 마비된 그녀는 포복하듯 두 팔로 바닥을 짚고 기어 1층에 사는 입분을 찾아왔다.

"그냥…… 어쩌다 보니까…… 여사님, 저 죽나 봐요."

입분의 눈에도 희연은 죽어가고 있었다. 대영과 희연이 부부의 연을 맺은 건 입분의 중신 덕이었다. 입분의 모친에 따르면 모자 대감 곁에는 심복이 필요하다고 했다. 나라가 망하길 바라는 사람은 어느 시대에나 존재했다. 실제 모자 대감을 해치고 기린 모자를 빼앗아 불 지르려는 시도가 있었다. 그때마다 엿장수, 지게꾼, 행랑아범으로 변장한 심복이 나서 위기를 모면했다. 그때 입분의 눈에 희연이 들어왔다. 불면증으로 찾은 정신과의원에서 입분은 건장한 체구에 상냥한 처자 희연을 보고 무릎을 소리 나게 탁 쳤다.

"어멈, 죽는 게 어디 마음대로 되는 줄 알아?"

입분은 과다 출혈로 창백해진 희연을 끌어들였다. 옷을 벗겨내고 상처에 머큐롬을 발랐다. 허벅지와 발등을 암만 꼬집어도 아프다는 말이 없으니 큰일이었다. 집 안에서 해결할 일이 아니었다. 입분은 보듬요양병원장 허 원장에게 전화를 걸었다.

"자는데 깨웠지? 이런, 미안해서 어쩌나. 미안한 김에 신세 하나 더 질게. 너 차 끌고 우리 집으로 좀 와. 환자가 있어."

날이 밝기 전 허 원장이 도착했다. 까무룩 의식을 잃은 희연을 본 허 원장은 경찰에 신고부터 하는 게 맞다고 핸드폰을 꺼냈다. 그때 경찰차 사이렌이 울렸다. 승합차에서 최귀태를 필두로 한 형사들이 내렸다. 입분은 희연이 험악한 사건에 얽혔다는 걸 알아차렸다. 그녀가 허 원장이 핸드폰을 빼앗았다.

"이이는 내 책임이야. 절대 나쁜 짓할 사람 아니지. 그러니까 내 이름으로 입원시켜줘."

말은 점잖게 했지만 입분의 지팡이는 허 원장의 머리를 조준하고 있었다. 그날부터 희연은 보듬요양병원에 이입분으로 입원했다. 한 달 가까이 의식을 잃었다 깨어났고, 반년 넘게 실어증을 앓았다. 걷지 못할 거라는 허 원장의 단정과 달리, 희연은 매일 기적을 이뤄냈다. 처음엔 나무토막 같기만 했던 다리가 재활치료를 거듭하면서 조금씩 신경이 살아났다. 희연은 십여 일 전 처음으로 보행 보조기를 잡고 혼자 걷게 되었다. 그 무렵, 대영이 죽었다. 입분은 집에 돌아가고 싶다는 희연에게 자꾸 억지스러운 핑계를 지어내 주저앉혔다. 다시 말을 잃게 되고, 생의 의지가 꺾일까 겁이 나서였다.

"어르신, 안 나가보세요?"

수겸이 입분의 손을 흔들었다.

"뭘 나가. 지난주에도 보고 온걸."

입분은 수겸의 손을 놓고 스웨터를 걷어 올렸다. 전대가 허리에 묶여 있었다. 그녀는 지퍼를 열고 흰 봉투 하나를 꺼내 수겸에게 건넸다.

"이게 뭐지……?"

"어른이 주면 네, 하고 받는 거야. 거기 든 걸로 가끔 나 면
회 올 때 과일이나 사 와. 그리고 내 집에 들어가 살면서 건넌
방 달항아리 좀 매일 닦아줘. 심부름 값이야. 네가 날 못 알아
본 거지 나는 너 고등학교 때부터 오며가며 봤어. 다시 아파
트로 와야지."

수겸은 안에 든 것이 제법 많은 돈이란 걸 깨닫고 돌려주려
했다. 하지만 입분의 고집은 어떤 상황에서도 뚫리지 않는 방
패였다. 그 둘이 옥신각신하는 사이 경찰기동대와 구급차가
도착했다. 온몸에 전기선이 칭칭 감긴 김현수가 들것에 실려
구급차로 옮겨졌다. 형사들은 사건현장인 윤지네 집 안으로
우르르 뛰어들었다. 곧바로 새로운 구급차가 도착했다. 피로
물든 셔츠에 허벅지까지 말려 올라간 샤스커트 차림의 윤지
가 들것을 마다하고 걸어 나왔다.

"엄마!"

윤지가 보조기를 잡고 서 있는 희연을 바라봤다.

"걷게 되면 전화하려고 했어. 엄마 이거 놓고도 열 걸음은
걸어."

희연이 보조기를 놓고 허리를 곧추세웠다. 그녀의 얼굴과
목덜미, 팔뚝까지 온통 희끗하거나 덧살이 올라온 흉터가 가
득했다. 성한 곳 찾기가 더 어려웠다. 희연은 자신의 몸이 싫

지 않았다. 이제 전신에 굳은살이 박혔으니 아플 곳도 없었다. 비록 지금은 열 걸음 남짓이지만, 머지않아 윤지와 러닝을 하고 중량을 들며 다시 예전으로 돌아갈 자신이 있었다.

순경은 CCTV로 김현수의 동선을 파악했다. 그의 촉대로 놈은 도담시 안에 머물렀다. 범죄자들의 특징은 동선을 흐트리느라 사람 많은 시장이나 골목을 휘젓는 거였다. 중간 중간 옷을 갈아입고 택시를 타는가 하면 대여 자전거로 이동하기도 했다. CCTV가 담은 그의 행적은 도담 3동 16번 길 앞이었다. 순경은 다급히 형사팀에 파견 협조 연락을 취했다. 자신의 역할을 마쳤다고 생각했을 때 핸드폰 벨이 울렸다. 발신자는 완희연이었다.

"살아 있었습니까?"

순경이 전화를 받아 물었다.

"그럼요. 잘 지내셨죠?"

희연의 목소리는 예전과 다름없이 괄괄했다.

"이상한 꿈을 꿨어요. 도저히 맞출 수 없게 뒤섞인 큐브가 있었는데, 그걸 순경 씨가 몇 번 돌리더니 딱 맞춰서 나한테 주는 거예요. 선물이니까 받으라고, 이거 들고 이제 집으로 가라고 하셨어요. 바쁘시면 라현이 보내주세요. 저 보듬요양병원이에요."

통화를 마친 순경의 핸드폰에 김현수의 모습이 담긴 동영상 하나가 도착했다. 그는 아내 기옥에게 영상을 전달하고, 서울로 합류했다. 차에 오른 순경은 환호성을 질렀다. 이제 니들 다 죽었어!

"엄마?"

한달음에 달려온 민기도 희연 앞으로 다가섰다. 아들의 얼굴과 기린 모자를 찬찬히 바라본 희연은 남편 대영의 죽음을 알아차렸다.

"아빠가 남기셨구나. 근사하다. 너무 멋져."

희연은 슬퍼하지 않았다. 언젠가 입분이 해준 말 덕분이었다. 모자 대감은 다음 모자 대감 감이 나타나면 홀가분하게 떠났대. 그럼 일가친척이 모여 잔치를 했다는 말이 있어. 그렇게 고생하더니 이제야 쉬시는구나, 퇴임을 감축한 거지. 거기서 우는 놈도 있기야 있겠지. 다음 모자 대감인 아들 아니겠나? 아범 떠나면 어멈도 잔치해. 내가 누름적 부쳐 갈게.

"완윤지, 구조대원들 기다리신다. 어서 구급차 타."

희연은 윤지의 가슴을 넓게 적신 핏자국을 가리키며 말했다. 모녀가 나란히 보조기를 붙잡고 주춤주춤 걸었다.

"엄마, 나 잠깐만."

윤지는 걸음을 멈추었다. 모두가 잔치일 때, 그 한편에 죄인처럼 쭈그리고 있는 한 사람이 생각났다. 그녀는 너덜거리는 두 손을 입가에 확성기처럼 모았다. 그러곤 해방의 집을 향해 외쳤다.

"이수겸 씨, 이산호 어르신은 무죄예요. 진범을 잡았어요. 내가 다 증언할 거예요. 지금이라도 아버지 면회 신청하세요!"

수겸은 한 칸 더 있을 줄 알았던 계단이 실은 착각이었고 진즉에 끝나 발이 허공을 짚은 것처럼 휘청거렸다. 아버지의 무죄를 증명할 수 있는 사람과 얽히고설킨 일이 과연 우연일까. 누군가 정교하게 프로그래밍해놓은 게임 세상 같기만 했다. 아무래도 이건 꿈일지 몰랐다. 간만에 기분 좋은 꿈. 깨어나면 아버지는 여전히 미친 살인마이고 라현은 누구에게나 친절한 동료가 될 것 같아 두려웠다. 그때 입분의 지팡이가 수겸의 등을 내리쳤다. 너 여적지 애비 면회도 안 갔나? 이런 호로자식, 내 돈 도로 내놔!

온유는 키가 크다. 몸무게도 많이 나간다. 그리고 자신이 세상에서 제일 멋진 일곱 살이라고 생각한다. 특히 검은색 상하의를 입었을 때 이렇게 끝내주는 아이는 없을 거라고 자부한다. 남들 다 좋아하는 빛나핑이나 로즈핑 대신 온유의 픽은 블랙핑이었다.

"완온유, 그 검은 옷 좀 그만 입어. 세탁 바구니에 넣고 할머니가 사준 초록색 스웨터에 청바지 입어라. 어?"

윤지는 온유와 함께 살면서 자신이 세상에서 세 번째로 멋진 여자라고 생각했다. 첫 번째는 온유였다. 아이는 사고 이틀 뒤에나 캐리어를 끌고 나타난 아빠를 용서했다. 괜찮아, 그럴 수도 있지. 그런데 아빠, 온유는 이제 좋아하는 언니랑 살기로 했어.

두 번째는 당연히 희연이었다. 그녀는 집으로 돌아온 지 삼 개월 만에 보행 보조기를 중고마켓에 팔아넘겼다. 그리고 일 년이 지난 지금은 윤지의 러닝메이트가 되었다.

"애가 좋다잖아. 그냥 입게 놔둬. 너도 어려서 그랬던 거 기억 안 나? 지금도 죄 시커먼 옷만 입으면서."

희연은 잘 발효된 매실 엑기스를 거르는 중이었다. 매실 무게만 20킬로그램, 설탕 20킬로그램, 거기에 유리병까지 보태면 성인 여자 한 명 무게였지만 희연은 끙차, 기합도 없이 병을 들어 채에 부었다.

"누가 초등학교 입학식에 올 블랙을 입어. 나도 그날은 원피스 입었어. 엄마까지 역성을 드니까 쟤 겉멋이 드는 거야."

윤지는 새 거울 앞에서 베이지색 롱 코트의 허리끈을 묶었다 풀었다 했다. 다른 학부모들에게 멋쟁이 소리를 듣기 위해서는 아니었다. 오늘은 온유의 기억 속에 오래 기억될 하루였고, 오직 그 아이를 위해서 돋보이고 싶었다.

"우리 공평하게 오빠 오면 물어보자!"

온유는 자기편이 틀림없는 민기를 끌어들이기로 했다. 십 분만 더 버티면 8시였다.

민기는 재택근무를 하지만 매일 아침 지하철을 타고 도담에서 서울, 서울에서 도담으로 돌아왔다. 그의 귀가 시간은 늘 아침 8시 무렵이었다. 가족들에게 아침 식사를 차려주고 청소기를 돌린 뒤, 하이파크 앞 오피스텔로 향했다. 거기서 미자는 원고를 쓰고 민기는 교정을 했다. 밥때가 되면 해방이 가져다주는 도시락을 먹었다. 남편의 밥 배달이 부담스러웠던 미자가 여러 번 거절했지만 해방은 집에서 놀면 기계고 인간이고 고장 난다며 꾸역꾸역 도시락을 디밀었다.

오십 년 나이 차이의 작가와 편집자는 합이 잘 맞았다. 둘 다 말수가 적었으며 글을 잘 뜸 들이면 맛있는 책이 나온다는 걸 아는 사람들이었다. 민기는 곧 돌아오는 런던도서박람회에 미자의 열두 번째 신작을 들고 참가할 계획이었다.

"밖에 눈 많이 와서 추워. 단단히 입어."

민기가 눈을 털며 집으로 들어섰다. 온유가 그의 다리를 타고 기어올라 가슴에 폭 안겼다.

"오빠, 나 까만 옷이 제일 잘 어울리잖아. 이거 입고 입학식 가도 돼? 된다고 해주라."

온유는 민기의 뺨에 볼을 비비며 물었다. 3월이면 봄인데 아직 그의 점퍼에선 겨울 냄새가 났다.

"어떻게 안 된다고 하겠어."

온유의 체중으로 허리가 숙여진 민기가 목소리를 짜냈다. 온유가 아싸, 하며 그에게 떨어져 나와 깡총거렸다. 흐뭇하게 웃어 보인 민기가 점퍼 호주머니에서 잔꽃 무늬가 프린트된 편지봉투를 꺼냈다.

"이거, 장 작가님이 주신 거야. 온유 공부 열심히 하라고."

편지봉투에는 완온유 어린이 내내 건강하세요, 라고 적혀 있었다. 이제 미자는 맞춤법에 통달했다. 쓰는 게 일인 사람은 읽는 것도 일이라는 민기의 충고 덕이었다.

"애한테 큰돈 주면 안 돼. 온유야, 돈은 언니가 갖고 있다가 통장에 넣어줄게. 봉투 버리지 말고 잘 모아놔."

윤지는 편지 봉투를 가로채 돈만 빼고 봉투는 돌려주었다. 온유가 눈을 샐쭉하게 떴다.

"유부초밥 먹고 출발해."

민기가 쟁반만 한 접시에 담긴 유부초밥을 가리켰다.

"한 사람 당 열 개면 땡이네."

윤지는 허리끈을 풀고 식탁 의자에 앉았다. 그 곁에서 온유와 민기도 머리를 맞댔다.

"엄마는요?"

민기의 말에 희연은 입술을 동그랗게 오므려 쉿, 소리를 냈다. 모두가 숨죽이자, 또로로로, 또로로로 2G 폰 벨 소리가 들렸다. 그녀는 매실 엑기스 병을 내려놓고 홈짐으로 달려갔다. 윤지와 민기도 유부초밥을 씹으며 홈짐으로 다가서 귀를 기울였다.

"선지 해장국 두 개랑 만두요? 선생님, 지금 말씀하기 곤란한 상황입니까?"

일찍 출근한 순경이 상황실에서 촉을 세웠다.

"네, 네. 젓가락도 주세요."

신고자가 답했다.

"배달받을 주소는요?"

"시민아파트 105동 1층……. 아, 사장님. 저 주문 취소할게
요. 못 들은 걸로 해주세요. 남자 친구가 밥을 사 와서, 죄송해
요."

신고자가 전화를 끊었다. 희연은 고개를 좌우로 돌려 목을
풀었다. 윤지는 옷장으로 뛰어가 마실용 검정 후드티셔츠와
염색한 군용 바지를 꺼내 왔다.

"엄마, 몇 호인지 못 들었잖아요?"

민기는 희연이 아무집이나 문을 열고 들어갔다 낭패를 볼
것이 걱정 됐다.

"시민아파트 105동 1층에 사는 사람 알잖아. 그 친구라면
찾아줄 거 같은데?"

아들 앞에서였지만 희연은 거리낌 없이 티셔츠를 벗고 후
드티를 입었다. 민기가 아아, 소리를 내며 핸드폰을 꺼냈다.

"할머니, 오늘은 밤마실이 아니라 아침 마실이네."

양손에 하나씩 유부초밥을 든 온유가 백팩을 메는 희연을
보며 말했다.

"입학식 끝나기 전에 돌아올게."

희연이 온유의 손에 쥔 유부초밥을 한입에 쓸어갔다.

"네, 이수겸 씨. 부탁 하나 하려고요. 다른 게 아니라 1층 라인에서 이상한 소음 들리는 집 있어요? 네, 있어요? 몇 혼데요? 아아, 101호구나."

희연은 101호라는 말에 득달같이 달려 나갔다.

"할머니 잘 다녀오세요!"

온유는 이미 사라진 희연을 향해 배꼽인사를 했다.

"마실이라니 무슨 말씀이세요. 모자 대감 일도 고됩니다. 출판사 운영하기도 바쁘고요. 수겸 씨가 저에 대해 오해가 많은 거 같은데………."

수겸은 여전히 민기가 까마귀라고 믿었다. 아침에는 모자 대감, 낮에는 편집자, 밤에는 까마귀로 살아가는 그를 슈퍼히어로라고 생각했다.

"언니."

온유가 윤지를 부르며 안길 채를 했다. 윤지는 펑펑 쏟아지는 함박눈을 바라보며 온유를 번쩍 안았다. 자연스레 통통한 두 다리가 윤지의 허리를 붙잡았다.

"응?"

"세상에 완씨하고 축씨 성 가진 사람이 더 있을까? 유치원 선생님이 검색해봤는데 없댔어. 위키에도 중국에나 있는 성씨라고 적혀 있대.”

온유가 한 질문은 오래 전 윤지가 희연에게 한 질문과 똑같았다.

“우리가 있잖아. 모른다는 게 없다는 뜻은 아니야. 세상엔 완씨나 축씨도 있고 용 머리처럼 생긴 기린이 하늘을 훨훨 날기도 하고 곰처럼 커다란 까마귀도 있어. 어쩌면 우리는 그걸 만난 적이 있는지 몰라. 잠시 잊은 거지.”

희연이 했던 대답이었다. 온유가 고개를 들어 점점 비로 바뀌어 가는 눈발을 바라봤다. 먹색 구름 사이로 해가 비치며 황금빛 말굽 모양이 드러났다. 저 멀리 도담시민아파트 상공 위엔 거대한 새 모양의 그림자가 넓게 퍼졌다. 훗날 온유는 이 순간을 잊게 될 것이다. 하지만 누군가 오늘의 온유처럼 묻는다면 불현 듯 이 전설 같은 장면이 또렷하게 되살아날지 몰랐다. 그럼 온유는 대답해 줄 것이었다. 모른다는 게 없다는 뜻은 아니야.

작가의 말

    사십 년 전 섣달그믐 새벽이었다. 응, 조금 전에 낳았대. 다
행이지 뭐야. 계집앤데 호랑이띠는 면했잖아. 고모가 누군가
와 통화하는 소리에 잠에서 깼었다. 여덟 살 터울의 자매 지
호가 태어난 날이었다. 나는 아홉 살까지 외동딸로 자랐다.
선물로 들어온 간식은 오롯이 내 차지였고 두둑한 세뱃돈도
형제나 자매와 나눌 필요가 없었다. 옷과 운동화를 험하게 신
는다 해도 물려줄 동생이 없으니 잔소리 들을 일도 없었다.
별나게 일찍 말문을 열고 한글을 배워 조부모의 사랑까지 독
차지했다. 책 읽기를 좋아하고 혼자 가만히 누워 공상하기를
즐겼던 나는, 앞으로도 줄곧 외동딸이길 바랐다. 그런데 부모
님은 내게 상의 한마디 없이 덜컥 동생을 만들고 낳아버렸다.

나는 고모와 고모부 손을 잡고 동생이 태어난 산부인과로 면회를 갔다. 대학병원인데도 병실은 찜질방처럼 큰 좌식 온돌방이었다. 거기서 만난 동생은 털 없는 토끼처럼 붉고 마른 데다 묘하게 다른 아기들보다 길었다. 고모는 아기 얼굴이 아빠를 닮았다며 좋아했고, 고모부는 파인애플 통조림을 열어 엄마에게 먹기를 권했다. 모든 게 마뜩지 않았던 나는 아저씨들처럼 입원실 건물 앞에 나가 담배라도 하나 피워 물고 싶었다.

집안 어른들은 섣달그믐이 생일이니 호랑이띠가 아닌 소띠라고 주장했다. 하지만 띠는 절기와 함께 바뀌고, 동생은 호랑이띠 계집애로 자랐다. 그 애는 모든 면에서 나와 딴판이었다. 공터에서 몇 번 넘어지더니 자전거를 타고, 한 계절 만에 수영을 배웠다. 또래보다 늘 머리 하나만큼 키가 컸고, 공부는 좀 못했지만 사교성이 좋아 친구가 많았다. 꼼꼼하고 야무진 데다 경우 없는 인간 앞에선 꼭 옳은 말 한마디를 해야 마음이 얹히지 않는 사람이었다. 내게 없는 것들로 가득 채워진 지호는 부모님이 내게 낳아준 영원한 친구가 되었다.

동생은 발랄한 성정대로 대학에서 체육을 전공했다. 여전히 몸을 잘 쓰고, 기회만 생기면 새로운 운동에 도전했다. 요즘 그 애는 러닝에 푹 빠져 있다. 글방 샌님 같던 나는 변함없이 작업실에 박혀 읽고 쓰고 공상하기를 좋아한다. 운동이라곤 주에 사흘 집 근처 요가원에 다니는 게 전부다. 타고난 에너지가 작아, 잠깐이라도 외출하고 돌아오면 그날 하루는 소설 공치는 날이니 어지간해선 집이다. 그래서 지호는 일주일에 한 번 우리 집에 들른다. 언니의 사회성이 퇴화해 은둔형 외톨이가 될까 걱정되는 모양이다. 지호는 아침나절에 찾아와 차를 마시고 잡담을 나누고 내 작품을 읽어준다. 늘 그렇듯 이번에도 내 작품의 첫 독자는 지호였다. 그 애가 키득거리며 몇 문장을 낭독했다. 주로 윤지의 화끈한 행동이나 덩치에 대한 비유였다. 이거 꼭 나 같네, 라며 웃는 지호는 마흔 줄에도 아이처럼 귀엽다. 그 애의 짐작대로 나는 지호를 떠올리며 윤지를 그렸다. 나를 떠올리며 민기를 만들었고, 내 곁의 어느 성실한 공무원의 모습을 본떠 수겸 캐릭터를 완성했다. 너무나 흔하지만 그럼에도 귀한 우리 가족의 이야기가 기린 위의 가마괴 배경이다.

지호와 나는 돌아오는 봄에 프랑스로 북 투어를 떠나게 됐다. 길눈 어둡고 체력 하찮은 언니를 대신해 이번에도 176센티미터에 근육질 동생이 앞장서주기로 했다. 그 애에게 나는 이루기 힘든 기적을 만들어낸 기린이고, 내게 그 애는 괴력으로 앞길을 터주는 가마괴다. 그 고마움을 꼭 한 번은 말해주고 싶었다.

동생이자 작가 에이전시 금홍의 대표인 강지호에게 특별
한 감사와 사랑을 보내며, 2026년 새해에 언니 지영.

# 기린 위의 가마귀

초판 1쇄 발행  2026년 1월 23일

지은이 강지영
펴낸이 이수철
주  간 하지순
편  집 지민
디자인 박예진
영업관리 최후신
콘텐츠개발 최진영
영상콘텐츠기획 김남규
제  작 서동관
관  리 진호, 황정빈, 전수연

펴낸곳 (주)픽셀앤플로우
출판등록 제2025-000171호
주소 (10449) 경기도 고양시 일산동구 호수로 358-39 동문타워1차 703호
전화  02) 790-6630  팩스 02) 718-5752
전자우편 namubench9@naver.com
인스타그램 @namu_bench



ISBN 979-11-24185-07-0  03810